SUSIRAJA 1

Kesytön

狼之溪 1

野性难驯

[芬兰] 艾莉娜 · 路易安侬/著　劳燕玲/译

Elina Rouhiainen

中国出版集团
现代出版社

献给从不会过问

为什么清晨五点灯还亮着的妈妈

莱依莎·奥亚

芬兰和希腊的混血儿（根据她弟弟的名字来判断，应该是）

年龄：17，快要18岁了

身高：169 cm

头发：咖啡色

眼睛：咖啡色

喜欢：画画、素食、萨尔萨舞蹈、环保支持者、手工艺品制作

不喜欢：詹妮·涅米

母亲：火红的头发、脾气火辣、镇里的大美人、奶白色的皮肤、狼人

父亲：未知，只知道应该是个深色皮肤的男人

性格：重度女性忧郁症、内心好强、性格独立

能力：尚未发掘出超能力

米卡尔·萨里

狼族首领的独子

年龄：18岁

身高：182 cm

头发：黑色

眼睛：蓝色

喜欢：跆拳道、高山滑雪

不喜欢：未知

母亲：克里斯汀娜·萨里

父亲：丹尼尔·萨里

性格：保育员、执着、善良

能力：狼人、阿尔法

尼克·叶斯卡莱宁

莱依莎的好友

年龄：18 岁

身高：175 cm

头发：金色

眼睛：绿色

喜欢：时尚潮流、爱开玩笑

不喜欢：狼山镇、不喜欢自己是狼人

妍妮·涅米

米卡尔的前女友

年龄：18 岁

身高：163 cm

头发：金色

眼睛：绿色

喜欢：米卡尔·萨里

不喜欢：莱依莎·奥亚（第一部的时候）

亚科（亚斯卡）· 奥亚

莱依莎的舅舅

年龄：38 岁

身高：176 cm

头发：淡咖啡色

眼睛：蓝色

喜欢：打猎

不喜欢：说话啰嗦

康斯坦丁 · 夫罗诺夫

莱依莎的朋友，吸血鬼

年龄：未知

身高：173 cm

头发：深咖啡色

眼睛：灰色

喜欢：俄罗斯文学

不喜欢：芬兰的夏天

丹尼尔·萨里

米卡尔的父亲

年龄：未知

身高：185 cm

头发：黑色

眼睛：淡水蓝色

喜欢：权利

不喜欢：装腔作势

马里塔·卡尔沃宁

莱依莎的老师

年龄：60+

身高：155 cm

头发：灰色

眼睛：咖啡色

喜欢：早期著作

不喜欢：命运

序　幕

那天非常的美丽。七月的第一个星期三，同时是整个酷暑的第一天。我在位于五楼的自家阳台上完成着我最后的工程，给天花板画油画。我一直很喜欢赫尔辛基市的外形，从厨房的窗户望出去远看卡里奥区的楼房屋顶永远是我记忆中观赏晨景的一部分。

我被太阳晒得汗从脖子上一直不停地往下流淌。但这没什么，恰恰相反，我非常喜欢大热天。我还喜欢光彩，它会把颜色变得好有色泽。我夏天的油画作品总是和冬天的作品有很大的差别。

门铃响了。那是个警报的信号，因为不会有谁没有事先通知就来拜访我们家。除了上次那位，妈妈总算愿意付钱的电视卫星费的收费员。（按照芬兰法律，每家每户必须每年支付电视卫星费，费用由芬兰国家政府电视局机构收取。）

我放下手中的调色板和笔刷，踮起光着的脚丫从乱成一团的地板中央往前门走去。我脱下长长的油画工作服，然后往猫眼洞里张望。我有些察觉到，似乎有什么不大对劲——不会是有什么特别特别坏的事情发生了吧？因为我从猫眼洞里看到两位穿着警服的人。如果我能更加察觉到它意味着什么，它应该意味着什么，除了电视卫星费没付之外，我和妈妈两人从来没有做过任何违法的事情——我不应该开门的。但由于我那时还一无所知，我只是拧紧了眉头，咔嗒一声旋转开了门锁。

门外真的站着两位警察和一位中年妇女衣着打扮的陌生女人。

“你好，你是莱依莎·奥亚吗？”其中一位警察问道。

我迟疑地点了点头。我试着回忆，是不是我做错了什么，是我没注意到的？但也不至于因为什么事情能让警察到我家把我带走啊。

“我们可以进来吗？”

从这个时候开始我的记忆变得有些恍惚，有些难以置信，有些像是在播放快镜头的烂电影。我记得我点着头挥手同意让他们走了进来。我还记得我煮了咖啡给他们喝，动作就像侦探连续剧里面演的那样。我记得我很沉着很冷静。我记得他们似乎拒绝了什么。

我不记得他们说了什么，因为我根本没听进去。沉默没持续很久。最终，似乎是几分钟以后，他们让我坐在我的沙发上回想一下他们说了些什么。让我努力地回忆一下。从那个时刻起我逐渐开始明白，我的妈妈——早上还在对我抱怨牛奶没有了——她走了，永远不会回来了。

死亡。他们避免使用这个词，但这又不能改变已经发生的事。她在走斑马线过马路的时候被车给撞了。对方应该踩刹车的，可反而踩了油门。人为的错误。似乎很普通。“它发生得很突然。”简直是太突然了。

我的妈妈，我家中唯一的亲人。看着我从小长大的妈妈，相依为命的妈妈。

我的妈妈，是位艺术家。

那位女士，自称是来自什么福利机构的，她开始对我讲述像这样的情况在哪里能得到帮助。我记得她指的是“那些没有其他亲人的人”。我不记得我是否回答了什么，我也不记得他们还对我说过什么。我只记得他们严肃而正规的表情。我记得福利机构的女士皱着眉头，以及其中一位长着可笑鼻子的警察，他非常合适当漫画角色。我记得他们对我的同情——对死者的家属来说是很难接受他的亲人已死亡。我记得我对自己很惊讶，为什么我没感到任何难受?

我记得突然我好想把他们全部从房间、从我家中推出去，然后一个人静静地松开我永远不希望松开的麻木僵硬的肢体。

接下来的几周我终于意识到我以前有多么的愚蠢，会相信世上不会有意外发生，相信每个人有每个人的命运，每个善良的人最终都会有好结局。无论怎样，我的命运刹那之间做了它自己的选择，它没站在我这一边。什么都不会像以前一样继续了。

一个半月过去了，我不再知道什么大致上能继续下去。我只是跟着其他人，做些对方请求的或者要求的，很少做些其他的事情。没有人期待我什么，但真相正一步一步地开始向我打开。那时我是十七岁，根据法律规定我得有个监护人。秋天来了，开学了。

时间来决定，是听从命运的指挥还是自己掌握命运。

目　录

第一章

卡亚尼市的火车站看起来是那么的令人失望，正如我所担心的一样。在其他的情况下，我肯定会觉得老式木质建筑的火车站很漂亮，但现在它只是更加证明我完完全全是在错误的地方。这一半证明了我终于为我在干什么感到惊讶；另一半证明了由于之前发生的事情我仍然深受打击，没更多在乎其他的事物。对我来讲全部都好像是在做梦。

我站在月台的那一刻，让自己的目光徘徊了一下。最后的旅客缓缓地从火车上走出，继续着他们的旅程，有的往家的方向走去，有的往其他地方走去。而我只是很简单地坐在自己的拉杆箱上面，在月台的中央等待着。

等人群的脚步已走远几米，我抬起目光。我最先注意到的是我身边停下来的男人的鞋子——皮质的，基本款式，半新半旧的样子——然后是他的牛仔裤裤口。接下来是袖子已经卷到了胳膊肘的蓝色衬衫。最后看到的是预料之中的一张红润的脸孔、米色的头发、淡蓝色的眸子以及尖尖细细的鼻子。我猜他有三十或顶多四十岁左右。他的个头不高，但超过了我的一米六九。他的身形看起来是经常运动的那种，没有符合我期待中的样子。总之他是个长得极为普通的男人，和他的邂逅没有让我产生任何特殊的反应，尽管也许可以这么认为。

“你是莱依莎吗？”男的问道，然而他的表情已显露他已经知道。是啊，认出我不是极其困难的差事；这时月台上的其他人也都已远去。

“嗯——是。”

“亚科，”他伸出手说，“你可以叫我亚斯卡。”

他的动作有些困扰，我猜他不是太擅长介绍他自己。我立马伸出手与他握了一下。

这个男的，亚斯卡，就是因为他，我今天一大早坐上有轨电车去了火车站，然后人生中第一次坐上了长途列车。他将是我的监护人。更多关于他的事情我还没了解。

我跟着亚斯卡来到停车场。他提着我的箱子，这令我有些讨厌。好吧，是很讨厌。我不喜欢其他人在我没有请求的情况下帮我做什么，这会让我感到我好无能。

他的车很干净，看上去很新，款式呢，平庸，至少是我所知道的款式。我们家从来没有过车，而且我对车也从不怎么关注，我能形容这辆车的是，它是一辆红色的轿车。

我对将要成为我家乡的小镇的了解是，它位于卡亚尼市五十多公里以外的东面，地名是用那里的山起的。二十几年前有人把该山的森林给砍了，然后在上面建造了滑雪度假区。从此以后整个小镇的生活彻底改变，现在大多数居民依靠旅游行业养活自己。亚斯卡用“时尚”“活力四射”以及“旺季时人气非常火爆”这些字眼来形容该小镇，但他的花言巧语没能把我迷惑。我知道“小镇”这词是什么意思。

从一开始就已经很清楚，这行驶过程将会是煎熬的。与一个陌生人一起分享这车的空间实在是太小了。简单点说是，聊天让人感到很别扭——当它甚至还没开始。我没给亚斯卡好脸色看。我知道我应该礼貌地微笑着表示感激，但是我没有那种心情——虽然也许那是个可行的策略，能让我达到我的目的。

“我听说你妈妈是位平面设计师。”亚斯卡在一阵长长的沉默之后说道。

“唔，是。”我看着车窗外回答。

“你现在是在上美术高中？”

我甚至懒得点头。他明知故问。

“你是不是也打算成为那样的职业？”

我考虑了一下应该回答什么。我决定回答实话。“算是吧。我将会成为一个画家，而不是平面艺术家。”

“这样啊。”

他看似已经找不出什么其他的话题，因为他开始用双手的手指敲打起车的方向盘。即便这样并没发出很大的声音，但还是让我快疯了。我决定说些什么。

“你一直一个人住吗？”我问道。

他也使用了与我刚才同样长的考虑时间。“自从我父母过世以后。”他终于回答道。

“那是多久？”

“差不多十年了。”

我努力掩盖我惊愕的表情。他们应该是很年轻就过世了。“你有其他亲属吗？”

“没有，据我所知应该没有。”他也是一个人，就像我一样。我顿时有些明白他为什么把我接来一起住。

“那女朋友呢？”好吧——我知道这会令人不悦。我自己会讨厌陌生人坚持不懈地问我有没有男朋友。我一直在思考，如果当我真的有了男朋友，我会不会不再讨厌这个问题。

“没有。”

我知道我的样子像个审问官，但我还是有个问题希望得到答案。

“你知道为什么我妈妈从不提关于狼山镇的事吗？”

我马上能看出，他不愿意回答这个问题。但由于我们初次见面，出于礼貌，最终他还是说了些。

“她不喜欢住在这里。她是个容易发火的女孩子，在一个美丽的日子，她一声不响地离开了这里。我不知道她为什么从没告诉过你。”

然后我们又开始沉默。我提醒我自己，这是我自己做的决定——必要时我能果断做出对抗。我真的可以。我遗传了妈妈的脾气，甚至比她更厉害。再过半年我就满十八岁了，那时我就能自由决定做任何事情。一直以来我都是生活在卡里奥区，我相信，是谁临时搞错把我安排在亚斯卡这里。假如我还打算留在以前的家里和学校，我应该现在就掉头。

然而我并没有这么做。我越是思索越是肯定，我必须知道，这一切究竟是怎么一回事。换句话说，事情很不对劲，从一开始就是。

真相。我只能相信，我有足够的力量来接受它。

行驶过程中的景色没带来很大的惊喜。树丛、森林、偶尔掠过的房子、农田，湿地或湖泊，然后又是森林。自然景色我已经无数次在本国的经典油画上看到过，然而一次都没让我感动过。没看到路灯或人行道，更不用说什么楼房、广告灯箱或者有轨电车。我再一次地惊讶我这是在哪里。我和我妈妈从没需要过什么夏季别墅，更何况荒野远足。

我向来觉得我和我妈妈与其他人相异。我欣赏她所得到的，我羡慕她的毅力，她没有依靠任何人成功地完成了她的梦想。我不知道我是否有能力变成和她同样的人。妈妈让任何事情都变得很简单，我不相信她会理解我对失败的恐惧。最近我不再那么，那么的肯定，我是否真的非常了解她。在某些方面我们非常的亲近：我们互相支持互相保护，一直是最好的朋友。我们会一起做各种疯狂的事情，一起竭尽所能避免日常的琐事。另一方面我们从没讨论过太严峻的话题。我们都有属于自己的空间。

车经过一些紧挨在一起的木房子，然后我们转往侧道，仅仅是一条狭窄的没有树木的小道，上面留着两条深深的车轮胎印。沿着小道有两三栋房子，这显然意味着我们总算到达了居住区。我希望房子不会是在太中心区域——假如在这情况下用这词是正确的话——也不要太远。我不希望依赖亚斯卡的车。

亚斯卡把车一直继续开到小道的尽头，然后停在了一栋黄色木房子的院子里。

“好了，我们到了。”他说。

我走出车往房子的方向走了几步。我停住了脚步。房子比我想象中的要大很多：两层，另外还有阁楼和地下室。门廊和窗棂漆成了白色，屋顶是传统的斜顶。房子应该有些年头，但是保养得很好。涂料没有脱落，门廊的花坛里挤着满满的天竺葵和半边莲。房子让我想起曾经去过的前线士兵式房型住房区域。(芬兰独有的一种木质结构房型，两层楼加门廊和地下室。)

房子的后面和两边高高地耸立着一棵棵树木，但它们的距离没有让房子觉得有压抑感。右边车库的后面有些现在已经凋谢的灌木丛和种植物。我沿着它们的边缘一直走，然后走到了后院。它比前院还要大：宽阔的草坪、一个晾衣服的架子，好多灌木丛和种植物。院子里有个摇椅，这让我顿时联想到美好的祖母家。好奇怪，我为什么会设想若是亚斯卡的父母还健在的话，这房子应该是个祖母的家。更奇怪的是，我现在将住在这里。

我的注意力很快集中在树丛的远处，那里有个黄色涂料漆成的小房子。一个玩具小屋。我无法猜到，一个大男人用这小屋来干什么。

“我们进家吧？”

我吓了一跳。我没听到亚斯卡跟过来。我点了点头，跟着他返回房子的前门。他行疾如飞，同时出奇轻松地提着我的箱子，然后停下打开了前门。

门厅直通客厅。客厅很大——比我以前住的要大得多，感谢我和妈妈共同合用的工作区域，逐年占据了我们家最大的面积。家居装饰是由淡色的——各种颜色的沙发、排列着的书架、摇椅和壁炉——组成，这些与以往我住的楼房比起来很神奇。客厅里没有其他新的陈设，除了一个大型的等离子电视机，但一切都非常的干净。我不能说亚斯卡有很高的品位，但至少他已经能够勉强接受中性单调色。整个房间唯一让我感到掉渣的是一幅森林景色油画，颜色相互矛盾，是那么的刺眼，看久了会感到头痛。

“你确定你想先看一下你的房间吗？”亚斯卡问道。我点了点头，但我根本不用点头，因为他已经走向楼梯。我跟在他背后，我又开始纳闷，他为何能这么轻松敏捷活动自如。当我走到二楼的时候，他已经进入了那个房间。左边的第一个房门有些开着，第二个是全部开着的。我选择了最后一个门，我发现亚斯卡不好意思地站在房间的中央，甚至脸上还显露一些尴尬的表情。

“抱歉，或许我应该等一下。”他喃喃自语。我耸耸肩然后进入房间。我看着四周。房间没有我以前的房间大，但是由于摆饰的关系，它看上去还是蛮大的。除了已经铺好的床、书桌和小书架，其他就没有了。地上铺了一块咖啡色的地毯，窗户上挂着纯白色的窗帘，但墙面全部是空白一片。我很感激，显然亚斯卡考虑过把其余的室内装饰留给我。房间内少得可怜的东西提醒我，缺少了什么。这不是一间艺术家的房间。油画工具和大多数的用品都留在了赫尔辛基的仓库里，哪怕我把它们全部带来，最重要的还是会缺少。我热爱油画，但我不是个艺术家，还不是。我妈妈是，她把我们的家变成了个艺术家的家。

“你可以慢慢地整理你的东西。我到楼下准备些吃的。”

这听起来是今天最好的事情。我已经非常的饿了，而且希望独自清静点。在那一刻我几乎想说谢谢，但是这个字不知怎么的夹在了喉咙里出不来。代替它的表达方式是点头，我目送他出了房间，然后关上了房门。关上门总是使我感到自身有种安全感。

我瘫坐在放着箱子的地板中央。我长吁了一口气。只能这样往前走了。我现在是在狼山镇，我会在这里很久，直到我把事情弄明白为止。在这之后我将会做什么，我丝毫没有考虑过。

我又叹了口气直起身。我把箱子拖到衣柜的旁边。柜子的空间大小正好合适，我开始整理已经褶皱的衣服。我不是太想整理，但我也想不出什么更合理的事情可以做。

我把衣物几乎统统从箱子里整理了出来，然后鼓足勇气，终于走向一楼的楼梯。我的饿意不断地在上升，有可能的话，我希望吃一堆东西，我已经开始对亚斯卡的厨艺表示感兴趣。妈妈和我也就会做那么几道菜。

到了楼下我才想起亚斯卡对我什么都不了解，连基本的都不了解。那就是，迎面扑鼻而来的是一股难闻的味道，那个东西我不会搞错。

我心里暗暗骂了一句，然后走到了厨房间的门口。亚斯卡背对着我站在电炉的前面。

“亚斯卡？”

“唔？”

“你是在做什么吃的？”

他转头看着我。“炖鹿肉。怎么啦？”

我咬住嘴唇。“那个，我不吃肉。”

亚斯卡转身看着我。“完全不吃吗？”

我的厌恶指数直升到红色的位置。难不成素食者就是个怪胎吗？素食者应该属于动物保护者、环境保护者和那些谁知道名字的强烈宗教派们同一类的吗？虽然我不反对他们，但我也不是个非常极端态度的支持者。

“完全不吃，我不吃肉也不吃鸡肉。鱼肉我吃的。”

他，也许可以的话，更加困惑一些。“从不吃吗？”

“从不。”

“哦。这样。”

亚斯卡双眼盯着我看一会儿，接着瞥了一眼炖肉，然后又再盯着我看。“好的，能知道是好事。”

“我可以从冰箱里拿些能合适我的东西吗？”我问。

“当然可以，随便拿吧。”他扬起了眉毛说。

我从他身后轻轻溜到冰箱前面。我打开冰箱后，让我更能确定，亚斯卡是属于那种对蔬菜一点理解能力都没有的男人类：啤酒、奶酪、香肠和冷藏柜里自做的冻肉。这只有一种自然解释：亚斯卡喜欢打猎。

具体一点说这也不是什么很惊喜的事情。狼山镇除了森林其他几乎什么都没有。我心想，这总比有个饲养场要好得多。尽管如此，我还是感到厌恶。

我把电水壶打开，弄了两个三明治。花了一些时间的寻宝后我找到了茶杯和茶包。茶不是我以往喝的绿茶，而是格雷伯爵茶，但也能凑合。水烧开后我匆匆地准备齐全了我的晚饭，然后从桌上拿了一个盘子。我知道，这几块面包抵不住我的饥饿，但是我不想在厨房间里多待几秒钟。什么都是陌生的和错误的。突然间我感到好孤独，无止境的疲劳，若不能快点让我进入自己的环境，我有可能说或做些让我后悔的事情。比如说我好想大哭一场。

“我真的感到好累。”我无精打采地说，“我把这些带到楼上去吃，然后我去洗澡和睡觉。”

我几乎用飞的速度往楼上走，但我顿时发觉我还不知道浴室在哪里。我停住了脚步。“楼上有洗的地方吗？”

亚斯卡点了点头。“毛巾在白色的柜子里。”

然后我又飞速地往楼上走，听到亚斯卡说“晚安”时我已经跑上了楼梯。

我躲进了我的房间，两三口解决了三明治，然后把还没泡好的茶喝得精光。我的肚子还想吃其他的东西，但我的喉咙似乎被什么给堵住了，饿感到此为止。我拾起我的睡衣和洗浴用品，然后寻找浴室。我先打开了左边的房门，但是看样子是亚斯卡的房间。看来我们是隔壁邻居。这信息一点都不让我兴奋。

我接着打开了右边的房门，找到了我想要找的。浴室不是太大。我猜楼下应该有桑拿房，这是这种房子里的基本配置。虽然我不是太喜欢洗桑拿，但冬天我还是很接受它的。我更能接受的是在长长的浴缸里泡上许久，但那个是在我卡里奥的浴室里，我很怀疑在这个房子里能否找到浴缸。

想到卡里奥的家让我感到泪水又开始溢出眼眶。我迅速脱掉衣服，从洗浴包里拿出洗发水和洗脸液，然后在进入冲淋房之前把它们扔在马桶盖上。我打开水龙头，水冲到我身上的时候我往后退了。水是冰冷的。虽然我把水调到最热但还是一点都没变暖。救命啊，我模糊地记得我曾听过有什么储水式热水器这回事，对于住在全年都供应热水的大楼里的我来说这东西难以理解，我需要的热水得等上一段时间才能出来，而且更可怕的是水量是有限的。虽然我也试着有这种环保意识，但是我们家的水费是最大的绊脚石。

水终于开始有了一些暖意，我才敢哆哆嗦嗦地让整个身躯站在莲蓬头的下面。我让水变得几乎是烫的，然后再调换成稍微凉一些。疲倦缓缓蔓延了我的全身，但我的思维没有变累。我已经学会拒绝去想不应该想的事情，但还没完全地掌控。近期我让自己只去想念画中的妈妈，而不是去想念她本人。但现在这个方法完全行不通。我明显地看到她，我的心口好痛。她火红的头发，淡淡的苔绿色双瞳。眼角的笑纹。容易被太阳灼伤的奶白色皮肤。最容易让她笑的时候是当她完成花了好久时间的作品。我闭上眼睛，我感到眼泪直往脸颊上淌。我让它们痛快地流淌出来。

过了一些时间，我冲洗着我的脸，让我集中精神面对目前的情况。将会到来的情况。接下来的几个星期会是很艰难的。我提前做出的准备也无济于事。事实上我对将要面临的恐惧要比面对将要发生的事情更害怕。

我缓缓吐气。我必须学会变得坚强。比现在还要坚强。我憎恶这里没有什么是我熟悉的，没有任何人是我认识的。我憎恶不能确定这个地方能否给我答案。我是个局外人。谁都不需要来对我负责。谁都不需要喜欢我，更不用说来帮我。我只接受真实的事实。

我接下来需要集中精力的是洗头。水又开始变凉，等我洗完头发以后水已经彻底冰冷。我走出冲淋房，冷得发抖地打开亚斯卡提到过的柜子。我迅速用大毛巾把自己擦干，然后穿上睡衣回到房间。

我看了看时间: 只有九点。还太早，不适合去睡觉。七月初之后我已经从来没像以前那样睡好过。虽然睡眠状况逐渐地开始变好，但我还不是太知道，几时我能睡着，几时我不能。医生给我开了药方，但那些药没起作用。全部都没起任何作用。如果我能拿起画笔的话，我现在可以画些画。

我考虑了一下现在我能做什么。我可以在电脑前消磨点时间。那样我得去楼下问亚斯卡要网络密码。还是算了吧。我可以整理剩下的衣物——虽然我对它们不感兴趣。我对视觉性的和系统性的东西比打扫整理东西要感兴趣得多。

我可以听些音乐，或者画画。但是我不想。我不想要那个七月，它让我害怕。

突然我感到墙面非常的压抑。我试着打开气窗，但是或许它是被卡住了还是我不懂它的打开机关。我感到呼吸困难以及视觉模糊。我需要空气。我知道什么在发生，什么将要发生。我闭了一会儿眼睛。我让自己平静下来，就像以前妈妈教过我的那样去做。

没用。我必须出去。现在。

我的脑子里响着一阵阵哗哗的流水声。而且不断地变大变响。我穿上牛仔裤，睡衣外面套上毛衣外套。我拿起布袋，慌忙地塞进一些我所需要的东西。我用所能做到的最快速度悄悄地走下楼梯，然后跑向前门。我用同样的速度跑出了院子，直到跑了几十米后才停了下来。

太阳已经落山了，黑暗即将到达它的顶峰。树林高耸的黑墙围绕着院子，我没看到任何地方有人造光源。这里的夏末与赫尔辛基比较起来区别很大，这让我差一点有想再折回室内的冲动。真的是差一点。过了一阵子，我的眼睛开始习惯四周的环境，其他的感官也开始适应。空气中飘着树的香气。一切都是那么的静，我能听到每根树枝的窸窸窣窣和远处汽车的骨碌碌响。还有我自己的呼吸声。我望了望四周，试着考虑该怎么办，去哪里。一排排的树丛那里好像有个洞，等我走近时发现是条小径，它看起来似乎不能往其他方向走，这也正合适我。小径看起来许久没有人走过了，我越是往里走，黑暗越往我身边笼罩。它吞噬了其他的颜色，只留下了黑色和灰色。两米以外的东西我几乎看不到，但我已经走了很久了，理智已经失去了作用。我想做一件事，做一件能多傻就有多傻的事。

我跟随着脑子里的声音沿着小径走了不知多久，直到感觉树丛突然变远。我停住了脚步。也许是我第一次感到风吹过我的皮肤，它让我神经警觉。我望着天空，第一次发现月亮几乎变成了一半。月亮给自己的四周朦胧地描上月华。我感到月光下的我光秃秃的，是树木们给我送来了有形状的遮挡，没有它们我将完全暴露。

我研究了片刻周边的环境，然后我确信自己是在森林里的一个小空地上。我不知道它为什么会在这里，在森林密集的中央，但我没再去为它浪费我的脑细胞。相反，我的注意力集中在了远处的一个深色的物体上，我觉得它仿佛在那里等待着我。我的心跳加速——我发觉，它很矮，而且不动，应该不是什么活的东西。我缓缓向它走近。离它还有几米远时我已经可以分辨，那是一个树桩。我迟疑了一下然后决定坐上去。

地面还没降温，气温没变。我或许应该再找个更好点的地方坐下来，但是某种碰撞声让我想起我是来干什么的。我从布袋里拿出一瓶伏特加，是一瓶便宜的爱沙尼亚酒，它非常、非常的难喝，而且很烈。这个就是我现在需要的。

我转开瓶盖，咕咚咕咚连喝了好几口。是的，它真的就像我记得的那样非常的难喝。它就像一把火焰燃烧我的嘴巴和喉咙，然后直接钻入我的食道并泛出胃酸。这酒的好处是对抗我开始发冷的手指、脚腕和身躯的其他部分。我又连续喝了几口，感谢几乎饿着的肚子，我迈向了中度醉酒状态。

我知道，在一个被神遗弃的地方一个人酗酒是可怜的。酒不是什么解决问题的方法。我应该结束对自己的怜悯，去找心理医生，配些药。也许这次应该有些帮助。

前两个月我治疗过，最重要的是把事情说出来。这想法当然是挺好的，但是事实上不行。换句话说，我不想对任何人说。很多时候甚至连我自己也不知道我是什么感受。没有谁能让非常的相信，能让我倾诉我遇见的恐惧。在这个事情上我是完完全全地孑然一身。

风停了下来，整个森林看上去也在原地停住了，像是在等待着我接下来要干什么。我又喝了一口酒。我模糊地感到我的脸颊湿湿的，鼻子开始流鼻水。我用袖子擦了擦我的脸。

从某种意义上来讲我似乎应该怪罪自己为什么这么孤独。我知道悲剧不是我唯一应该拥有的东西。人类一直在各种方式下死亡，我也无权模仿美剧中悲惨人生的青少年主角。前一个半月我是多么的自私。我没联系过任何人或去哪里。我大概是想等大家都来找我。但只有一个人来了，是亚斯卡。

我续喝了一口酒，然后我把酒瓶放在身边。我卷起我右手的袖子。

我抬起一只手，另一只手往布袋里翻找东西。我很快找到我想找到的。刀子不是很大，但足够锋利；它是妈妈之前从商店里买来雕刻东西的，不经意间它跑到了我的书桌抽屉里。

我取下刀子的护套。我盯着它看了一会儿：黑暗的月光下它在闪闪发光。我露出的皮肤在风中发痒，我深深地吸了口气，闭上眼睛。

我让我的头脑放松了几秒钟。

然后我往我的手臂上划了长长的几刀。

它就像我想象中那样痛。月光下我的皮肤看上去比平常要白好多，几乎是白色的。我的血是深色的，深得几乎是黑色的，我着魔似的盯着它，看它如何变成两条不同的线从我手掌心流到了地上。我几乎能听到，血滴如何滴在树根上。我吸了一大口气并且品尝到了降低的气温如何令人痛苦辛酸。我已经想到，这是多么的好笑，世界上这么多的地方，唯有这个森林，适合让我好过。突然我发觉，有谁，有什么，已经在我的前方。

沙沙沙的声响。接下来又是沙沙声，然后紧跟着的是寂静。

我抬起了头，辨别着我前方有什么闪光飞过。很快我用另外一种方式意识到它，我浑身起满鸡皮疙瘩。我屏住呼吸，收拢了视线。

十或十二米的前面。先是没有什么，只是树木被风吹的沙沙声和我的刺痛感觉，然后它就站在了那里。

我花了几乎一分钟才看清楚，它是什么。同时也让我相信我的双眼。

一匹狼。

我从来没看到过狼，但是我马上知道，这个动物没有丝毫的可能性是哪里逃出来的狗。它的样子让你想喊叫：野兽！我坐着没动，但没停止呼吸，感觉黑暗似乎在我们之间躲避。我完整地看到了它：它非常的大，肌肉发达，灰色的皮毛。它的鼻子、胸口、脚上和侧身长了白色的毛。脚趾很平很宽。这个动物赤裸裸地散发着一种神奇的力量，那是一种我从没遇见过的力量。它是那么的活生生。我的脉搏开始飞快地跳动，全部的疼痛和麻木让我感到我还活着。

狼伫立着，它用它金黄眼瞳看着我。它低下了头，就像其他动物防备、准备进攻或逃离前做的动作。但过了许久它依然没做出任何动作，只是盯着我看。我有种奇怪的感觉，好像它在愤怒之中。它注视着什么，一种关于我的。

我在某个时间段才反应过来，它应该是闻到了我的血味，但它没让我很害怕。我应该是非常的恐惧，但我没有。我也看着它，我等待着它的决定。

最后它动了起来。它抬起头，在我身边转了一圈，然后飞快地往树丛里隐遁，就像出现的时候那样。我久久地看着它的背影，困惑着，兴奋着，也同时感到遗憾。我希望它能留下来。它的陪伴让我感到没那么孤单。这是一个奇怪的想法，因为没有谁能够在一个半月里让我感到我是个被遗弃的孤儿。

这神秘的相遇让我成功地感到，我还是回家吧。马上。我用手帕把我的伤口包住然后拉下袖口。我的脸在发烫。狼的凝视让我感到惭愧。它当然不会知道我在做什么。好了，我自己知道就行。我对自己保证，从现在起我会变得坚强。

回程的路走得很快。我发觉在黑暗中我几乎可以跑着回家，而且我有种奇怪的感觉，我的身躯想给我发出某种信息，一种我的脑袋不愿意相信的信息。我拿出钥匙时，我的手在颤抖。

我很走运，因为我没看到亚斯卡在客厅里或楼上。他的门紧紧地关着。我轻轻地进入我的房间，脱下毛衣外套。血已从手帕里渗出，而且袖子上已经留下一点点血迹，但如果不仔细看的话是看不出来的。我往我手上缠了止血绷带，换回睡衣，钻进了被窝。以前烦躁不安的感觉没有了，我几乎马上入睡。

我梦到我和狼在同一个森林的空地中央。与现在不同的是气候，那是冬天，整个空地上铺满了白白厚厚的雪。树木在雪被子下面冬眠。寂静得就像是那里只有积雪。

我们看着彼此。狼的目光似乎在表示：它知道。它知道，但它依然不离开。

最后它来到了我的身边，在同一个雪坑里留下脚印。它坐在我前面。过一会儿我弯下腰摸了摸它的头。

非常的平静。

第二章

我醒了，但是我感到自己比原先没睡之前还要累。这好奇怪，因为我瞄了一下时间，已经将近中午。

我趴在床上，企图给自己制订个计划。已经是周五，我病假的最后一天。我被安排周一八点整在狼山镇高中报到。我对此感到有些恐惧。我恐惧将从晚了一个半月的高二开始就读；我恐惧那里一个人都不认识。我以前的学校，赫尔辛基美术高中，熟悉的托尔凯利，是第一所让我喜欢的学校。第一次有了能让我自己呼吸的空间。托尔凯利让我开始用新的方式与其他人接触。虽然不能说我在那里找到了好朋友，但我确信随着时间的推移我会找到挚友。但现在这整个都被抹去了。我得在新的地方重新开始，在一个艺术不是意味着太多的学校——也许会更少。

我最后爬了起来。我实在太累不想换衣服了，我把睡袍穿上然后往楼下走。亚斯卡躺在客厅的大沙发上看着什么，我瞄了两眼，上面写着技术世界。我从楼梯下来时他抬起了头。

“早上好。”他的声音很平静。如果他知道昨天晚上发生的历险的话，估计他应该不会用这个语气说话。

“早上好。”

“冰箱里有麦片粥，如果你想喝的话。炉子上应该还有咖啡，虽然我不知道它是不是还是热的。”

嘲笑我吗？我不是太确定。“谢了。”

我把粥放进微波炉里热了一下，给自己倒了杯咖啡。它的温度正好适合我，感谢保温瓶的功效。我往里面加了点牛奶，然后坐在桌子上。我得承认，早餐简易得无法再简易了，但我给为我准备早餐的亚斯卡加了几分，只是几分。早报摊放在我的面前，我胡乱地翻了翻，里面有当地的新闻，我很快把它丢在旁边。显然我得想想办法让亚斯卡订阅赫尔辛基报纸。

“你打算今天做什么？”过了一会儿他问。

“我不知道。我可以熟悉一下环境。”

“我可以带你去市中心买东西。”他说，“你可以选一些你喜欢的房间需要的东西。”

市中心的话他肯定是指卡亚尼市。疯了。

我花了点时间考虑了一下。“能不能明天去？我希望今天在附近转转，如果可以的话。”我不是刻意地说得这么礼貌，我只是太累了，想不出其他的了。

“可以，当然可以。”亚斯卡回答，“我还有一个星期的休假，我们可以到别的地方玩，如果需要的话。”

我把早餐吃完，然后回到了楼上。我又想起了昨晚那时我感觉难受需要离开四面墙，还好事情没恶劣地发展下去。我用能多快就有多快的速度把每天早上起来要做的事弄好，然后打开衣柜。今天是第一天，应该穿点让自己提起精神来的衣服。我选了我最喜欢穿的衣服，绿色挂脖背心和印着孔雀毛图案的咖啡色宽摆短裙，我用长袖的毛衣外套解决了绑着绷带的手臂的问题。最后我给自己配上了手镯和大大的贝壳耳环，还心血来潮地用一条围巾绑在头上，然后绕到头发后面系了一个蝴蝶结。再弄了点粉底和睫毛膏，然后完成了。

我急匆匆地往楼梯下走。但亚斯卡没想和我一起出去，他唯一做的是站在前门指给我看该往哪个方向走。

“后院的一条小径可以通过树林。那是条去镇中心的捷径，虽然车道一直走也能到达。我估计沿着小径走有那么一公里路，小径走到底时往左转继续走，然后你就能看到镇子了。”他清了清嗓子，“那条路走到底是个旅馆，那里的车多，有些危险，而且比较远，不建议走着去，但是旅馆院子的风景值得一看。”

我点了点头，往小径走去。我走了第一个十米后得出的结论是，穿了一双布鞋在这种地面上走不是太理想的选择。不过我没打算折回。

在昨天之前我根本没想过和大自然接触，但是现在感觉走在树林里很好。天气很不错——多云有些微风。我感到我的心情渐渐地变得平静而精神了起来。如果狼山镇有什么好的，那至少是这里需要时你可以是一个人，没有谁来打扰你。当然在赫尔辛基你也可以是一个人，但是那是截然不同的感觉。我想象着如果时常能在外面画些油画该多好，然后我想起了昨天我找到的地方。空地和它的森林——在早上它会是什么样子？接着想起了树缝里蹿出来的那条狼。我很清楚地记得它怎样看着我。我记得它的金黄色野兽的双瞳，有种像人的感觉。我顿时感到冷意直冲我的脊梁骨。

小径不是很长，就像亚斯卡说的那样。它在柏油路前面结束了，柏油路的一边是人行道。我根据亚斯卡的指示往左转，隐约可见一些矮矮的排在一块儿的房子，我开始兴致勃勃地往狼山镇的中心走去。

虽然狼山镇不怎么大，位置也有些偏，但它吸引了足够多的滑雪爱好者和远足爱好者来这个镇游玩。亚斯卡说过，大多数当地居民在滑雪度假区和那个为游客服务的“狼廷”旅馆工作。事实上亚斯卡是滑雪度假区的工作人员，但我不知道他在里面究竟是什么职位，好像是跟什么雪道的维护工作有关。

除了滑雪，狼山镇还提供给游客们各种远足活动项目，其中一个项目非常受欢迎——至少网上是这么介绍的。镇在网络市场上花了一番功夫而且把网站做得很漂亮很诱人，根据上面的信息，狼山镇是一个有名的狼出没的地方，在芬兰其他地方已经几乎看不到狼的踪迹，但在狼山镇可以经常看到狼。我比较多疑，但经过昨晚的经历，我确信网上写的是正确的。

从逻辑上来讲，我应该感到昨天去森林的空地，尤其是黑暗中，不是太好的做法。出于某种原因，情况刚好相反。重新考虑事情之后我得承认，比起画画，我更对狼感兴趣。尽管有危险，但也许就是因为有危险，我希望能再看到它。

如果想在大自然里看狼的话，值得来狼山镇——很多人来了。离镇中心十公里以外有很多小木屋，它们就是为看狼的游客们而设计建造的。那里的木屋可以租借一段时间，在安全的玻璃窗后面观察狼是怎样在晚上来到木屋附近的喂食地点，品尝那里免费的晚餐。显然这个项目安排得不错，因为那些木屋出租率相当的高。

有人可能会认为，很多当地居民会害怕住在有狼的区域，但我没能从网络上成功地找到任何人或动物被伤害的消息，甚至连参考和论坛都没有提到过镇里会有什么猎狼的行动。或许是由于狼的关系小镇赚足了钱，把那些调查者们讨厌的嘴给封了，或者是全部的反对者已经被赶走。

我又想起昨晚的相遇。我扬了扬眉毛。我虽然不能说我了解狼这种动物的习性，但事后想起昨天狼的动作更觉怪异。我应该是个很容易到手的猎物，而且我已经坐在了地上。但狼看上去——把攻击给省掉了。我真的不知道那是为什么，但我当然是很高兴了。

下午了，镇中心里的人已经寥寥无几了。除了遇到过两个俄罗斯游客，就没有碰到其他人了。我知道，滑雪季节开始这里才会有更多的地方能玩。这次就算了，我就安安静静地在这个地方转转吧。如果我想知道在小地方事情是怎样运转的，接下来的日子我得多次与不认识的人交流。我感谢这个不是马上会发生。

很快我发现，镇中心只有那么一丁点大，中心的两边是些一层或两层的房子。其中许多小房子是用木头造的，用石砖造的是些高大的房子，它们块状的样子让我感到无聊没劲——太简单的建筑设计，里面也包括了镇里的高中，它在镇的中心的一块土地上。我对它做了个鬼脸，然后离开了。

镇里仅有的服务设施是些商店和邮局，它们有的是一家或是几家连在一起的建筑物，有一家是卖旅游纪念品的咖啡店，然后是一家酒吧，叫作狼窝。

显然异国风味的快餐在狼山镇还找不到，因为这个酒吧大力地推荐着芬兰的家庭菜肴。我突然想念起卡里奥的豪华烤肉餐馆。我当然不会去吃烤肉，但是我和妈妈在那里有一道特制的炸蚕豆丸子菜。

镇中心的主干道很短，我花了将近十五分钟的时间就把它走完了。我的面前出现了一个斜状体建筑，这是迄今为止最大的一个。狼廷旅馆，我马上猜到。看过刚才的那些建筑之后，这个成功地让我惊讶了。我原先以为会是什么土房子，或者宅院或是木头城堡，但是这个建筑物非常适合建造在任何大都市里甚至度假海滩上。我数了数楼层，五层高。它全部是用白色的石砖做成的，这让我想起了一些我曾经看到过的阿尔瓦尔·阿尔托（芬兰著名设计师，北欧现代主义之父）设计的建筑。它成功地与四周的环境相融合。颜色如此的清爽，显然建筑物若不是新造的，那就是刚刚翻新过。

我继续往前走了几步。世上再怎么漂亮的建筑物都无法与自然美景相媲美，就像现在，我停住了在旅馆的停车场的脚步，转往右斜方向看去的那样。亚斯卡称赞的没错。我刚才在镇中心走马看花。中心的建筑物把大部分的风景给遮挡住了，并且我急于看其他东西，以致我没有注意到它的存在。现在我看到了狼山镇最亮丽的地方，我除了望它还是望它。土地在停车场的前面形成了一个小山谷，它像是与天空连接在了一起。丘陵式的森林围绕着整个镇子。下午的太阳爱抚着整个山谷，一片片挂着的云想触碰它。天空用它最完美的力量打造了一张从绿松石变成蓝宝石的蓝色色调明信片。

这是我一段时间里看到的最美的画面。我突然有一种奇怪的感觉，这画面我好像在以前看过。画面在我脑海里出现和消失速度是一样的，一时我感到眼花缭乱，就像我在直视雷光。似曾相识。我时常会看到它们并且每次会留给我一个困境。我时常会恼怒，我为什么没有把握机会记住它们的样子。

这次它很快就过去了，因为我的肚子开始好几兆瓦抽搐地兴奋。这有些奇怪，也许这种突发的感想是我特质中的一种吧。长时间住在城市里的我好想现在马上到那森林里去漫步，爬上山顶，然后看着太阳沉入地平线。那里应该还可以看到更远的地方。也许那里是我从没看到过的远处。

一瞬间我发现身上穿的衣服不合适徒步旅行，于是我转身往回走。在离开之前我最后望了一眼狼廷旅馆，顿时我的目光停留在了第三层的一个窗户上。那里有个深色的庞然大物——一个男人。当目光相碰时，他看着我，丝毫没有让步。我往四周望了望，没发现有什么可以引起他的注意力。

男人继续凝视着我。

我从刚才的兴奋变成了迷惑。我看不太清楚他长什么样子，但是我所看到的，开始渐渐地让我感到不太舒服。我快速地往远离旅馆的方向走。

那个站在窗前的男人看不到路的另外一边，但是我边走边还有种感觉，像是我被盯梢了一样。我得去想些别的。我脑子一热，进入了我刚才经过的旅游商品店。门铃丁零了一声，向我打了一声招呼。我快速地看了一下四周，店里只有我一个人。柜台后面的门里走出一位将近七十岁的女人，温柔地微笑着看着我。

“你好啊。”

“好。”我回答，然后我转到左边的墙边看着架子上的东西。

“有什么我可以帮你的吗？”

“谢谢，我只是看看。”

“好的。”女士说。

架子上放着各种各样的传统旅游纪念品：马克杯、笔、各种木制品和T恤衫。我没打算要买什么，但是看着物品让我镇定了下来。大多数物品的主题是狼，我对一样小雕塑产生了极大的兴趣，那是个老太太和狼的雕塑，它非常地生动——锋利牙齿的大嘴狼和弯着腰长着凹脸的女人。

“那个雕塑有个故事哦。”女人看到我看着那个雕像说，“你知道吗？”

我摇了摇头。

“说是这匹狼是风把种子吹入女人的肚子里生的，传说这个女的就像卡勒瓦拉故事里的洛乌希，到现在为止没有人知道她真正的名字叫什么。”

我从没听说过这种传说，但是我也不是太信什么老故事。卡勒瓦拉故事小学里就读过了，但我已经忘得一干二净。

“传说中这个镇的第一批住户是一群狼，”女人继续讲，“当人类来到这块土地时，他们想把狼赶走，但是很快他们发现这是一场永远不会胜利的战争。大部分人类从这里迁走，一小部分做了迥然不同的决定：他们去见了狼族的领袖，请求它让他们住在这里。最终狼答应了人类的请求，达成了协议。从那时开始狼族和人类和谐地住在狼山镇里。”

“他们之间达成了什么样的协议？”我问。

女人笑了笑。“这个就有好多版本。有的说是人类为了狼可以牺牲自己，有的说是人类变成了狼。”

我扬起眉毛，但没说什么。我很难相信这么小的地方可以有这么刺激的传说，感觉是女人胡编乱造的故事，但她看上去太诚实了点。

我往可以转动的明信片架子那边移动。

“你是不是莱依莎？”女人问道。这让我惊讶。

我抬头看着她。“是的，我是。”

“欢迎。我是安妮。”

我点了点头，然后继续阅览卡片。

“大家都等着你来呢。我的孙子说，全校人都很兴奋，因为终于来了一个新同学。”

我扬起眉毛。“哦，是吗？”

“是的哦。你几岁啦？”

“十七。”

“尼克快十八岁了。你们会在学校里见面的。”

我想不出什么话说。我选了几张卡片，递给了安妮。

“你知道的哦，你不用必须买什么。”她笑着说。若是这话出自其他人的口中，你会认为对方是在嘲笑你，但她这么说，我没觉得。

“我还是要买这些的，我寄给我赫尔辛基的朋友们。”

我还要了邮票，然后安妮把它们用一个小纸袋包了起来。我问了她多少钱，她摇了摇头。“给，这是我给你的欢迎礼物。”

“真的吗？”我不记得我能从什么店里拿到免费的东西。

安妮点了点头，我疑惑地感谢了一下。当我推开丁零当啷的门时她向我挥了挥手。

好吧，我心想。第一次和当地人见面的感觉完全和我想的相反。它没有我想象中的那么恐怖。事实上感觉很好——对方也没有长舌。也许是我担心得太多了。

我看了看四周，然后决定接下来干什么事情。我还没准备想要回家。我的目光转向了一个沉闷的石砖建筑物那里：我将要去的学校。操场上看不见任何人，看样子里面还在上课。时间已经是三点半，今天是周五，很多学生应该已经放学了。

我抿紧嘴唇。虽然周一我才上学，但我可以先提前看一下日程表。或是去熟悉一下这建筑的环境。

我决定这样做。第一天应该会很不容易，我现在就有些紧张。我一点都不喜欢这样。这让我感到自己很幼稚和软弱，但我对它毫无办法。我不能把以前的经历说抹掉就抹掉。

简单点说是，我不是托尔凯利学校的什么优秀学生。我真正要好的朋友是从小开始每周参加的图画班的同学。我记得我八岁时，我跟我妈妈发脾气说，我为什么不能只去图画班。我一直拿到很好的分数，而且我在那里很安全。三年级的有些女同学把我当成她们的眼中钉，而且一直继续下去。我至今还无法解释，我为什么让她们这么讨厌，也许是因为我喜欢艺术。我从来没喜欢过和其他人一样的东西，我还无法自拔地沉迷在自己的幻想中，导致我失去了对周围世界的理解。当我发觉时偷笑声和窃窃私语已经在我周边围绕，我已经来不及保护好自己。妈妈总是说她们是嫉妒我的艺术才华，但我从没相信过她。她们把我和其他人区分开来，讨论关于我是素食者，我的特别的穿衣品味。

还有我的外表。

之后想想可能就是因为我看上去不像个传统的芬兰金发碧眼的白种女孩，这得感谢我爸爸。我从来没看到过他，也许我永远不会看到他。我只知道，他是和我十七岁时的妈妈疯狂地在南方欧洲旅行时认识的。妈妈不记得他的名字，甚至连他是土耳其、希腊或哪国人都不知道。

算了，不管这么多了。我总是这么想的，我没有爸爸，句号。这样做就好了。这样我就不会经常想起他，除了我的咖啡牛奶色的皮肤，我还长着又粗又长的棕色头发，以及褐色的眼眸。夏天我还能融入其他群体，但是一到了冬天我就马上被区分开来。

近几年我渐渐地开始接受自己的外表。我不是个大美人，但也不丑。我可以不用穿得太鲜艳也不会看上去苍白。小学时我被叫作杂种、南方水果和泥巴脸，更严重点的是难民或是被收养的小孩。即使我不问谁是我爸爸，事情也不会变好。我知道现实生活中我是那种私生子，这让我心情很低落。

根据我的经验，我知道要是不想出个好法子控制紧张的情绪的话，我的神经在周末之前会变得非常可怕地恐慌。最好让我提前知道我将会如何，不是很好吗？我长吁了一口气，然后踏进学校大门。就像我期待的那样，学校的大堂里是空的。左边能看到一对大门，从里面传出球在跳的声音，是体育室。右边是前往教室的走廊和去楼上的楼梯。正对面有两扇门：第一扇用老式的字体写着老师们的，而在它的上面写有小一点的字——教导处。另外一扇门上写着保健室。我敲了敲第一扇门。

我等了一会儿没听到声音，我想是没有人在。但是接着我听到走路声和咳嗽声，一位戴着一副小眼镜的女人站在了门前。

平面设计师的女儿和前艺术高中的学生（怎么听起来这么的酸啊！）曾经遇到过很多衣着颜色鲜艳的人，这位女士显然是人群里的怪胎。她穿着一条长袍一样的黑色连衣裙，卷发像个毛球盘得老高顶在头上。她脸色已经很苍白了，但她的鼻翼和脸颊红得像是她一半的人生都在感冒。她的样子看上去很疲惫。事实上，我觉得她看上去很讨厌。

“有什么事？”

“对不起，打扰了。我是莱依莎·奥亚。我周一开始来这里读书。”我慌乱地说，“我想也许今天有谁能给我看一下我的课程表。”

女老师的表情变得越来越精神了起来，脸的样子也和刚才完全不同。“当然可以啦，快进来看吧。”她往后退了几步让我进去。

狼山镇里学校的教导处和我原先的学校的教导处样子差不多：枯燥乏味而且有些陈旧，这个还要小一点，而且里面有一间在作为其他用途使用。我走了几步然后停下来看看女老师。老师站在我前面恐怖地笑着然后伸出手。我犹豫了一下然后捏了捏她的手。“马里塔·卡尔沃宁，你好。”

“你好。”

“我是教语文、历史和社会学的老师。”

好吧，显然这个学校没有只教一门课的老师。

“我的丈夫叫约科，他是这个学校的校长。他的办公室在这里。”马里塔指着左边一扇门说道，然后她往门上敲了敲，但没等对方回答就把门打开了，她向我做了个手势让我进去，等我进去后她也进去了，然后把门关上。

约科·卡尔沃宁是个戴着眼镜的光头男人。他坐在桌子的后面也能显露他很瘦，是非常的瘦。他的脸颊只剩下个大坑，双眼差不多都在脸的外面了。从房间的远处就能明显地看到他的锁骨。好吧，房间不是太大，总之就这个情况。当他看到我的时候他笑了一下，我马上注意到他瘦骨嶙峋的身材，简直像是个骷髅在微笑。

“你好，你应该是莱依莎·奥亚吧？我是约科·卡尔沃宁。”他从座位上站了起来伸出了手。我从没遇到过握手握得这么紧的人。约科让我坐在他的前面。马里塔站在了我的后面。我感到我像是被监视了一样。

“首先我代表学校向你表示欢迎。我肯定你会喜欢这里的——除了有些地方。”

在马里塔还没捏我的肩膀之前我不是太明白他指的是什么。

“我们都很抱歉。”

就是这三个字我永远不想听到。更严重的是她的声音和其他那些根本不认识我妈妈的表示抱歉的人群一样。他们才不在乎我妈妈是不是离开了，这种伪善方式让我作呕。但是还好，我没有继续看她的表情。

“哦，对了。你一定想知道现在有什么课程吧？我这里有你的那些纸……”

接下来的几分钟我们把我以前上的课和科目仔细地检查了一下，我明年得高考了。马里塔不太说话，这让我感到很好。这里的学校和我以前的托尔凯利相比小了很多，而且没有太多的科目可以挑选。(芬兰的高中课程是可以让学生自由选择的，但也有规定的科目和课程的数量。)我一直是选和高一、高三一起上的或是分开上的课程。我已经上了五个美术课课程，但是一堂自然课和体育课都还没上过，约科校长觉得这不是问题。

“生物课我们今年没有，但是你如想上的话可以上网络课。美术课看样子你就不需要上了。”

“但是我还想上。”我知道我听起来像个五岁小孩，但是我不管。我真的不知道我会怎样，要是我的课程表上没有一堂我喜爱的美术课的话。我决定甩出我最后一张牌。

“这没关系，我可以增加我的课程数量。美术课一直以来就像是我的巧克力，我永远不会嫌它多的。”

“好的。我们抱歉地说，这里缺乏这方面的职业资源。还好我们有很好的团队精神，我们会互相帮助。请记住，你可以随时来找我们，我们会帮助你的。”

我没说什么。这番话我以前也从原来的校长的嘴里听到过，我是不会相信这种保证词的。

约科校长研究了一下我的表情，然后看了看他的妻子。“我们现在能做的是，把你上过的美术课程代替其他课的分数，比如体育课。你觉得如何？”

是不是听上去太好了点啊，美术课代替体育课？我一直都不喜欢体育课，尤其是集体运动。

“呃，好啊，这听起来不错……非常好。”

紧绷绷的笑容从约科校长的骷髅脸上显露出来。“很好。现在全部都搞定了。我把你的课程表打印出来。”

他动了动电脑，然后朝着大型打印机方向走去。他的动作看起来很累，生病了似的。

我想起我答应过亚斯卡晚上的事情，我转身和马里塔老师说。“还有就是，我是个素食者。你们可以帮我告诉食堂的阿姨吗，还是我得自己去说？”

他们两个同时表露出与我上次告诉亚斯卡时同样的呆瓜表情。

“哦，是吃素的？”约克校长总算说出了一句，“我们可以帮你告诉食堂的阿姨们。”

我谢了谢，然后拿起我的课程表。

“我们周一见哦。”马里塔老师开心地说。我瞄了一眼我的课程表，第一堂课是语文课。真的好期待哟。

我离开了校长办公室。我感觉轻松了许多，边走边回想着刚刚的谈话，没注意到大堂里的闹声，我一点都没警惕感地打开了教导处的门。

我呆呆地看着正前方。只有几米远的距离站着五名男生。当他们发现我的时候停止了他们的谈话，然后转身都凝视我。

我除了也凝视他们没其他的能做。他们都穿了一身宽松的白裤白衣——应该是什么柔道服，我明白过来。一生从没在我脑中出现过的评价男生们的一个词——好帅，就这样第一次出现了。他们个个长得又高又有运动感，那是我从来没习惯过的。

以前的托尔凯利学校我习惯和一些穿着紧身牛仔裤，围着巴勒斯坦围巾的艺术男生打交道，我们的话题一直是围绕着艺术、政治和世界灾难。我当然也遇见过很多好看的男生，但这次的这几个简直是完美得不像真的。理智点说是他们不应该是高中生，因为他们看上去都不像二十岁以下。

我稍微把他们扫了一遍后，眼光钉在了那位离我最近的男生身上。男的。男人。啊哼，好吧，总而言之。他是第一个完全转身看我的。我看到了他全部的样子，简直可以用神来形容。脸颧骨高大圆丰，高挺笔直的鼻子，轮廓分明的下巴。他留着一头黑棕色的短发，还有古铜色的皮肤。他的皮肤没有我那么黑，但是能知道他在暑假里在外面活动的时间要比待在电脑前的长。

他直直地看着我，我看到了他的双眸。

睫毛和他的发色一样的深，但是虹膜是闪耀的蓝色。是深海的蓝色的，还是普鲁士蓝的？不，我不相信我在其他地方看到过这个颜色。双眸是那么的透亮而又柔和、冰冷的火热。这让我联想起从冰川火山里喷发的岩浆，但是速度很慢，慢得你根本看不到，但它还是在流动。

瞬间感到室内温度出奇地热。

直到男生退到一旁，为我让开了道路时，我才回想起我在哪里，是来干什么的。时间就过了那么几秒钟，但我的脚已经忘了如何迈步。跨了一步，然后第二步。其余男生也跟着第一个男生一样的动作往两边退，接着我的前面形成了一个小巷子。我尽可能保持严肃地从他们身边经过。我没摔倒或跌倒，这已经很不错了。我的脚步声在大堂里响着，根据我发烫的脖子我甚至可以发誓，他们五个人都在后面凝视我。我克制自己不要去看他们，然后急匆匆飞一般地从大门溜了出去。

当我安全地走到其他地方时——已经是离开两个房子的距离——我停下脚步。我用双手按着额头并试着平静我的心跳。

老天爷。我真的不知道刚才到底是发生了什么事情。刚才应该没有什么可以让我惊讶的啊。应该没有什么能让我这么心跳加速激动紧张的呀。而且，我从来没有这样过。

我一直很理智。我不是那种见到谁就喜欢上的女孩——当然也有那么几次喜欢过，但我都是把它偷偷地埋在心里。我觉得外表看上去冷酷一点要比每次见到男生脸红傻笑好。

我把手垂下来然后缓缓地吸了几口气。第一次这么震惊让我感到耻辱。我一定是嘴巴张着呆站在那里，那个样子看起来真的好傻。我现在只能希望接下来有很长时间见不到他们。

我清醒了一下，然后往亚斯卡的家走去。我来这个镇只有一个也是唯一的原因，那就是把关于妈妈的事情搞清楚然后回赫尔辛基，我不会再回这个地方来的。这要比生活在没必要的期望中好几百倍。

至少浪漫可以放在首位。

我嗤笑一声，我又让自己想得太多了。但是我不应该有什么理由让我持有某种期望。我只是看到了一个陌生的男生，然后无声地从他身边走过。他也只不过看了我一眼，然后给我让了道，没其他的。该死。这在世界的范围内根本不意味着任何什么。

我们也不认识彼此。如果某种方式让我们认识了彼此，很有可能我们甚至都不会喜欢对方。我不需要把他了解个清楚，因为他显然要比我大，而且不该是和我同一个学校的，他只是来参加学校组织的柔道课。除了我开始学习防身术课程以外，我可真不会去参加那种课，也就不会再见到他的。这就这样了。

然而在回程的路上，我依然在想，这个镇有多么小，有多么大的概率能让我在商店里、街上、邮局或图书馆遇见他。哪里都可以。怎样有可能让我再一次看到他的那般闪亮的蓝色的双眸。

第三章

当周一终于来临，我几乎没有像原先我想的那么紧张。我甚至有了自信的感觉。推理看来帮了好大的忙。什么最惨的事情将会在今天发生呢？我没找到正确的教室？应该不可能，这个学校很小。可能是我会多次介绍我自己，这或许是今天最惨的事情。

当然，我应该知道更好。

我到达第一堂课的教室门前，门已经开着了，并且一半的座位已经坐满。好多学生坐在后面闲聊——至少是当我进入教室前。

如果那些柔道男生是帅哥的话，那同样这个词可以用在这个班级的男同学身上。古铜色的，一个比一个帅的人，真的难以置信这是在高中学校。要不是跟他们一起上课的话，我可能猜他们都是体育健儿。狼山镇的高中应该不是体育重点学校。希望不是。

他们大部分穿着名牌牛仔裤、鲜艳的 T 恤和卫衣。这里没有丝绒、人造革、铆钉或耳洞。如果能比喻的话，以前的托尔凯利高中相当于毕加索和古代经典的艺术。班上的女生比男生少，但她们丝毫没有感觉弱势。有一种很难解释的预感，她们的存在告诉我，比起那些男生们我得更提防着点她们。

呼！我真不敢相信凯努区（芬兰的一个区，属奥卢省，位于芬兰的东面）的人会是这个样子的。

几乎全班的同学都在那时凝视着我。我感觉我像个杂技团里的动物，但我试着忽视它的存在。我已经学会面对，我是学校里的怪胎。班里的许多同学穿着有耐克和阿迪达斯字样的衣服，而我的是从二手店和跳蚤市场里弄来的。当然我也会去逛正常的衣服店；我只是有种想法，那些穿过的衣服都有它自己的故事。而且它们很便宜。又很环保。

我把头抬起来，然后往后面的空位走过去。事实上我很想坐在隔开他们两排座位远的安全地带，但这会给我的新同学们错误的信息。

我刚坐到座位上，问题就出现了。

“对不起。”有谁用尖亮的嗓门说道。

我转身，看到一位金发女生凶巴巴地看着我。凶巴巴更加严重一倍的眼神。她看上去像是看到了一只苍蝇，而且马上要拍死它似的。还有更加令人困惑的是，她看起来像个我从没见过的芭比娃娃。漂亮的骨骼和衣服，完全都在闪闪发光。金色的耳环和美丽的嘴唇，若不是这种瞧不起人的态度，几乎接近完美。我扬起眉毛，我让她看到，她也没让我有好感。凭我以前的经验，在欺凌者面前你不能显弱。欺凌者会闻到恐惧。这会让他们更加猖狂。

芭比娃娃有意地往地上看，我也往地上看。

噢！汗！

“你踩在我的围巾上面啦。”她说的方式就像是在确保我能明白，究竟是发生了什么样的灾难性失误。

“对不起。”

我把围巾从地上捡起。那是一条桃色真丝围巾，摸起来似乎很贵重。芭比娃娃从我手上把它抽了过去。要不是我及时松手，估计它会变成两半。

她又瞪了我一眼，但没说什么。我好想问，为什么丝巾会在地上，但是我制止了自己。

“你，不能坐在那里，”她一边把围巾放进包里一边说，“那个是米卡尔的位子。”

这话对我来说等于白说。

“那，哪里我能坐呢？”我尽力地用无辜的语气问。

“哪里都可以。”一个声音说道。

我往门的方向望去，看是谁在那里说话——我顿时呆住了。

是他，毋庸置疑，那个蓝色双瞳的男生。

我不知道该如何掩饰自己的紧张。他迟疑地看着我和芭比娃娃，似乎在猜测我和她之间发生了什么事情。然后他的目光往其他地方扫了一下——我能确切地感觉到，他看了一眼我挂着书包的右手臂。奇怪。

芭比娃娃交叉双臂。我以为她将要讲些刺耳的话出来。除了她愤怒的凝视和充满敌意的语调之外，她只是说："是的，你当然坐哪里都可以。"

男生用毫无表情的目光看了她一眼，瞬间那个威胁的态度缩了回去。僵硬的气氛一直持续到蓝色的双瞳转移到我的面前为止。

我看着他，我感觉到我的表情依然是那种正在面对将要袭来的危险。

也许是这表情，我听到有人——好像是很多人，我不是很确定——急速地倒吸了一口气。

"嗨，我叫米卡尔。"

他看上去似乎希望和我握手，但我的包给挡住了。我试图吞下失望，然后抱歉地微笑了一下。

"嗨。"

"你就坐那里吧。"

"谢谢，我还是坐别的地方吧。"

我离开了他让人不自在的目光，然后坐到了前面点的位子上去。我这时才反应过来，我忘记告诉他我的名字了。我强忍着坐直了身体，虽然我是恨不得把我脑袋往课桌上敲，敲到我脑出血，死了算了。

正巧这时我往门那边望去，一个戴着帽子的男生走了进来。我第一眼注意到的是他的表情：很容易让我辨认。他的表情在说，他比我更不想在这里。然后我看到了他的衣服：黑色的紧身牛仔裤，红色的匡威和印刷图案的 T 恤，外面套了一件手工织的毛衣。当他把帽子摘掉后，我发现他的金色短发颜色很不自然，是染过的，而且头发打薄过了。他没有像班上其他男生那样的阔肩膀，但我不能说他长得像绿豆芽，总之他让我回想起我以前学校里的男同学，回想起那些就让我好想哭啊。

他看了我一眼，然后看了一眼后面，接着又朝我看。他的嘴角浮起了一丝微笑，似乎暗示着我应该知道这里是怎么一回事。他走到我的附近，把书包扔在了地上，坐在了我旁边靠近门的位子。

这时马里塔·卡尔沃宁老师飘了进来。

“早上好，同学们，早上好。”她啁啾地说。她看上去比上次矮了一点，沧桑了一点，而且更古怪了一点，这让我不能相信。她又穿了件长袍，这次是橘黄色的，一双黑色的工作拖鞋。她的眼神很神经质。很快，挑剔的眼神抓到了我。

“对了，我们今天需要先介绍一位新同学。”

她说“同学”词的语调，刻意，像在说小朋友似的。

“莱依莎，请你站起来介绍一下自己。我们大家都很想知道。”

她把双手交叉放在小腹前，看着我的样子像是在鼓舞着我。我凝视她片刻确保我没搞错，便缓慢地起身。我润了润嗓子。一千双眼睛盯着我看，我的脉搏极度加速。我试图竭力不往某双蓝眼方向望。

“呃，我叫莱依莎·奥亚，二年级。我住在亚斯卡——”名字从我嘴里吐出不知怎么感觉好怪，“的家里。我从首都搬到这里来的。”

有人咳嗽了一声。我不知道，对方是否存心的，但是不管怎样这让我站得更直了。如果有什么能让我感到自豪的话，那就是对其他地方人来讲赫尔辛基总是首都。其他地方是不可能把他们的地方喊成首都，那会听起来很傻。但不是意味着它比其他地方好或差，它只是意味着我是一个首都人。

当马里塔老师发觉我不知道还要讲什么时，她举起手摇了摇。“请继续告诉我们一些其他的。”她说。

我让我不再想我的城市——我不能不想——我试着想些值得说的事情。

“我喜欢艺术，我常常写生和画油画，有时候还摄影。”

“还有其他的吗？”

“你希望知道些什么？”我问道。

“比方你最喜欢的颜色和食物。”

我又一次地确认，她有没有搞错。显然没有。“呃，那个，我最喜欢的食物应该是素的千层饼。然后颜色嘛，不停地会换的。这个得看每个季节、每天和心情。”

“现在应该是什么颜色？”

我本能地闭上了眼睛。“当然是深灰色，或者不是，应该是酸柠色，那种加了很多银色的黄色。”

我突然想起，那个颜色是我赫尔辛基家洗手间墙壁的颜色。

马里塔老师停顿了一下，像是接下来要继续问我些问题。“你喜欢什么样的味道？你最喜欢的香水是哪种？”

“啊？什么？”我心想着，但我没说出口。颜色和食物我还懂一些，味道？正常人应该不会问你，你喜欢什么味道吧。

我意识到，这位马里塔老师还担任了学校里的心理老师，我得努力配合她。我接着顺口说出些我脑子里出现的字眼。“卡里奥区的图书馆，哈梅路，中国菜，亚麻布，石膏。”

我时常用石膏来做我的油画底层，它让我想起我的作品，我好怀念它的味道，我好久没有用过它了。

看来我的回答让马里塔老师满意。她急匆匆地向我这边走来。然后我看到她的动作指示，她让我坐下。我真的很希望我的脸不要像我担心的那样变得通红。

“再一次欢迎你。我们真的很高兴你能来我们学校。我们狼山镇这里像个大家庭，我们分享各种事情，不管是好的或坏的。我希望每个课堂里的同学应该让莱依莎感到我们很欢迎她，我们可以一起帮助她从可怕的悲剧里解脱出来。”

她走到我身边，把手扶在我桌子上。我闻到了她的一股老人臭的味道，这顿时让我发晕，模模糊糊的一会儿，然后我才回过神来听她在讲什么。

真棒。大家看来都知道我的那个“可怕的悲剧”。

“还有，莱依莎，”她更进一步地看着我，“你是知道的，你只要说一声，援助就会在你身旁。”

我听到了后面的嗤笑声。我当然也会笑，如果我不是被惹毛了，并且有位老女人站在你身边，处于恐怖状态中的话。

等课上完，我立马不顾一切地把我的东西塞入包里。我正要迈出门，米卡尔从我身边走过，站在了教室前面。

“我有件事情要通知大家。”他说道，大家都马上肃静了下来，“这个周五欢迎大家来我家做客。房子这个周末没人，大家可以留在我家过夜。如果需要接送的话，请打电话给我。”

除了我和那个把帽子戴回头上的男生以外一片欢呼声。芭比娃娃跑到米卡尔那里，双手勾住了他的颈项。

然后亲了他一下。

“当然。”我心想。我应该知道这个，学校最耀眼的男生和最讨厌的女生在交往。老天爷就是那么不公平。

我决定，不要让这种信息打扰自己。这不要任何解释。

接着我感到很大的解脱——我期望已久的——美术课。我好久没写生和画油画了，我脑中出现了一个问题，我还会画吗？或许我还会画的，但是我不想画呢？我简直无法再去想它。

有个小小的安慰是，那个戴帽子的男生也和我一起上美术课。

“显然这里不是经常会来新人。”当我们在等老师的时候我说。

他笑开了。“是啊，真的是这样。我也搞不懂。为什么会有人愿意搬到这个鬼地方？”

“说实话，我也不知道。”我完全没思考过就说了。男生笑了笑。

“刚才的欢迎课够刺激吧？”

我微笑。“你叫什么？”

“尼克。”

“莱依莎。”我说，然后伸出我的手。

尼克有趣地看了看。“这个，我记得。”说完他还是抓住我的手，握了握。

我忆起纪念品店女士和她说过她孙子的事。“周五的时候我想我见过你奶奶。”我说道。

我们终止了聊天，因为老师来了。老师是一位年轻的、波斯米亚风格穿着的女士。她留着长长的深色头发，长着斯拉夫人的脸。我与她谈了一些话后，我知道她叫斯维特拉娜，她来自俄罗斯。我还了解到这节课是把原先没完成的作业给做完，我没什么特别的事可做。老师给了我新的作业，于是我坐在桌旁画草图。

我先观察了一下，往教室另一端走的尼克在干什么。过了一会儿，我看到他把裸体的芭比人偶用热胶水粘起来。这完美地结合了刚才的遭遇，让我必须忍住笑意。

他的实际作业是把各种各样的玩具用尽可能的搞笑方式悬挂在一段长长的鸡网上面。有的玩具被他用钉子钉在网上，有的是用铁丝拴在网上。我觉得最搞笑的是一只毛绒熊猫玩具，被穿上了粉红色比基尼。

尼克真的很有趣。

我回过神继续做我的作业。我花了点时间，确保自己还能画画。我的技术还在，没有被遗忘。我集中精力画画，不去想其他的事情。

我的作业是在纸板层的纸上或是布上画出近期自己所遇见的最重要的经历或事物。我在以前的课堂上已经习惯了相对有限制的题目的作业，现在能让我自由发挥，这使我感到很开心。在我脑海里出现的第一个明显的选择当然是我的妈妈。没有其他东西比她更重要的。但我不想挖掘我痛处最深的一层去塑造混乱的形状和颜色。也许以后的时候吧，几年以后或者几十年以后。现在感觉画它还不是时候。

我应该画些我时常在新的作品上画的东西。我闭上眼睛，让那些图案显现出来。

非常的夸张，这样就起作用了：就像我脑袋里有了会转的放映走马灯或放映胶卷，然后等待着，它将会在哪个位置停下。影像会先在我脑中急速转动，然后渐渐地慢下来。

这次它比以往停得要快。我睁开双眼。

狼。那条在森林凝视我的狼。

我抓起笔。

我一直被称赞有很好的想法和设计，有时我会有内疚感。实际上那些不是我自己创作的，而是复制的。我只知道，影像都是从我大脑以为的地方传送给我的。一般它们都是完好的，但有时候可能会变得混乱或太有挑战性。问题不是出在画上而是我的技术上。我不能记住全部我所看到的。颜色会画得不对和形状不是完美的。有时这会让我沮丧，但只是短暂的。我没有停止过努力。有时我依然会担心，哪天我会忘记那些影像。

我从没告诉过其他人我看到的东西。它让人感觉实在是太怪里怪气了。

当我回过神来发觉斯维特拉娜老师已经站在我的背后。“你以前应该是在托尔凯利念高中的吧？”

我转头望着她，点头。老师坐在我的面前。

“你一定考虑过拿美术的高中毕业论文。”她说。我的直觉告诉我，她想要知道我什么，但是我不知道是什么。

“是的。”

对托尔凯利的学生来讲论文是注定的结果。它就像是美术大学的录取书。如果毕业分数很好的话就很容易考进艺术系的大学。

“如果今年你把毕业作品弄完，你觉得怎样？”

我扬起了眉毛。好多老师都强调过，在做毕业作品之前让我参加更多的美术课程——那时会更了解自己的优势。

“我不知道。但愿很快吧。”

她赞赏地看着我。“我们这里的情况是，已经有几年没有谁申请过美术系的毕业论文了。今年尼克决定申请，如果我能找到另一位申请者的话，我也许能说服校长安排外界的考官来我们学校。那样就能得到正式的美术系论文。”

哇噢。我没想到，这个学校竟然“这么”的小。

“明年估计就没有这个机会了，”斯维特拉娜老师强调道，确保她的消息被听懂，“因为尼克今年已经是高三了。”

我望了望依然正在把芭比娃娃粘在鸡网上的尼克。如果他今年不申请的话，那他就没有这个机会了。我是他的唯一机会，他也是我的唯一的机会，如果我将在这里读完高中的话。

“嗯，我也今年申请吧。”

斯维特拉娜老师笑了，然后我们聊了聊其他话题。她跟我讲了她之前曾在俄罗斯圣彼得堡大学和芬兰拉普兰大学读书。到这个高中教书已经三年了。我没问她为什么会来这里，但很明显，她不是出于艺术的志向来这里的。我跟她说了些关于我妈妈和托尔凯利高中的事情。然后我们谈到了我们两个都去过的一位芬兰艺术家的展会。聊天过后我感到我的身心轻松了许多，我发觉我居然笑了。

美术课结束后是午餐时间。回教室后我有所期盼地望了望背后，或许能碰上尼克。因此我被吓了个半死，因为突然有谁站在我前面说了一声：“你好。”

我差点没被噎着。我转头看着对方，猛地倒吸一口气。

我的正前方站了一位高高的、简直是非常高的男生。我得花点时间才能看到他的脸——淡淡的古铜色皮肤，过长的金发，招风耳朵，蓝灰色眼睛。有几颗雀斑在右边的脸颊上。

“对，对不起。”男生结巴。他的声音比想象的要柔弱一些。

“没事。”我说，试着笑笑。坦率地说是我讨厌被打扰：我快找不到尼克了，那样我得一个人去吃饭。

“我叫约翰。”他伸出了他一只巨大的手说道。我们快速地握了握手。

“莱依莎，嗨。”

我等着约翰说些什么，但他只是站在我的面前，感觉非常的困扰。我扬起了眉毛。一般这时，当有谁跟一个不认识的人说话，应该是有事情要说吧。

“狼山镇的高中感觉还……蛮不错的。”我说。

我等着约翰回答什么，但他还是没吭声。我的心在叹气。“我的第一堂课真的感觉好好玩。”我傻笑道，“是不是马里塔老师一直都这么古怪？”

约翰把嘴巴张开又闭上了。

这时尼克双手插在裤兜里，夹着肩膀，从我们身边走过。他的表情和眼神看似想要跟我说什么。然后他看了看我身边的约翰，显然有了其他的想法。真是遗憾——我现在真的好想跟他说话。不行，我得跟他说点什么。

“喂，尼克。”我喊道。他速度变慢，转身看我。这时，我突然反应，我不知道要讲什么。我感觉我像约翰二号。

好吧，我就说些我第一个想到的什么吧。“我听说你打算申请美术系的毕业论文。”

尼克望了一眼约翰然后再看看我。“嗯，对。”他皱着眉说。

“你不是唯一的一个，”我马上说，“我也是。”

他怀疑地看着我:“哦，是吗？”

“我在首都上的是美术高中，而且我已经上了足够的课程，斯维特拉娜老师说只要有两个学生申请美术系毕业论文，那就能让考官来这里监考，如果你没改主意的话，这应该能够成功。”

“我觉得，我不是个会改主意的人。”

我迟疑地向他笑了笑。“我打算先去吃饭。”说完我先看了一眼约翰，然后问尼克，“一起去吃吗？”

“我已经吃过了。”约翰马上说。

尼克耸了耸肩膀。

“好吧。你被允许和我一起吃饭。”

他向我扬起了一边的眉毛，然后从兜里伸出一只手，笔直地伸向走廊，“女士先请——还是应该怎么讲？”

我对约翰说了一句“回见”，然后急匆匆地往尼克指的方向走去。我能肯定，约翰留在原地看着我，但我懒得回头。

尼克马上跟在我的身边。他嘟囔了些什么，我只听到最后的一部分，“找错对象了。”

“什么？”

“没什么，”他叹了口气，“提醒你一句：你最好有些准备，这里的吃的东西实在是难吃。我不知道你在赫尔辛基是怎么过的，但是我能肯定这里完全不同。”

“我真搞不懂这东西，”尼克用飞快的速度解决了他的午餐。我甚至碰都没碰它。在我去拿我的午餐的时候尼克已经拿好了他所说的“正常的”午餐。我打开用锡纸包着的食物时，我得承认他是对的，我的食物看上去像刚刚经过食草动物的胃过滤出来的东西。我把我想的说了出来，尼克听了哈哈大笑。

“干吗？”我问。

“那个，你为什么会坚持要来这里呢？”

“我妈妈死了。”我直截了当地说。

“这我知道。”他连忙说，“我只是想，你可以留在赫尔辛基，把那里的高中念完啊。”

“我在那里没有任何亲戚。亚斯卡接我到这里来住的。”

“你必须得住在谁家里吗？”

这是个很好的提醒。问题是，我不能把我来的真正目的告诉谁。我咬住了嘴唇。

“等一下，我是否听懂了你刚才说的意思？”

“我说的什么意思？”

“那么亚斯卡应该是你的亲戚咯？”

我沉思了几秒钟，相信还是不相信？“相信。”我心里说，我决定听它的。“他声称是我的舅舅。”我说，“我从来没听到过我有个舅舅，因为我妈妈在怀着我的时候就断绝了跟整个家族的来往。”

尼克看上去在思考着这个问题。“也就是说，若不是亚斯卡和你联系的话，之前你从没来过狼山镇吗？”

我摇头。“我从来没听说过有狼山镇这么个地方。我在这里只住了一个星期不到。”

“奇怪。”尼克低声说。

“你对亚斯卡很熟吗？”我问。

“不是太熟。”

“你听到过关于我妈妈的事情吗？或者是，亚斯卡是否有妹妹？”

尼克摇了摇头，我叹了口气。“我知道，应该是有谁在说谎，或者是没把事情说清楚。我想知道是谁还有为什么。”

“我能相信。”

“问题是，我不知道，该问谁才好。亚斯卡那里我不想主动去问。我担心，万一我直接问，他本想说的话就不愿说了。我不是——”

我还想接着说时，米卡尔走进了食堂。芭比娃娃——迄今为止显露她的名字叫妍妮——紧跟在他的后面。显然看她的样子，是确保让米卡尔不得安宁。事实上，不得不说，他没让人感觉他对这个讨厌。我迅速把目光转移到我没吃过的食物上。

他们分了开来，我终于又抬起了头，妍妮去拿午餐时，米卡尔留在桌旁和他的一些朋友说话。那一瞬间，当米卡尔到达他们桌子的时候，他们停止了谈话。米卡尔和他们说了些什么，然后谈话又开始继续，但是整体上感觉，他们在害怕——什么？米卡尔吗？听上去就像疯了一样，但这是唯一的解答。为什么大家都不敢正视他？

“我得承认，我还不是太明白这个学校的等级制度。”我对尼克说，“当然每个学校里都有最受欢迎的和一般受欢迎的学生，但米卡尔像是被作为了神一般对待。他几乎自动地站在全部人的上方。”

如果我将得到一个彻底全面的解释的话，我会很失望。

“米卡尔一直是这里的头儿。”尼克听上去不满地回答。

然后他开始全神贯注地捏起了餐巾纸，我决定，是时候试着把一部分的午餐解决掉了。我们静静地坐着，直到尼克被惊吓到。我扬起眉毛，还没来得及等我问什么事，我发现米卡尔朝我们的方向走来。我往四周望望，是否有谁是他要找的，但是没有——我们坐在墙角里，这里没有其他人。

“嗨，”他在我们面前停住了脚步，“你们周五来吗？”

我的大脑一片空白。我不知道他在说什么。费解的表情在我脸上显露着，因为他续说：“就是，我家里有个派对。”

我打着问号地看着尼克。他也看上去一样的迷茫。“我不知道。我们完全没想过这事。”我终于回答。我从来没想过，我也会被邀请。

“大家几乎都会来。如果你们也能来那就太好了。你或许还没有很多机会认识太多的人，周五将会很合适。”

这话冲淡了我的心情。就是说，米卡尔只是想表示一下友好罢了——不是意味着，他只是想让我参加。或者尼克，也是这样想的。老实点讲，我不喜欢他认为有必要对我提供帮助，这让我感觉是在可怜我。

我没有太大的奢望想认识谁，于是我几乎想回绝掉。

然后我想起了妈妈。从亚斯卡的家里，我没能找到他与妈妈有过联系的线索。我也很难相信他告诉我的解释。为什么妈妈不告诉我她年轻时候的事情？妈妈也许年轻时有些困惑，但是她应该有她的原则。

我能肯定，这个镇上有谁知道她的事。有谁应该认识她。如果我打算搞清楚的话，我必须得尽可能地多认识一些这个地方的人。我怀疑我的同龄人应该不知道什么，但是他们的父母应该知道。或许从他们孩子那里开始接触有些远，但也许值得一试。试一试我又不会掉块肉。

“我可以参加，”我说，转身看着尼克，“如果你也去的话？”

这是问他也是拉他去。他的眼睛充满了迷茫，我知道他一点都不想答应。我用恳求的眼神看着他。我必须得去，虽然他不想去，但是有他在我可以感觉轻松点。显然米卡尔发觉了这个，因为他说：“好的，说好了，我会当那天的司机，我来接送你们。”

这话真是个惊喜。假设，他是司机的话，那他就不能喝酒。奇怪了，他已经满十八岁了，大家是参加他的派对。谁会这么努力地办派对，如果自己不能在派对中开心地品酒?

“唔，好吧，那我也就去吧。”尼克喃喃而语。

我几乎能听到，他在心里暗骂。

我留意到，他也是任何情况下都没去看米卡尔的双眼。

第四章

最后我们商量好，周五我会骑自行车去尼克那里，然后米卡尔来接我们两个。他家离亚斯卡的家有十公里远，走路去是不可能的。而从尼克的家到他家只有三公里。我这个习惯坐地铁、有轨电车和公共汽车的人惊奇地发现，在狼山镇里能使用的交通工具只有三种，那就是：自行车、汽车或脚。

亚斯卡没让我感到他不愿意让我出去。他只是让我自己小心点。我不是太确定，他指的是什么，但我很感激，他没有阻止我或说些其他什么。我真的不想听到任何反对的话。

从进学校的第一天以后我和尼克就走得很近。我们的友谊发生得非常轻而易举。首先是我们两个有很多共同感。其次我们两个都是用自己的方式生活的局外人。

一定是由于我是“新女孩”“赫尔辛基来的”，导致除了沉默寡言的约翰还有某些同学向我表示友善并闲聊几句。那些所谓的“某些”也都是些男生，他们每个人让我总觉得有那么一点或者更多不自在。他们其中没有谁能和我趣味相投，但只要我能和尼克一起消磨时间，我无须抱怨。

然后关于尼克……唔，这样讲吧，我很快地注意到，他不是太受欢迎。不止一次我看到某些同学看着他拧紧眉头，而且看样子，他在学校也没有谁能称作朋友。

尼克的家和亚斯卡的家有点像，除了没那么大，并且没有保养得太好以外。院子里堆放着各种几乎已经好久没有动过的东西，灌木丛已经长得乱得不行了，草坪就更别提了。如果我有钱的话，我的房子估计也会是这个样子的。

我把自行车停在灌木丛边上，然后走到前门。我知道我早到了，但是这应该没什么问题。不过，过了一会儿后我怀疑了我的想法。

开门的是一位凶巴巴的男人。他的年龄我有些难以猜测，因为他看上去好像是刚刚从死亡中苏醒。同时我的鼻孔里钻进一股臭味，这种味道是不会搞错的：发臭的酒味。

这是尼克的爸爸，我觉得我有些震惊。我还没来得及跟他打招呼，他就向我瞪了一眼，然后转头喊："尼克！你女人来了。"

不一会儿尼克来到门前，他爸爸嘟囔着什么然后折回他原先的地方。我二话没说脱了鞋子就跟着尼克进了他的房间。

我只能用一个词形容他的房间：杂乱。这是由于东西太多，无法放在一个小的空间里的结果。尼克把东西塞得满满的：书、碟片、衣服、鞋子，还有好多我无法说清楚是啥类的东西。

"抱歉，我有些日子没打扫了。"

"没事。我的房间看上去也差不多。"

其实这不是真的，我狼山镇的房间几乎有点像病房，而卡里奥的房间……那个已经不是我的房间了。

我跨过一堆衣服，然后走到尼克的书桌前。桌子上已经尽可能地被各种东西占满了，我从里面可以分清楚一只袜子。我发现了一摞杂志。最上面的一本是《VOGUE》。

"显然你喜欢时尚。"

"什么？哦，是，也许吧。"尼克一边轻声低语一边翻动着一堆东西，然后从里面抽出了一包糖果。

"来点糖果？"

"好啊，谢谢。"

他把糖果包从房间的另一端丢给了我，我伸手从空中接住。我把一些杂志和衣服从破旧不堪的座椅上拿走，然后坐了上去。尼克往他的床上躺了下去。

“这个地方应该不会有太多的衣服店。”我说。我拉扯着糖果包，但是它被封得死死的。

“真的不多。衣服和其他的都是同样情况：如果你希望穿得比较有自己的品位，那你得网上买或者自己做。”

“那你自己做吗？”

“什么？”

“你自己做衣服吗？”

“也许会试试看吧。”他转了转眼睛说，“那你呢？”

我摇头。“我没那种耐心。但我一直很羡慕那些会的人。”

我最终放弃了打开糖果包的念头，然后把糖果包丢还给一拉就能马上打开的尼克。我们闲聊了这个那个的，并且听了些尼克收集的各种摇滚音乐，从芬兰的朋克摇滚到吉米·亨德里克斯的摇滚吉他，直到我们看了一下时间：十九点二十分。

“我们差不多该到外面等了。”

我琢磨了一下他的老爸，然后点了点头。

***

“米卡尔家很有钱。”我们站在院子中尼克说道，“简直是夸张的有钱。”

太阳还没有落山，但是温度已经有些变冷。我没带外套，于是我只能努力把自己裹在毛衣里面。

“我听说他家房子非常漂亮。按摩浴缸、壁炉房——以及其他的。”

“你从没去过他家吗？”我问得有些心不在焉。我的心思还一直转在他老爸身上。

“嗯，没有。事实上，我和米卡尔从没怎么来往，我们不是在一个圈子里的人。”

这些我已经搞清楚了。

“好诡异，他居然会邀请我们。”我的语气很惊讶。

尼克笑了。“米卡尔或多或少一直有他高尚的理由。”

我看着他。我留意着他的灰绿色、有趣的双眼。“我得谢谢你，你能答应去。我知道，你一点都不想去。”

“没事。”

“真的，”连我自己都很惊讶我居然会说这种话，“我不记得，上次是什么时候有谁为我做出过这样的牺牲。而且我们认识彼此连一个星期都不到。”

他的脸上出现了一个奇怪的表情，片刻之后，我才明白过来，这是怎么了——尼克很惊讶。他企图努力掩饰，但是我知道我没看错。我一直善于了解人的表情，我站在尼克的身边想着，是否他需要这样做呢？

***

我们站了不久，一辆黑色宝马就开进了院子里。世界上没有几个车的牌子我会认识的，但是宝马是其中的一个。我应该对这个有所准备，因为之前尼克告诉我关于米卡尔家的事情，但是总归觉得狼山镇和这辆闪闪发光的宝马不是太匹配。

低音喇叭的声响从很远就能听到。

“真是够时尚的。”我低语。我不相信尼克会听到，但是他笑了起来。“接下去你还会看到更精彩的，而且你会觉得你是多么的正确。”

米卡尔坐在驾驶员的座位上。副驾驶座已经被占掉了，并且米卡尔的后面也是。我不记得这些男生的名字，但是我在学校里看到过他们。后座位的男生长着驼色的头发，他已经笑得合不拢嘴。他应该是上柔道课的其中一位男生，但这不再是我关心的事情了——将近一个星期我已经习惯，在模特儿身材的学生中上学。他的朋友显然有些严肃；他的头发比较深一些，从他的手臂来判断他应该每两天会去次健身房——应该补充了好多营养。这两位的共同点是，手上都拿着啤酒易拉罐。

“乔尼，佩卡。”当我总算挤进车里坐在当中时，米卡尔介绍了他的朋友。我有些后悔今天穿的衣服，红色的丝绒做的短裙，穿着它坐上车比往常需要花的时间要多好多。乔尼坐在我身边，他拿着易拉罐向我问好。我困扰地说了声好，然后把安全带系上。我发现米卡尔从倒车镜看了我一眼后才开始开车。

米卡尔没把车开得很慢。我不知道到底车速是多少，但是我相信我们的速度一定是超速地飞快。乔尼的块头比较大，转道的时候我无意之中会不时地碰到他。或是至少我不是故意的——他丝毫没有感到介意。车的音响里放着 AC/DC 和嘻哈音乐，乔尼和佩卡不时地会向对方讲些不好笑的傻笑话。米卡尔也会偶尔讲点什么，但一般他都保持沉默。我企图避开看到尼克忍受的表情，但是最终我向他抛去抱歉的眼神。他向我扬起了眉毛，似乎在问，这你满意了吧？我自己也开始怀疑，我是否有必要去米卡尔的家。

最后的一段路途，我沉思起了自己的事情，当米卡尔把车开到他家前院子时，我才回过神来。用房子这词来形容我们面前的这个建筑物是远远不够的。它真的是好大，好白，而且非常，非常的时尚。房子建造在陡峭的山坡上，第一层楼和第二层楼不是在同一个水平线上。最底层的后半部露出了整块整块的岩层，上面的一层比下面的一层要凸出来一些。它让我联想到大规模的台阶——或是搭成一块角的乐高玩具块。

“你们先进去吧，我要去一下其他楼层。”我从车里钻出来时米卡尔说道。过了一段时间，我才反应过来，我的内心仿佛被掏空的感觉从何而来。我好希望他能和我们一起进去。

我把车门关上并让目光片刻停留在他让人着魔的轮廓之后，把注意力转回房子的方向。

除了有岩层还有茂密的树林。车库的石头盘山阶梯直通上方的前门。阶梯的每一层旁边都摆放着雅致的花丛，植物的里面不时地会插着一些小雕塑。那些不是花园的小精灵雕塑，而是令人惊叹的白色塑像。至少我认出了其中的一些希腊神像。

我咽了一口口水说：“米卡尔的父母到底是干什么的？”

佩卡回答我：“哈，你不知道吗？萨里家，就是米卡尔的家庭，拥有狼廷旅馆和一大部分的滑雪度假区。他们是这个区域的富豪。”

“这解释了一切。”我低语。

我们继续往上爬。我永远不会把房子造在这种地方，每次回家还要爬得累死人，但是我得承认，这里非常具有审美感。到阶梯的半山腰我听到了贝斯的音乐声，然后还有歌声。一楼的一侧几乎完全是玻璃，灯火辉煌的室内告诉了所有室外的人，里面究竟有多少人。比我知道镇上有的人还要多。虽然时间相对还早，有些人已经在客厅跳起了舞。

我看了看站在附近玻璃窗边的女孩们。她们个个穿着长裙、高跟鞋，倒梳蓬起的头发。她们在嘲笑某些人，而我只能猜在笑谁。我试着回忆，上一次什么时候我跳过舞或参加过什么派对，但我不记得了。然而，大脑逐渐向我输入一些它是什么感觉的记忆影像。没有其他的，除了眼前的这一时刻。同一时间完全的我和一种比我自己更大的一部分，正在往哪里消失。我发现我迫切地渴望它。

突然间，我有了一种感觉，或许今晚我应该试着让自己过得快乐些。我今天来到这里是正确的，不单单是为了我的目的，也是为了我自己。虽然我来狼山镇是有原因的，但它不意味着，我不能试着有时忘记我的悲伤。我一直鄙视自怜，但直到置身其他人的派对，我才明白过来，最近我时常会自怜。

最后我们来到了前门，佩卡按了一下门铃。当我发现是谁打开的前门时，我顿时被刺激了一下。我的好同学妍妮。让我欣慰的是，当她看到我的时候和我看她的时候，表情是一样的。好吧，什么都不会是完美的。

萨里家房子的里面和外面就像期待的一样漂亮。有足够的空间。装潢我觉得似乎太奢侈了点，但是这个房子的设计师有相当的品位。仿古主题在里面不断地延续，但是相当的低调。房子看上去像新的，让我想什么时候若有其他机会再来这里参观。我不敢摸哪里。现在房子里挤满了闹哄哄的青少年，我有些担心是不是会把什么东西打碎或弄坏。

我不明白米卡尔怎么会能放心在没人管的情况下开派对。我认出了大多数的高中同学，但是也有几个我会认为他们是初中生。我还发现另外一些应该已经过了高中生年龄的人群，事实上，这个场合年龄不是太重要。所有的男孩都穿着短裤或是牛仔裤和 T 恤衫。女孩群体布满了高跟鞋、五颜六色的背心和短裙，那些短裙明显比我的还要短。所有的一切让我感觉像是进入了青少年美剧中的场景，而不是凯努区的小镇。我立马感到自己穿得好寒酸。

“这些都是什么人？”我问尼克。

他耸耸肩膀。“整个区域的和一些偏远地区的。大部分我也不认识。”

“米卡尔认识他们吧？”

“应该是的。”

和我们一起来的佩卡和乔尼告诉过我们他们先去厨房，在缺乏更好的计划的情况下我和尼克决定也去那里。然而这个决定是错误的，因为我们进入厨房间时发觉，那里不单单只有我们。妍妮背对着我们站在厨房工作台在切着什么。我正考虑退出去时，乔尼发现了我接着把我的计划打乱了。

“莱依莎，来点啤酒吗？”

妍妮的背部变得僵硬，我看到她深深地吸了一口气。她没说什么。事实上她装作没看到我们。但这次她没有扮演好：她处理刀的方式太粗糙了点，妨碍了她的演技。我简直能看到她头上在冒烟。我简直不知道，我该如何对这个做出反应，但另一方面我完全摸不着头脑，她在动什么脑筋。

“不了，谢谢。”我回答。

“那你就没有什么喝的啦。”乔尼抗议。他试图从冰箱里拿什么酒给我，但是没有找到，然后他开始往其他范围寻找酒精饮料。

“我今天没想喝什么酒。”我说。

妍妮咳嗽了一声，但是继续切柠檬。

“你别完全确定你不喝。”佩卡说。

我想起了上个星期树林里的晚上并且本能地开始摸索我的右手袖口。手臂上的刀疤依然很明显，因此我必须穿着长袖的衣服。

“我没有。”

“或许我们今晚还能看到莱依莎喝酒疯狂的一面。”乔尼满怀希望说。

我勉强地笑了笑:“我很抱歉，这不是我的风格。”

至少不是在这里，我心里加了一句。以前的学校告诉了我，和合适的人群一起会有合适的热闹。这里我还没感觉是合适的人群，我也不会找到合适的。

我对着他们快速地笑了笑，表示我不是过于保守的人，然后准备离开厨房。离开之前我还是忍不住看了一眼妍妮。没有任何变化。

尼克忠心地跟着我，等我们离开厨房有些距离时他张开了嘴。

“你比我想象中要聪明得多。”

我疑惑地看着他。

“我的意思是，你知道该和哪些人一起玩。”

“是的，如果认为自己了不起的话那会进入一个可怕的鬼圈。”我一本正经地说。尼克咧嘴笑了起来。接着他从兜里拿出一罐啤酒。

“你确定你今天不喝吗？”他问。

我摇了摇头。

他打开了易拉罐，咕咚咕咚地长长地喝了起来。喝得精光之后他发出了享受般的爽呆了的声音，然后朝我扬起眉毛表示高兴。我翻了翻白眼，叹了口气。

我们看了一下周边的人群。看得时间越是久，我越感到我和尼克不合适在这个群体中。我发觉我在想，米卡尔什么时候会过来。

“你奶奶让人感觉很亲切。”我打开了不知道该说些什么的话题。

“是啊，她告诉过我她遇见过你。还有，我应该早些告诉你这件事，但是她昨天才说，你很像你妈妈。不是外表，而是其他的。”

我僵住了。

远在天边近在眼前。

“你奶奶认识我妈妈？”

“嗯，是啊。我奶奶在这里已经住了五十年了。”尼克倚着墙说。我盯着他，准备给自己吸取任何有用的重要资料。

“那个，你可以问她些什么吗？或者你觉得我可以和她见面吗？”

尼克突然看起来像被什么吓到了。“也许，是啊，这应该没问题。你知道你可以从哪里找到她。早上她在店里，晚上她在家里。”

“你奶奶和你们一起住吗？”

“是啊。店是周日休息的，那时奶奶会一天都在家里。她会做好吃的。”

“那我就去你们家。”我开心地说。我试着让我自己看起来不那么兴奋，但实际上我非常的兴奋。这是我来狼山镇第一个重大的收获。很有可能，后天我就能知道全部想要知道的事情了。

尼克马上把一瓶啤酒喝完了，然后又开了一瓶。我们在房子里面待的时间不长，但感觉里面开始热了起来，我拉了拉领口然后打算卷起我的袖子，还好我及时想起我的伤疤。我跟尼克说我们到外面去，然后我们往庭院门的方向走去。

我们马上在门前停住了脚步。如果感觉里面太闹的话，那这外面的整个庭院景象可以用发疯来比喻。我简直像是踏入了刚刚结束的球迷狂欢酒吧：空气中充满了香烟的味道，草地上一大堆空酒瓶和空罐子。音乐在响，但我根本不知道在唱些什么。当我看到庭院里的按摩浴缸时我感到我是否在拉斯维加斯，浴缸里完全塞满了人。女孩们坐在男孩的怀里，大多数手中拿着啤酒或酒杯。一对对情人卿卿我我地搂抱在一起。他们的开放程度让我必须把目光移开。

“我的天。”

“还能说些什么呢。”尼克喝了一口啤酒。

“莱依莎也想加入按摩浴缸吗？”我背后传来声音。我转身看到脸红彤彤的佩卡和乔尼。他们的上衣已经不知去向。他们的样子看起来……不错。

“显然，那里已经满了。”

“我们可以帮你找空的地方。”佩卡保证着。

“抱歉，我没带比基尼来。”我说。我根本没想过我会需要那种东西，如果有的话我也会留在家里。

“你不需要那种东西。”

我瞪了他们一眼。两个男生嘿嘿地咧嘴笑了起来。

“你的裙子看上去很好看，”乔尼从上到下地看了我一遍，“但这上衣感觉太热了点。”

“谢了。我认为你们应该现在马上去浴缸。”

“我们现在还不想去。”

乔尼往前再走了一步，站在了比他高的佩卡身边然后把手搭在他的肩膀上。他们看我的方式让我感到反感。

“告诉我们，莱依莎，你希望和我们其中的哪一个一起跳二年级庆祝舞会？”（芬兰传统的高中舞会，每年的二月份高中二年级学生们为了庆祝他们将要升到三年级，穿着正式的礼服，男生穿燕尾服，女生穿晚礼服，一起在学校里表演传统集体舞和双人舞，学生父母们会到现场观看表演。舞会结束后还会去吃庆祝大餐。）

这也太荒唐了吧。乔尼的声音听上去飘飘然，我知道他在胡闹。事实上，我没考虑过和谁一起跳庆祝舞会。以前的学校里男生很少，只有几个也许能合适当舞伴，但我是不可能被邀请的。而且现在妈妈离开后年会派对什么的完全是我根本不去考虑的事情。

“那你们两个都已经是高三了吗？“我问。

“事实上佩卡是的。”乔尼回答。

“没关系的，大家都会参加学校舞会的。”佩卡说。

“哦，是吗。”这我不知道，也难怪，这里的学校很小，没必要每个年级分开办庆祝派对。

“我们都有经验怎么和女生一起跳舞，而且今年有好多选择。我只是想通知一下，竞争还在继续。”

“好的，我知道了。”

“别忘了。”

他们还试着想让我跟他们一起去按摩浴缸，但是最终放弃了。我和尼克又是两个人了，但是这只持续了一会儿，一个熟悉的身影靠近了我们，他的个子真的是比其他人高好多。“不会吧。”我心想。

“嗨。”约翰没精打采地说。

“嗨。”我回答。

“派对很不错啊。”尼克说并且跟着贝斯的节奏晃着脑袋。我奇怪地看着他。

“是啊。”约翰跟了一句——接着脸红了。他的手中拿着啤酒罐，如果从他的动作来判断的话，他应该还没喝。或是他的害羞完全对酒精有免疫力。总而言之，他和其他派对中的人相比似乎像个迷途的宗教信徒。

“你常来这里吗？”尼克用女人般勾引人的声调问。

我克制不住地哈哈大笑。更严重的是，我停不下来。约翰木呆的表情没能给我一点机会。

我受不了了，甚至在没来得及做出明智的决定之前，一把抓住尼克的手，逃离了现场。逃脱的方式不够完美：在人群的穿梭过程中我不小心踩到了一个穿着比基尼的女孩的脚趾，她还来不及喊痛，我已经和尼克从她身边走过。女孩和约翰估计会一辈子恨我，但是估计这时他们还没感觉太坏。

“我们的动作真够优美。”

“我们真的好坏啊，”我喘着气笑着说，“太残忍了我们。”我有种罪恶感。

“没啊，这不是很好的吗？”

尼克感觉只是好玩，刚打算批评他几句时，我想起了一件事情。“你是否已经有庆祝会的舞伴了？”我问他。

“你说呢？”

“喂，别让我猜好吗？”

“抱歉，我从一开始就没参加过，我还是继续不想参加。”

“你确定吗？”

“怎么了？”

“我是想要是和你一起跳舞那有多好。”我试着一本正经地看着他，尼克的表情似乎不是太轻松。

“你当真这么希望的吗？”最后他问。

“是啊。”

他恢复了正常的表情。“你一定是在打算如何继续折磨尼克，把他拖进他不喜欢的场合中去。”

我咧开嘴笑了。“真是这样打算的。”

他拉长了他的脸，我看了忍不住又笑了出来。接着我做了让我们俩个都很吃惊的动作，抱了他一下。我不是那种非常容易表达自己感受的人，但是不知怎么的我今天非常高兴。而且尼克是那种让我感到能深交的朋友。

“好了吧，现在我可以去找些潘趣酒喝了。”我松开了抱住他的手后他说。我又笑开了并抓着尼克的手一起走到厨房。

接着我们走到了客厅，然后我强迫尼克和我一起扭一扭甩动舞姿。几瓶啤酒和一些潘趣酒之后，这不再是什么做不到的事。我发现有些女孩看着我们，同时低头耳语，但我没理睬。我现在和尼克一起很快乐。

其他一些人看上去也很开心，接着慢慢地酒精开始起了它的作用。气氛有些狂野了起来——好多人的脸是红彤彤的，眼睛发直，不停地出汗。气氛还不断地在升温，谁都没有关心这个问题。小镇里的这个派对，人群聚集成了一团，在一起笑着、跳着以及喝酒。我已经完全不确定，这些人是否还是我每天在学校中同样看到的人。我也不确定我是否完全是我自己——得承认这气氛让人很容易被感染，即使没有酒的话。我看到佩卡和乔尼在三个女孩中央假装跳着舞。他们看上去疯疯癫癫的，这让我笑出了声。

过了一阵子，我感觉我得去一下洗手间。我离开了尼克，然后有些醉意跌跌撞撞地扶着楼梯往楼上走。当我连一半都还没走到的时候，一不小心，一个踉跄，撞到了对面来的人的身上。

“对不起。”我自动地低语。

“你还好意思说对不起？”

要命。

“我不是故意的。”我竭力保持平和地说。

妍妮一手叉着腰，一手扶着楼梯。她挡住了我的去路，站在了和我同一个台阶上。我发现我至少要比她高五厘米。

从妍妮懒散的目光和生气的表情，我能判断她也已经喝多了。

“是的，你们永远不会。什么都不是你们的。”

“我们的？”

她直勾勾地盯着我看，我没有其他选择也反过去看她。

“像你这种小贱人。”

我先不确定，我的耳朵有没有听错。但她的表情显露出对我极大的蔑视，让我必须相信我的耳朵。

一部分的我是准备骂回去，但是我理智的另一部分提醒我，我还要和这个妍妮一起在同一个班上、同一个厕所和同一个走廊上相处八个月。大人不计小女人过，就不跟她计较了。

我深深地吁了一口气。“听着。我已经道过歉了。我一点都不清楚你是什么毛病，但是我也对它不感兴趣。明白吗？”

“你做梦吧你。”

说完她推了我一把，然后她又推开其他人朝前走了。我非常震惊，刚刚的醉意也因此清醒了不少。我敢肯定，我的拼图里缺少了几块，但我想不通她为什么这么讨厌我。有谁会为了一条丝巾而如此大动肝火？

我不知道我哪里做错了。

楼上洗手间的队伍排得很长，真是个折磨。我等了好久才有了空位。我洗着手看着镜子里的我。我叹了口气。我的脸上都是汗，头发乱糟糟。我脸上仅有的一些妆还花掉了。我回想了老半天，是否把我的粉底带了出来，但是我又停了下来。没这个必要，我心想。

我不希望马上回到尼克那里，我希望一个人待一会儿，除了去厨房喝杯水我想不出其他更好的做法。

我经过饭厅的窗户时，不经意地往外面看了一眼。外面很暗，我先只看到玻璃上自己的身影。然后我的眼睛找到了天空中完满无缺的月亮，它散发的光芒让我慢慢地看到外面的样子。月光下的院子是一个窄型的草坪，派对上的客人们没有在那里聚集。我只看到了一对情侣在静静地幽会，男的体形修长，他的头发几乎是黑棕色，女的则是金色的头发。他们显然没有发现，我在看着他们——或是他们根本就不在乎被别人看到。事实上，他们亲吻着彼此，已经忘记世界上还有其他东西存在。就像是只要他们在一起什么都无所谓。

我先感到好羡慕啊。然后我明白过来，我是在看哪个人。

米卡尔和妍妮。

我感到我的心脏似乎掉在了地上。他们真的是好美。而且多么……在一起。米卡尔在车库那里与我们分开后我就没看到过他。他现在看上去比我记得的还要帅……让我哽咽，他整晚都没和我说过话，但事实上他为什么要来和我说话呢？他已经有妍妮了。

我试着说服自己，妍妮是个可怕的母猪，她已经拥有一切，但是我没能完全成功。也许是她刚才说的话让我沮丧，或是问题出自其他的地方。

我承认，我一直偷偷地幻想有那么一天在我的生命里出现一位可以改变我人生的人，一位能填满我画中空白的人。现在我明白，这是危险的想法，是永远不可能实现的梦，不会有谁会是那个人的。

就像我相信我会成为艺术家，我知道自己有几斤几两，我永远不会拥有妍妮有的东西。我不可能我想要就能得到。

比如米卡尔。

我的心告诉我，我已经找到问题的根源。它只是没有任何意义的。我不认识他，而且一切我所知道的关于他的事情告诉我：他和我截然不同。我们没有任何共同的地方。我努力地摆脱我的情感，但它就是不离开。如果这时我能变成妍妮的话，我什么事情都愿意做。

不，我想得实在是太多了。我走进厨房，奇怪的是，那里是空的。我打开了冰箱。如果里面有瓶伏特加的话，我会不假思索地把它拿出来喝掉。但没有，能找到的只有乔尼留下的啤酒。我转身往周边寻找开瓶器，但是“那个”又出现了。

脑海里出现了影像，我就像在看电影。影像中妈妈走在马路上。妈妈脸上的表情显示，她正在沉思一些新的比较复杂的作品。她的表情，可以马上告诉我，她没注意听或看四周。但是我看到了。我看到灯换成了红色。车从角落里转出，开往她的方向，她还在继续走路。我想喊住她，但是我不能，因为我根本不在那里。

如果真是电影的话，我可以闭上眼睛。但是这是在我的脑中发生的，而且我一点都不知道怎样让它停止。我只能站在一旁看着将会发生的事情。

妈妈抬起她的目光的时候已经太晚了。我已经看见车怎样猛地向前开去。妈妈的眼里充满了恐惧，然后她没有了。

影像断掉了。

我疯狂地吞噬着。我的喉咙快要干裂开来，一时间，我似乎有种缺氧的感觉。我急促地颤抖，让我不得不靠住桌角支撑。“呼吸，呼吸。”我对我大脑说。

当我感到怀疑的时候，我爬了起来，飞快地奔出厨房。我几乎已经到了前门，尼克拦住了我的去路。

“我得出去。一个人。”我说着我要说的话。我担心他会问些什么，但是尼克看上去明白发生了什么事。我纠正：他不可能知道什么，但是他明白我不能留在原地解释给他听。他只是点头，然后让我过去。

我尽全力地防止自己摔倒，飞快地从楼梯往下走。我跑到了车库。我用手扶住我的膝盖，但是这个弯腰的动作一点都没缓解我的状况。我感到我仿佛陷入了黑暗的深处，我往上方竭力抬头。我的视觉时而模糊时而清楚，悲痛交加，痛苦万分。我还听到一种急促的喘息，显然是我的呼吸声。我强大的意志力逐渐地缓和了这声音。

“天空，快看天空。”

我不知道是哪里发出的声音，但是它帮了我大忙。我发觉缺氧最严重的时刻已经过去，我看到了楼梯的左边有个白色长凳。我在那里坐了下来。坐着似乎让我的脑袋清晰了许多。我往楼梯那里看了看，没有人走下来，没有人看到我刚才的状态。在这里能让我单独一人待着，这使我感到很安慰。

过了一段时间，我低下了我望着星星的头。我几米远前面的视线已被黑暗给淹没，留下了奇怪的有颜色的光影。我感到它深深地在我视网膜前移动，我本能地紧闭双眼。

空气闻起来是深夜的味道。我一直觉得晚上每一段时间都有自己的味道。

微风悄悄吹起我的发丝。我深深地吸了一口气。冷意让我感到轻松了许多。一个人很舒服。房子里的声音感觉是从很远的地方传来的，远离现实。我感觉我逐渐在恢复我的原样。我妈妈最后的那个时刻的影像变得越来越远。我几乎会想是我想象出来的那一切。我刚才让潜意识折磨了我自己，但是现在我又是我了。

一些时间过去了。

我靠着长凳的靠背，发现手上还有一瓶没有开过的啤酒。我考虑是否用牙齿把瓶盖给咬开，但是我放弃了。我不再看前方的树林和车道，而是在想我会是什么样的，如果我从小长在这里而不是赫尔辛基，或许会变成另外一种人，但不会比现在好到哪里去。总之我想象不出来。

同样我也想象不出妈妈在这里的样子，但是那个应该是真的。

"一切都还好吧？"

米卡尔。从声音判定他是站在离我不远的后面，但是我没有转身看他。我没听到他过来，我也不知道他来这里干什么，但由于某些原因，我没有非常的惊讶。就像是我知道他会来。

"是啊，真好。我只是看到了突然死去的妈妈，就这样。"我好想这样讲。但我说不出来。

米卡尔坐在我的旁边。不是近得让你有压抑感，而是安心的距离。我能闻到他的大地的、森林的还有其他的我不知道名字的东西的味道，这些味道让我奇异地感到安心。很快，他的味道围绕着我，接着迅速地，我的大脑中只有他的存在。我想转身凝视他和他那双奇异的眼睛，但是我控制住了自己。

我已经看过，他的魔法如何施展。他让人感到有种主宰者的感觉。他总是让人感到，他知道他应该做什么，让人非常有信任感。但我似乎缺少这点。

很久，我们什么也没做。我们只是坐着看前方。这令我有某种极度的欣慰感。有那么一刻，我幻想他清楚地知道我的感受。好可笑，因为甚至我自己都不知道。接下来，他把一只手插进他的牛仔裤兜里。

“你想让我帮你打开酒瓶吗？”

他给我看他钥匙圈上晃着的开瓶器，过了一会儿，我点点头。我把酒瓶递给他，他把它打开然后还给我。我喝了一口，发现，啤酒已经变成热的了。

“我很抱歉妍妮说的话。”

我又喝了一口。我花了点时间才明白过来。我才想起他在说什么。他怎么会知道？不管了。妍妮和我的吵架已经是过去式，根本不能和刚才发生的状况比较。

“没事。我还听到过更难听的话呢，真的。”我停顿了一下，“我不是因为这个坐在这里，如果你是在想这个的话。”

“我没想什么。我只是过来看看，一切都还好。”

哦，没有在想，但这也不是他的问题啊，我没想把想法说出口。

“为什么？这不是你应该负责的事情。”

我试着漫不经心地说，但是我的声音听起来太薄弱了。然后我才发觉，我一直在不停地哭。

“有点儿是的。”

“有点儿？”

“是的，有点儿。”他叹了一口气说。

然后大家都沉默了。我有了一种感觉，那种我觉得我无论说什么米卡尔他都会听的感觉。但我没有说出任何话，我感到不可能这么完美。

我把酒喝了一半就再也喝不下去了。我什么话都没说，把瓶子递给了他。我想他一定会摇头，但是他抓起了瓶子，喝了一大口。

“你想让我送你回家吗？”他最后问。

“目前我不是太想，但是你能送我回亚斯卡那里，我会很开心的。”

“走吧。”

“现在？”我不能相信。这不可能。但是我也不想回到里面去。

“是的，但是当然要看你的了，如果你还想在这里待更久的话。”

“不了。问题是，我的包还在你家前门那里放着。还有尼克等我回去呢。”

“我可以帮你拿过来，然后告诉尼克你回家了。”

他起身并在我还没来得及告诉他我的包长什么样子之前离开。我毫无头绪，他如何能在一堆包中找出我的。

然而，他用令人惊讶的速度回来了，而且还拿对了包。我接过包跟着他走进车中。

“你想听什么音乐？”米卡尔把保险带拉上。

“我不清楚。听无线电有什么吧。”

“这里只有一个电台。”

我吐了吐舌头。又一个新的住在乡镇里不好的地方。

“放些适合放松的吧。”这不是太准确的指示，但是米卡尔打开音响转换乐曲，直到音响里传出轻摇滚。酷玩乐队。与之前的 AC/DC 相比，这是一个积极的惊喜。

当我们离开院子时，他重重地踩起油门。

“我假设，这里看不到警察。”我装作一本正经地说。

米卡尔笑开了。“是啊，没有。真的，真的很好。”

“但是你应该有驾照的吧？”

“目前有。”他说。

“啊，这样，目前有。”

“怎么啦？你对我的车技感到怀疑吗？”他笑着问。

“等我们到了，我会再度发问的。”

接着我们又不讲话了。我往车窗外望去，我想起秋天快要来了。尤其我看到北面的地方，那里的树已经开始掉叶子了。赫尔辛基的秋天一直是不知不觉地会过得很久，是对酷热夏天的怀念，对寒冷冬天的恐惧。这里的情况似乎迥然不同。树是那么的多，而且冬天时间长，秋天一定是像一瞬间的烟火，很快没有了。

“我想知道一件事。”米卡尔说。

“什么事？”

“说实话，你觉得狼山镇怎样？”

我思虑了一会儿我该怎么回答他。我很想告诉他我的真心话。我耸了耸肩膀：“我对这里还不是太熟悉，所以还不是太有想法。这里也有好人。当然也有些讨厌的人，但是不用去理会他们。”我感觉我好像在说他的女朋友，我马上继续，“我还没找到我喜欢的事情做，所以还不太习惯这里。或许因为我是在首都长大的，所以我喜欢每一时刻做我喜欢的事情。”

“这里当然也可以做喜欢的事情。比如在赫尔辛基应该没有像这个镇里有远足活动区和越野活动区。冬天你几乎每天可以在山上滑雪。而且离你住的地方只有几公里远。”

“我不是一个喜欢运动的人。”我承认，“我从没滑过雪，更别说什么高山滑雪了。”

“真的吗？”

“真的。”

“哈，也许今年冬天你有很好的机会把这个问题解决掉。”

我没回答。我们俩又沉默了片刻。

“那你一般在赫尔辛基做什么事情？”

我思虑了一下。“我会去艺术班和上瑜伽课。有时候会去跳现代舞或萨尔萨舞。我时常会和一些同学去喝咖啡。有时候也会去看电影和展会。我和妈妈一起会去很多艺术展，她觉得文化要比食物重要，所以有时候我们一个星期只会吃些很简单的食物，那样我们就能参观当时的展览。”

“你们住在哪个区？”

“住在卡里奥区。五号街。”

“好像那里不是太……安全？”

我笑了。米卡尔住的地方遇见狼的概率非常的高，他会觉得卡里奥区很危险。

“没有这么恐怖，”我说，“卡里奥区那里住了各种各样的人，也就是因为这个，我喜欢住在那里。这是首都的一个特色。我住的区域里有非洲人开的理发店和印度人开的电影院，拉普兰人开的手工制品店和萨沃人（都是芬兰少数民族）的鱼面包店。还有不可不提的超级好吃的炸蚕豆丸子。”我看着车窗外，叹了口气。好想家啊。

“卡里奥区每个人都是在做他自己。”我又加了一句。

“好奇怪，”米卡尔说，“我一直对狼山镇持有同样的想法。”

我们来到亚斯卡房子的院子里。我看一下时间，发现已经是凌晨一点多了。亚斯卡应该满意他的外甥女平安地回到了家。

“谢谢。”米卡尔停下了车，我对他说。

“不客气。”

我打开车门走了出去。

“莱依莎？”

我转身看着他。“什么？”

“你能给我们机会吗，可以吗？”

“好的。”我弱弱地回答。我关上了车门。我转身，然后微微地晃动着脚步往前门方向走去。这不是由于酒的原因。我知道，米卡尔指的“我们”是狼山镇的人们，但在某种程度上，他说的方式，让我心跳。

第五章

接下来的几个星期很快就过去了。九月份的天气开始变得凉飕飕，我上学穿的牛仔裤、厚毛衣和外套很快代替了短裙和针织衫。每一天的狼山镇自然景色依然燃烧着奇异的五彩光芒。这应该是由于正在减少的日光的关系，大自然提供给大家一些小小的安慰，但我的注意力没有集中在这个上面。我越来越感到镇上的事情一天比一天怪。

我把不断发现的怪事添加到我的“奇怪”列表上。其中的一件怪事是，这个镇里完全没有高龄老人。安妮和卡尔沃宁夫妇年纪是蛮大了，但他们不能算是高龄老人。没来狼山镇之前我以为乡下住的都是中年年龄以上的人。当我把这事跟亚斯卡讲时，他只是说，镇子一直被年轻人青睐，年轻人很喜欢这里。滑雪度假区吸引着年轻旅游客们的光顾，而且还花了一番功夫，让这里的居民统统都有工作。如果这是真的的话——我也想不出任何其他理由来否定它——这应该是这个镇的特色吧。

接着，我很难理解狼山镇人对体育爱好的疯狂程度。这里所有人的爱好几乎都和体育有关。这里也很容易让大家相信：这个镇里没有人是肥胖型的。可我没听到过这里的人参加了什么体育比赛或当了什么体育明星。

在我“怪事”列表上的第三个是镇里一个教堂都没有。我是没有参加教会，但我发现其他人也没有参加任何教会。学校里没有宗教课。道德教育课是国家规定课，但是我从尼克那里听说课上只是看电影和玩桌面游戏。而今年这些课根本就没有安排过，我只能从尼克那里听听二手信息。

除了参加过零零星星的小聚会以外，我的社交生活相当有限。我的朋友圈在几个星期内都没有任何发展，但是我认为这个无所谓。有一次约翰企图再次接近我。我佯装没有看到他，躲进了厕所。我时常会看到乔尼和佩卡站在学校的走廊上，他们会走过来和我说话。有时候他们两人会分开和我讲话，但更多的时候是他们两个人一起。他们不会强迫我听他们讲的烂笑话，但是我越来越感觉到我得防着他们点。我不是害怕他们，只是我的直觉告诉我，我最好不要去惹他们。

然而这做起来要比想象中的难得多。事实上，他们的幽默一点都不宽容。他们没把我当成攻击的目标。可他们时而会讲其他人的坏话，这让我难以接受。他们会在约翰的背后嘲笑他。当斯维特拉娜老师走过他们时，他们会骂她是俄罗斯鬼子并且讥笑她有口音的芬兰语。尼克也难逃他们的舌根。

我刚开始只是紧紧地闭住嘴唇，但到最后我实在无法容忍。我直截了当地告诉他们，让他们停止对其他人的说三道四。同时我还告诉他们，让他们不要再来约我去参加庆祝舞会，因为我已经和尼克约好了。

可气的是他们刚开始居然还不相信。

“和尼克？你确定吗？”

“我完全确定。”我咬着牙狠狠地说。

“可那样子你几乎是在和另外一个女生一起跳舞。”乔尼评论。

“如果是那样的话，那就感谢老天爷。我还没遇见过会跳舞的男生。”

还没等他们再张嘴我就走掉了。事实上我刚刚指的不会跳的男生也包括他们两个。他们其中的一个比我高出一个头，两个都要比我重至少三十公斤，这让我感觉当个懦夫还是值得的。

***

在我还没来得及体会什么是快乐的学习滋味之前，第一个期中考试周已经开始了。由于我两个礼拜缺席的关系，我有好多东西得抓紧复习，还有更糟糕的是校长要我写一篇哲学长篇报告，以它代替我第一个星期的缺席。我选了柏拉图的思想学说作为题目，但是我很快觉察到这个选择是重大的错误。

我越读他的书，越是看不懂。

紧接着我的脑子完全被学校的事情给占据了，在某些扭曲的心态上来讲这正是我所希望的。我对思考我自己的事情，尤其是思考我妈妈的事情感到有些乏累。我和尼克约好的星期天去他家吃饭，但是得到的结果相当矛盾。

那天吃饭时安妮很热情地坐在了我的旁边。她做了好多菜，这些似乎是当地人再熟悉不过的菜肴，而对我来说是比吃寿司或印度绿咖喱还要异国风情。不过菜比我预料的好吃，接着我斟酌了许久，问起了妈妈的事情。

“关于你妈妈我还记忆犹新。”安妮说，“她是一位非常漂亮的姑娘，但脾气火辣。这或许也是她被很多人关注的一个原因。有些人会说些她的坏话，我认为，那是因为羡慕而产生的嫉妒。”这和我出生以来记得的妈妈一点都没有差别。

“当然她也有很多朋友。”安妮急促地说，“她在学校里会和别人发生一些小小的争执，而总会有固定的群体来维护她。”

“为什么她会想要离开这里？”我接下来问。

安妮沉思了一会儿。“大家都知道她希望成为职业艺术家和向往都市的生活。她会决定去实现她的梦想没让我们感到惊讶。”

“你还记得她是什么时候走的吗？”

“应该是夏天将要结束的时候……对，应该是八月份。那时这里有一大群的德国游客。”

那就是说她那时候已经怀上我了。这让我有点难问出口。

“那时你听到过像是她怀孕了的那种传闻吗？”

安妮摇了摇头，同时微笑了起来。

“没有，我没听到过任何这种传闻。”

“或者是关于她去南欧旅游？她在那里旅游了两个月。”

那时安妮感到非常惊讶。“这个我一点都不知道。有可能是我的记性不好了，或是我对她还不是怎么太了解。”

我很难相信安妮是忘记了。尼克接下来的话让我明白这里的人不大出去旅游。这里离飞机场比较远，而且大家都对自己住的地方相当的满意。我也真没听到过这里有谁计划或安排说要去哪个国家玩。妈妈当然是个例外。我想有可能是我妈妈去旅游的消息没有传到安妮这里。

最后当我问到我外公外婆的事情的时候，我开始怀疑安妮没有把全部真相说出来。说老实话这个话题本身也让我悲痛，我外公外婆已经过世了，我永远无法见到他们，只能通过其他人的描述来了解他们，这总有些感觉不太一样。不过为了弄清我妈妈的事情我不得不把话题提出来。

“另外，你认识我的外公外婆吗？”

“当然，你外公在这镇里很有名。大家都亲切地叫他小镇木匠。你知道吗，你现在住的房子可是他盖的。我从没认识过一个像他那样热爱工具箱的人。”

“那我外婆呢？”为什么我会感到说这个词很别扭。

“哦，她的话，我就没像认识你外公那样认识她了。”

这话在赫尔辛基感觉应该会对，但是在这里。大家应该都相互认识的。

做客的同时我还希望问些关于亚斯卡的事情，但是安妮不大愿意讲，而且她说她得去店里了，然后接着连续几天我都没看到她。我逐渐开始怀疑她在躲着我。

***

期中考试周的前一个星期我总算把我画的狼给画好了。它是我几个月来的第一个作品，我对它很满意。当我听到斯维特拉娜老师对它的评价后更让我兴奋。

“你对颜色的领悟令人感到惊讶。”她说，“这不是每个人都会有的天赋。”

接下来她的想法更进一步地鼓舞了我，她觉得我非常有可能读完高中后直接进入美术专业高等学院。这也是我所向往的。我回家的路上开心得手舞足蹈又叫又跳。

但当我像其他同学一样把作品挂在食堂的墙上时，事情变得有些奇怪了。

我先是没感觉到什么。美术课会把完成的作品展示给大家看，这很正常，是一种群体的分享。我感到周边的气氛开始变得不大对劲，我以为是我多虑了，但是当尼克走过来看的时候扬起了他的一边的眉毛的一瞬间，我决定不能就这样下去了。

“直截了当地说吧。”我说，“你的脸上写着我的作品有问题。”

“这怎么说呢？这画闪闪发光的漂亮？”他扬起另一边的眉毛说。

我把手交叉在胸前。“我是认真的。我是不是触犯了你们当地的什么信仰或是其他什么的？”

尼克摇了摇头。“没有那回事。你的画很好看。我没见到过有谁画得这么好的。”

尼克的回答让我放弃了刚刚的疑惑，但那时约翰走进了食堂。他像平时一样脸上带着熟悉的苦瓜脸表情，悠悠荡荡地走向我们的桌前——接着他停了下来。他的目光转移到了我们后面的墙上——是的，应该是我的画。接着他飞快地朝我看了一眼，然后就像是被什么追赶似的逃走了。

“他是怎么啦？”我突然笑开了。

尼克漫不经心地说：“谁知道呢。”

然而他的样子告诉了我，他在说谎。

***

几天后我在食堂里看到了米卡尔。他总是在人群中，如果不是和同学在一起，就是和妍妮在一起。然而我的直觉告诉我，他没有完全地融入圈内与其他人深交，大家似乎对他都保持着一定的距离。经过我几个星期的观察，我敢肯定妍妮也是这样子，虽然她从没反对过米卡尔什么，但从她的表情可以看出，她和她的男朋友有着迥然不同的想法。

从米卡尔的样子上看，他自己已经习惯这种别人对待他的方式，也从来没有感到过不舒服。我还是不能停止好奇，他是否真的有好朋友。

今天他一个人坐在角落的位子上。这次我也难得地没有和尼克在一起。

我踌躇了一会儿决定走到他那里。

“嗨，这里能坐吗？”

米卡尔抬起头看着我，没表情的几秒钟后，他的嘴角歪了歪，微微地笑了一下：“这不是明摆着吗？”

这显然是有什么不满，但不管怎样，我的心扑通地跳了一下。

我还没来得及回答什么，他低了低头叹了口气，然后恢复了平常的样子：“请坐吧。”

如果这话出自其他人的口中，听上去会很傻，但从米卡尔的口中说出，感觉米卡尔就是米卡尔。他穿着燕尾服来学校也不会感到傻。

我把我的托盘放在他的对面，然后坐了下来。

“这是什么？”他看着我盘子里的东西问。我瞄了一下我的食物，至少根据正规的信息这次应该是菠菜卷，我笑了。

“你别问，或者你问吧，但别问我。厨房的阿姨或许会告诉你真相，但任何情况下你别让我听到，要不然我会带着我自己的食物来学校的。”

他笑了，这次是他真的笑了，露出了雪白而整齐的牙齿。他往我身后望去，然后又开始沉思了起来。

“你的画……它看上去很不错。”

我抬头看了看，我发现他真的是在看着我的画。我努力掩饰我兴奋的表情。

“谢谢。”我说，然后拿起我的叉子，我开始用它来翻动一下我面前的一团绿色糊状的东西。我饿了，我经过一番思想斗争之后，决定去尝一口。

“这有名字吗？”米卡尔问。

我先是以为他指的是我的食物，但他的目光依然停留在我的画上。

我迅速地咽了一口。“没有，”我尽可能快地回答，“我一般不会给我的学校作品取名字，因为它们都是些作业。当我用自己的想法画画时我会为了确定自己在画什么、是为了什么画而起名字。”

“那这次的作业题目是什么？”

我往后面的墙上看了看，我发现斯维特拉娜老师没有把作业题目贴在画旁边，在托尔凯利学校是会贴的。

“呃，是怎么来着，哦，对，那个，画出你遇见过的最重要的事物。”

米卡尔扬起了眉毛。“你能告诉我，狼怎么会是你最重要的事物吗？”

我咬了咬嘴唇。“事实上不是，”我最终说，“这画没有什么巨大的含意。我只是难以解释我自己都无法明白的事情。我也永远不会明白。”我细声细语地说。

“听起来很严重。”

“真的没有啦。妈妈一直说，没有什么能比视觉艺术更直观的了，它往往只是表达了作者的概念。”我停了一下，“有时候我会同意她的看法。艺术只是艺术。我们在生活上表达不出的，依靠艺术把它表达出来，这样我们会感到非常快乐。”

我接着又吞了一口我的午餐，然后等着米卡尔说些什么。但他没有。他只是坐着慢慢地把身躯往椅子的椅背上靠，然后把双手交叉放在后脑勺看着我。我也看着他的目光，接着突然觉得有什么让我颤抖了一下。我紧捏叉子，呼吸短促，全身上下起了鸡皮疙瘩，脑袋晕晕的。正当我确信我已经快受不了的时候这个感觉消失了。米卡尔眨着眼睛看着其他地方，他的表情完全猜不透，我那时真想知道他在寻思什么。

***

期中考的第一门是数学。我虽然不是太擅长但一般还过得去。然而这次我发觉在计算上遇到了小问题，我集中不了精神，我一直在想别的，我不停地在思索我妈妈的事情，我无法把她的影像从我脑海里拿走，安妮和亚斯卡告诉我的事情很不一致。我面前的拼图等我来安排它们的正确位置，可是有可能是拼图太少，或我看不到这些拼图图案真正的样子。

我晃了晃脑袋，试着控制自己不要再想下去，但接着又开始想起了米卡尔。

他看上去总是那么严肃，而只要和我在一起他就会微笑。

我总算把题目全部做完了。我交了试卷后决定去吃饭。我饿了，希望能在食堂里找到尼克。

当我坐在位置上的时候我才发觉有什么不对劲。

我的画还像往常一样挂着。只是有谁在它的上面涂了一道红色的颜料。

我第一个反应是难不成真有什么异教信仰崇拜者？接着第二个反应是一定哪个憎恨我的人故意用这种手段来欺负我。食堂在不是吃饭的时候是一直关着的，如果对方不是怠工者，那就是有谁用了食堂的钥匙，或想了什么办法让食堂的门没有锁上。

我看着后面的墙，尼克走到了我的身边。

“浑蛋。”他毫不客气地说。

“是的。”我高兴地回答。或许我会被认为应该更恼怒些，但这个时刻还没到来。

“谁会——”

在他还没说更多的时候我打断了他的话。“别装了，我们大家都知道是谁干的。”

“你指的一定是妍妮。”

“那还会有谁？”

“她当然是个很好的候选人。但是她不是唯一的对你的存在表示不满的人。”

“如何解释？”

“你难道没注意所有的女生是怎么看你的吗？或更准确点，男生们是怎么看的吗？曾经有人被整得相当惨。”

我把事情思虑了一下。我是没有注意身边的目光。以前的经验已经让我学会不用太介意其他人的流言蜚语。当然我避不开乔尼和佩卡他们两个的——还有那个，唉，烦死，约翰的——骚扰，但是我从没把他们当回事。我知道这都是由于我是新来的，他们对我有新鲜感罢了，等再过个几个星期，应该没人再在意我的存在。

“我始终还不是太明白。我不是谦卑或其他什么的，只是我没想过和妍妮还有她的死党们作斗争，我觉得没这个必要。”

尼克笑开了。“如果我了解关于这个镇的什么，那就是这里几乎每个人都喜欢斗争。尤其是跟那些不希望争斗的作斗争。”

我一点都不明白他在说什么，但他今天的样子让我感觉不是该问为什么的时候。我感觉他今天的状态不大正常，他的头发乱糟糟的，样子好阴沉，让我看着产生了一种怀疑。他是个喜欢冷嘲热讽的人，这一点没错，可今天为何让我感觉他似乎在隐藏着什么。

我突然感到自己好没用。我跟尼克还不是太熟，但是凭我的经验分析，即使我们认识了几百年，我也不可能做什么。

对尼克的状况我开始沉思了起来，而他接下来的话更让我震惊。

“你昨天在和米卡尔说话。”

我一头雾水，这跟其他的有什么关系？

“怎么啦？”

他耸耸了肩膀。“我只是说，你们在一起聊天，这引人注目。”

他的评论好怪异。我能听得出来，尼克的话里包含着弦外之音，是一种我听不懂的意思，这真令人沮丧。

“那又怎么样？”我问，“和他一起聊天很开心啊。他不像表面上看到的那样有很多的朋友。有时我会感觉大家似乎在害怕着他什么，我不明白这是为什么。好吧，他家里是有钱有势。但这不意味着，我不能像普通人一样跟他说话啊。”

“这就是我想说的。你对待他的方式和其他人不同，而且他对你也是。”

“这是坏事情吗？”

“对有些人是的。”

“但是米卡尔是和妍妮在一起啊。”

尼克看着我，好像我是个智障人士。“正确。”

***

画的事情马上在学校里传播开来，闲言碎语满天飞。事情一点都没什么帮助，即便约科校长希望把这事情解决掉，他在广播中长长地不断地用了不可以、应该这类的一堆词语，并要求做这事的人单独去向他认识错误。他还让我去了他办公室，对我讲了好久抱歉的话，让我感到好烦恼。他还问我是否怀疑是谁干的。我否定了。虽然我很想把矛头指向妍妮，但我不想让她以此事作为公开宣战的理由。如果她真是此事的主谋的话，她真的隐藏得很好。因为没有丝毫迹象能显示，她对此事知情。

最终我依然没有任何证据。我也不能百分之一百地确定此事就是妍妮干的。但很有可能是她的死党们，乔尼、佩卡和他们的朋友。或者学校里的任何人都有可能。可恶，甚至那些食堂里的工作人员都很有可能，由于我的特殊要求导致她们对我很不满，她们得另外做些猜不出是什么东西的午餐给我吃。

最让我感到遗憾的是斯维特拉娜老师，她对这个事情看得很重，我担心她会自责。我当然也很伤心我的作品被破坏了，可这不代表世界末日。我什么时候还可以把它修复一下或在它的上面涂一层其他的。我没自以为是，认为我的作品做得非常漂亮甚至可以参加国家级油画展。然而斯维特拉娜老师的反应是，她觉得这是一次对艺术的侮辱，我无论说什么都改不了她的想法。

***

最后一科考试是语文，将在周一举行。然后我即可休息一天，因为上周的周六我们也上课。我搞不懂为什么放假是在周二，而不是把它加在圣诞节里一起放。但是我也慢慢地勉强接受了校长这么安排的道理。

考试当天我来到教室，我发觉监考老师不是马里塔老师，而是学校的英语和瑞典语老师。她告诉我们马里塔老师生病了。我拿着考卷心里想了老半天：上个星期马里塔老师看上去比往常更古怪，很多人猜她是生了什么病。接着我往四周寻找尼克，可他不在。我又开始胡思乱想了起来。

两个小时过得真快。我写了一篇我觉得还满意的以尤哈尼·阿霍（芬兰第一位长篇小说作家）的《尤哈》主角为题目的论文。虽然我不是很喜欢这个作品，但是三角恋的内容还是挺诱人的。

也许是这个原因，我写的时间要比其他人长。交完论文我是最后一个离开教室的。走廊上已是空荡荡的。当我拿着考试用的书正准备还到图书馆里的时候，我听到了一些声响。

我停住了脚步。声音一会儿没有了，接着我又听到了。我不是太确定那是什么声音，但是它让我感到害怕。我轻轻地往门那边听去。不是第一扇，也不是第二扇。在第三扇门的前面我停了下来。有个低沉的声音在说些什么。但我听不清。我迟疑了一会儿然后把耳朵紧贴着门听着门里面传出来的声音。

“这是最后一次警告，懂了吗你？今后谁都不会再来帮你这种娘娘腔收拾烂摊子。”

“你最好离莱依莎远点。”另外一个声音说。

我看了看四周。走廊仍然空无一人。我抬头看门边上挂的牌子，我发现我是站在男厕所门的前面。

“哦，是吗？我倒是认为离她远点的应该是你们。”第三个声音说。这声音，我能马上知道是谁了。

我不假思索地转动门把手。可门是锁着的，这一点都不奇怪。然而里面一下子沉默了下来。

接着过了几秒后。

“我们知道是你在那里。”终于，第一个声音说。

“是吗，那你们可以把门打开然后告诉我你们在开什么会吧？”我回答。

接着又没了声音。

“我可以直接去问校长这事情，或者——”

“听着，你最好不要告诉任何人这事——”

“那你们最好把门打开。”

那里又是一阵沉默。接着第一个声音嘟囔了句什么，几秒钟以后一张熟悉的面孔慢慢地在门缝里出现。我等不及和他争论什么，一鼓作气地把挡在我前面的门倾推开来。他挡在那里的意思，就是让我这样做的。

尼克坐在马桶旁边的地上。他看起来好惨。惨白的脸上都是汗和痛苦。更让我吃惊的是他左脸上的红印。

佩卡一声不吭地站在他旁边。我往四周扫了一下，确保我能明白事情的实状。乔尼站在门旁边。佩卡的表情非常傲慢。尼克坐在地上，脸上有伤。对，这不会弄错。

“你们在搞什么鬼？”

“反正不是你想象的那样。”佩卡说。

我盯着他看许久，最终他放弃了。

“直接地说这事跟你没关系。”

“是吗？我听到你们在说我。”

这似乎并没有迷惑他。

“对，没错。”

他听上去真的好傲慢，如果是另外一种情况的话，我真的会对他破口大骂。

但考虑到尼克的样子，我勉强说：“哦，那好吧。你们两个可以再继续。我和尼克还有事，我们先走了。”

我大步从佩卡身边走过，扶尼克起来。从尼克爬起来的样子能断定他在他们手里已经有段时间了。

“如果你们觉得这样就能算了的话，那是大错特错了！”我大声喊道，生气地哼了一声，然后用杀人的眼神瞪着他们两个。谁知道他们什么反应，反正我是真的发怒了。

我勾着尼克的手臂扶着他走在走廊上。我的大脑在愤怒，我真的不敢相信乔尼和佩卡居然这么低级。可怜的尼克。我知道这是我的错。是我拒绝了他们两个，然后他们向尼克报复。如果我之前没有告诉他们什么的话。可恶，估计也没有什么用。他们两个浑蛋，竟然会想出这种手段。

我在想我们得先往哪里去，医务室还是教导处？

“放开我。”

“什么？”

尼克把他的胳膊从我手中拽了回去。“我说放开啦。我自己会走。谢啦。”

我顿时呆呆地看着他。我从没看到过他这样和谁讲话。

“你是怎么了？”我回过神来问。

“你一定是觉得你像个英雄救了我，但是下一次你不用来。”

他的声音是那么刺耳，让我往后退了一步。

“下一次？你是说这个以前也有过？”

乔尼和佩卡已经打过他好几次了？我往他脸上找旧的伤疤或其他痕迹，但是没有找到。只有新的瘀青和怒气冲天的眼神。

“这不是你的错。你不可以让他们这样对待你，你也不可以袒护他们。”

尼克叹了一口气，他的眼神变得柔和了一些。我能看到他很疲惫。“行了，莱依莎。你就别管了，好吗？”

他不是认真的，我心想。但他的眼神在告诉我，他是。突然我感到好沮丧好受伤，虽然我不知道为什么。

眼泪从我眼眶里流出来。“你知道我不会不管。我们必须得把事情告诉谁。”

“我们不可以把事情告诉任何人，如果我听到你告诉哪个人的话，你可以确定，我们之前的友情就在那一秒结束了。”

我完全不解地看着他。他不是这个意思。他不可以这样对我。

“尼克，你不要——”

尼克往后退了一步。“我先走了。我们把这事忘了。”

他转身往楼梯方向走去。我好想喊住他，跟上他，但是我没有。我只是站在原地，试着在想，我该怎么办。

我必须得做些什么。我看到了我人生当中永远不能忘记的恐怖、威胁和恐吓。乔尼和佩卡得受到惩罚，虽然我好想去揍他们一顿，但我不相信我能活着回来。我得想个其他方式。

“如果你去告诉校长的话，那你等于是给尼克挖了个坟墓。”从我背后传来了声音。我猛地转过身。妍妮和她的几个女仆在几米以外的距离那里站着。她们这种像名牌运动服模特儿似的样子看上去是真的是非常的讨厌。我丝毫不知道她们听到了什么。我根本没有听到她们走过来的声音。

“听着，没有人会用这种方式恐吓人。除了教父电视剧。”我回答。

妍妮没有发怒而是平静地说：“听着，这里没有谁在撒谎，也没有人在夸张。”

过了一会儿我才吃透她在说什么。“你开什么玩笑，会确定乔尼和佩卡杀尼克。”

“你真的好幼稚，好天真。”

我干笑。“我幼稚？那你这种搞坏人家油画的人，有多成熟？”

“你真的有这么笨，会认为是我干的？”

“不。我认为你有这么的笨。”

“你的问题就是，你以为你知道发生了什么事情，但实际上你根本不知道。我可以告诉你，你会为此付出代价的。”

“你当然不会把事情给揭发出去，因为那样你完全会被怀疑暗地里做了什么。”我骂。

妍妮哼了一声。“我可以告诉你：这里谁都不欢迎你，没有任何人。你只是在被其他人利用，等你被利用光了就会把你扔掉。甚至你那——温柔的——尼克，也在利用你。”

“哦，我能问一下是以什么方式在利用？我有什么地方这么好的，能被其他人给利用？”

妍妮嘲弄地笑了笑。“你觉得呢？你有什么可以利用的？”

我盯着她看。她说的每一句话都是那么的无聊，我甚至感觉这时简直就像在演搞笑剧。

“如果你的目的是激怒我的话，你最好想点更好的方法。”我说，“虽然我得承认，你的这番话很特别。我很少听到有谁这么有想象力的。”

“你以为你很聪明。你一定是想这里任何的乡巴佬男生都会拜倒在你的石榴裙下。但这是不可能发生的。在这个镇上像你这种的只不过被玩玩而已。”

老天！她长了眼睛没有？我低头看了一下我的衣服，确认今天有没有把它们穿在身上。有。我穿着有洞的牛仔裤，超宽松的高领毛衣，而且没有化妆。我这样的魅力能吸人眼球的话，那对方的脑子一定是被驴给踢过了。

这时我想起了尼克的话。“你昨天和米卡尔在聊天。你们聊天，这引人注目。你对待他的方式和其他人不同，他对你也是。”这就是妍妮憎恨的原因吗？

“谁这么认为我希望在这里找个男朋友？”

“若你是你妈的话，你一定是想要全部的男生。”

这太不公平了，她居然知道我妈妈的事情。她的目的是伤害我，她成功了。不是因为她敢说我妈妈坏话，而是她说的事情或许真的是事实。我不够了解我妈妈，我不能否定她说的话。而接下来，我说的话，没让我以后感到自豪过。

“如果我不是呢，那你为什么对我这么害怕？为什么你需要告诉我，我是个多么可悲的贱人？为什么你不能让我自己在众人眼下出丑？”我吸了口气停了一会儿，然后鼓足勇气。“如果你和米卡尔的爱情就像你理解的那样童话般地发展着，那你为什么还跑来辱骂我？”

妍妮没有显露任何声色，但是我看到她的手攥成了拳头。这让我感到有些痛快。

“你别在我面前讲任何关于米卡尔的事。你根本不了解我们什么。”

“你们在一起多少时间了？”

“这和你有关吗？”

我看着她，用“看谁是幼稚的那个”的眼神。显然信息传送到了该去的地方，因为她终于说：“四年。”

“四年了，”我重复了一遍，“就是说你们十四岁开始在一起的。难怪，米卡尔看上去像轻易地卖掉了自己的灵魂。”

这时她做了让人根本不能理解的事情：她揪住了我的头发。我根本没看到她的动作，她的右手已经飞快地揪住了我肩膀后的头发。根本不用讲，被揪得真的很疼。这已经足以让我毫无意义地生气了，但她同时居然还抓起了我的项链。然后被她扯了一下，咔嚓一声，链子断掉了。

这不是仅仅一条项链，这是我妈妈送给我的十五岁生日礼物。金色的链子上挂着一个小调色板形状的吊坠。妈妈说这个吊坠代替十字架保护我。她的职业金匠朋友设计并打造了这条项链。这是世上仅有的一条。如果真的再有一条的话，妈妈也不会再有机会给我了。

妍妮很快把它松开了，但是已经太晚了。我毫不犹豫地举起了我拿着书的左手往她脸上打去。

大家都呆住了。妍妮弯腰蹲在我的前面，双手捂住脸，然后当她过了一会儿把手放下时，手上都是血。就像她的鼻子那样。鼻子冒出来的血流到了她白色的衣服上然后滴到了地上。我做了什么啊，我惊愕地想着。我从来没打过谁，我也从没想过要打谁，但是现在发生了。

我看着我手上的书，我看着它在颤抖。妍妮的死党们都僵站在离她几米远的地方，不知道该怎么办才好。大家都没说话。只有一个声音从妍妮那里传出。那是不可置信的呻吟，她用手压着嘴巴和鼻子发出的声音。

几秒钟过去了。

在某些时间里我的大脑总算开始运转，接着给我的反应是我得动一下。我弯下腰用颤抖的手指捡起地上的项链。我站起来后竭力平静地往楼梯那里走去。直到我走到楼下我才开始奔跑。我跑着，直到找到第一个厕所，冲了进去。我确定门已经锁上，我瘫倒在了地上。

我看着天花板角落的水管。它顺着上面的墙一直通到地板，然后穿进了地板里面。有谁用粉底在镜子上画了个心形图案。厕所的门上写着“米利娅到此一游”“汤米是傻瓜”和其他一些字迹，我看不清楚那些是什么——这就是原因，为什么初中和高中应该分开来。

我不可能永远僵持在那里。真是个奇迹，那时没有任何一个老师在场，这也不是什么好事，肯定有人已经通知了校长或是其他人。我开始被通缉。我没有任何经验，我不知道在这种情况下通常会有什么样的惩罚，但我几乎能确定校长有责任告诉警察。当然还有亚斯卡。他听到他的被监护者怎样适应新学校一定会欢乐地跳起来。

我应该像大人那样，站起来，然后直接去教导处承认全部的事情。逃跑是非常傻的行为。我迟早都会面对我需要承担的后果，在这种情况下早点要比晚点承认更好。然而我的肌肉不听我的使唤。

也许我可以用我所有的所谓的悲剧来替换这个。这是懦夫做的事情，但它可能会解救对我的刑事指控。

老天爷，我怎么会变成这个样子？我心想。

我缓缓爬起。腿几乎还是麻的，但我能站起来。我走到洗手台打开了水龙头。我等水变凉了一点后把双手伸进了水里。如果我现在有刀的话，我会立马把手划开。这也是为什么我从不把刀带在身上。我让冰冷的水冷冻我的皮肤，直到我的手泡白了为止。然后我关上水龙头，听着走廊上的声音。寂静。死沉的寂静。我很肯定当我打开门的一刹那警察队伍会扑过来把我逮捕。但是没有人在等着我：我从门缝里望了望，走廊上还是一样的空旷。这让我变得勇敢了起来，我溜出了我的避难所，然后往感觉像有几公里路那么远的大门走去。

我才走了那么两步，我听到有谁靠近了我。我转身想要奔窜。

“莱依莎，等等。”熟悉的声音说。

真是好极了，“他”是我最后一个希望见到的人。

惭愧和逃跑的恐惧同时在控制我的神经。要不是米卡尔抓住了我的手臂我一定会逃走。他把我转向他，在我看到他的表情之前他把我拖回了原地。

我搞不清楚他的动作。他抓得我很紧，感觉他整个身躯有着强大的吸引力，让我难以呼吸。

发怒，我心想。他一定会对我怒吼。

“听着，我真的，真的很抱歉，那个，我……”我的话被打断了，因为突然间米卡尔停了下来把门摔开。我被他拉进了教室里而且差点跌倒。一瞬间我想他一定是想让我站在教室的前面告诉大家我所做的事情，但是教室是空的。我张开了嘴巴。我慌忙准备着他将要骂我而我应该辩解的言辞。“我很抱歉，我不知道我是怎么了。妍妮她成功地惹怒了我，然后她把我的项链……”我根本没想过接下来会是怎样。

在我还没反应过来到底是发生了什么的时候，米卡尔把我推到墙上，狠狠地吻我。

还有他的动作。他紧紧地抓着我，把他的嘴唇——和他的舌头——这告诉了我他脸上以前的那些隐藏的一切秘密。

他喜欢我。米卡尔喜欢我。

他的触摸制造着奇迹。他一点都不温柔，但我也绝不要他做其他的动作。这是那些罕见的让我无法相信是真实的完美神奇的时刻——这是我一直梦寐以求的时刻，可真的变成了事实时我感觉脑袋就像被棍敲过了一样，闷住了。我甚至无法呼吸。

但换句话说，这是我生命中最美好的一刻。

当我们的嘴唇最终分开时我喘息了一下。米卡尔的一只手还在我的脖子上，而另一只在我的腰上，我感到我的皮肤在毛衣下发烫。我缓缓睁开双眼。

我眨了一下眼睛。米卡尔的脸几乎贴着我的脸——他的面孔似乎在发生着某种变化。我睁大眼睛看着他的面孔。他的眼睛，他的深蓝色眼睛，变成了金黄色的色调。不单单是虹膜，而是整个眸子。眸子的大小也比平常大了许多。

这是不可能的事情，我对自己说。我又眨了眨眼睛，但是他的目光没有离开我的视线。同时米卡尔也发觉了有什么不对劲。他猛地眨了一下眼睛然后迅速地往后退了开来。他的脸上出现了奇怪的表情。如果这表情是在其他人的脸上我能说这是恐惧的表情——他的脸上我不是太确定。总之这让他看上去几乎和我一样的惊讶。

在我还没来得及做些什么或说些什么之前，米卡尔已经离开了我。我背靠着空荡荡的教室里的一面墙壁想道，刚才是发生了什么事情。米卡尔的吻。米卡尔的眼睛。他的蓝色的眼睛一下子变成了金黄色的。这不是人类的眼睛，像一种动物的眼睛。

这意味着什么？

同时我感觉我以前看到过这双眼睛。还有就是在哪里在什么时候。不管怎样这是不可能的。

并且有些事情突然开始讲得通了。

第六章

等我回过神来发觉能动的时候，我从衣服兜里掏出了手机。现在世界上只有一个人能和我说话。我听着熟悉的铃声，我祷告他现在愿意和我讲话。

十五分钟以后我到达了尼克的家，他已经在外面等我了。他脸上被打过的地方已经发青了。但他的表情还是我认识的尼克，这让我轻松了许多。

“老爹在家里。”他和我说了声嗨，“我们到外面走走。”

我点头。我把自行车留在了院子里，然后跟着尼克往小径上走。这条路把我们带到了树林里的弯道上，那里尼克终于放慢了他的脚步，我跟上了他的速度，走到了他的旁边。

我们两个一句话都不说。我们都知道欠彼此一个抱歉。由于感到没必要说出口，所以我们两个都没出声。我们只是被温暖的太阳晒着不停地往前走，直到天黑变冷。树上还留了一些绿色的树叶，几乎让你相信它们可以留着过冬。我的四周非常的美丽，在这和谐的环境里，我几乎，几乎，忘记我想要说的事情。

“你是否打算告诉我发生了什么事情？”尼克终于问道。

我沉思了一下，我从哪里开始。我决定纠正一下。“你必须告诉我全部。所有的全部。”

“你指的全部是……”

“这个镇上所有的怪事。”我回答，“为什么这里的人这么的古怪。为什么他们对我这么的古怪。你别告诉我你不知道。”

尼克思索了很久，这让我几乎开始怀疑，这是否只是我的偏执或我更生动的想象力。“不，”他终于说出了口，“我不可以告诉你什么。你相信我，我很想告诉你，但是我不能说。”

“为什么？”

“因为如果我说的话，他们会杀了我。”

我眨了眨眼睛。“他们是谁？”

“所有的人。”

所有的人。我僵在原地。老天。“所有的人。”

我先是以为是我住惯了大城市的原因，所以我会感到这里的人奇怪。然后我开始猜想其他的原因，为什么这里是这样子的。一部分是出自我的想象力。但是这个……要命。

“喂，这地方名字叫狼山镇，”我的脑子里在说，“这应该可以推断出什么了吧？”一个对狼自豪的小镇。如果在二十公里半径范围内找到狼的脚印，在其他地方会感到非常的恐惧。而这个镇靠狼维持生计。

我想起了观察狼用的木屋。我放纵地哈哈大笑。

“这个情况下你可以告诉我一切你没告诉过我的事情，”我竭力巧妙地说，“如果有谁问起的话，你就让他去问米卡尔。”

尼克停住了脚步。我也停下了。

“米卡尔告诉你了。米卡尔。”

“‘告诉’，这个动词用错了。确切地讲是‘看了’。”

顿时尼克瞪大了眼睛，感觉几乎像牛的铜铃一样。要不是我还觉得我们之间还有些别扭的话，我很想告诉他，他的样子看上去有多么的傻。

“米卡尔在你面前变成狼的样子了？！”

我的脉搏急速跳动，我脑袋里敲着大钟。我闭上了眼睛。我总算知道了。我是对的。真是如此的荒唐。它把我所学的事情搞混掉了。我当然听说过各种故事，看过各种电影和油画，但是神话的理念就是它们只是神话。解释一些不可能解释的事情。那些超出理性范围的事情。

就像现在这个。

但始终……那些故事总是会从哪里出现，不是吗？

“不是真正的，”我最终说，“我只是碰巧用尤哈尼·阿霍的《尤哈》砸了妍妮的脸，然后米卡尔来了，把我拉到没人的教室里面热烈地吻了我。由于这显然还不够太怪，然后他就突然变成了金黄色的眼睛，是那双同样的，我曾经在这里看到过的眼睛。事实上是我到这里的第一个晚上看到的。没什么，只不过它是一双狼的眼睛。是一只非常可爱又有礼貌的狼，但总之它是只狼。”

尼克紧闭上眼睛然后用手揉了揉。“再从头开始讲一遍。”

我更细节地更有逻辑性地把事情从头到尾和他讲了一遍。我决定不再自卑不再隐瞒我的秘密，我把我从没告诉过他的我妈妈的事，我割过我手的事全部说了出来。没有我想象中的那么难讲。这比与医生或心理帮助或任何专业人士交流要好得多。也许因为我知道在听的人是真正关心我的人。也许他是我信任的人。我不需要佯装什么。我不用害怕我自己什么。说得越久我越意识到，我把我的思想埋藏在心里实在是太久了。当我把它们说出来时，我感到问题没有我想的那么严重。

也许我还有救的。

尼克把整个事情的来龙去脉听完，然后摇了摇脑袋。“我知道你看到过米卡尔狼时候的样子，但是那天夜晚……够呛。那个流血部分够胆战心惊的。动物闻到血腥味可不得了，它们对那个味道真的是非常非常的喜欢。你说你盯着它的眼睛看。那部分更魂飞魄散。你等于是在挑衅它。说真的，那是个非常非常糟糕的举动，你注视的可是阿尔法啊。”

我决定尽可能忽略恐怖剧本抓住重点。“你是指它是米卡尔？”

“是的。至少是你画的就是米卡尔，这我能肯定。”

“也就是说……大家都知道了米卡尔在我面前变成狼的样子？我还为他画了一张肖像画？”

“是的。”

“啊！好极了！”我说。

我回想起了我看到过的所有奇异目光。妍妮的愤怒目光。米卡尔的反应。

我顿时感到脸一下子红了起来。

“真的是够棒的。这样就能解释很多事了。”

“是的，是解释了很多。”

我们又开始往前走了起来。

“尼克？”

“嗯？”

“这也就意味着，你也是……”

“狼人吗？抱歉，是的。”

***

我们往森林的深处走去。路上的沙子在我们的脚步下沙沙作响。我瞄了一眼似乎在沉思中的尼克。我又一次地感到这个森林是多么令人好奇地恬静，或者不能说一直宁静。这里永远刮着风，有鸟类和一切森林里该有的小动物，它们都没有在原地待着。我看到鹡鸰从赤松的树枝上飞起，我猜它是否也知道狼人在我们的四周活动。

倏然我感到身躯失去了平衡变得轻飘飘的，好像和大脑之间中断了联系。我连忙把手放进了衣服口袋维持平衡。

“那你告诉我，”我淡定而又夸张地说，“从一级到十级，我和你现在在一起的危险度是多少？”

尼克哈哈地笑了起来，但听上去多少有些苦涩。“是啊，难以置信的危险度。你也看到过我愤怒的样子。你是否在想每一时刻我都在控制嗜血？”

“你们是不是可以随时变成狼的样子？”

“如果我们想变的话。但在月圆之日我们毫无选择余地，月亮迫使我们必须变身。有时候，我是说很少，会发生狼人失去了控制然后发生了一些不该发生的事情。”

“就是说你们不会在每个月圆之日发疯然后杀掉每个你们遇见的人？”

“不会。看来你是看过像是《变身博士》那种类型的故事，那些双重性格的人根本就没法解释他们到底在干什么。事实上狼人不是这样子的。我们归根结底只是很普通的狼。也许个头大了点，有些地方不同，但我相信基本特征是一致的。狼是个非常敏感的动物，但人类一般会认为狼攻击人类只是为了好玩。当然狼会有失误的时候。容易捕捉的猎物一直是非常诱人的。我得声明一下，用书去打狼人的脸实在不是什么很好的举动。若不是那时，妍妮被某某人给气得半死，或许情况会是另外一种。”

“还好只是一本小说书砸了妍妮。要是那时我手上拿的是语文课的五百页字典的话，那她的脸估计非得去整容科修复不可了。”我装出严肃的表情挖苦地说。尼克笑了笑，接着他说：“我们狼人的人的部分要比狼的部分多。人是那个控制身躯和大脑的。我们学会了如何控制变狼的部分，只要我们加强注意，变身是不会发生的。显然米卡尔没有学会。”

我细想了一会儿。“我一直很好奇，为什么这里的人感情是那么的……强烈。令人惊奇地强烈。所有那些在派对上的人，妍妮的狂怒……”我决定把米卡尔的强烈唇吻给省略掉。

“你知道我指的是什么吗？”

尼克点了点头。

“你们真的一点都不担心显露出你们的感情，是吗？”

“这要看情况的。”尼克说，“好斗性，应该说是——发情，这里是没有必要遮掩的。也可以说是很难遮掩的。虽然不是什么不可能的，但是很……难。非常、非常的难。”

我疑惑地扬起了眉毛看着尼克。尼克轻叹一声摇了摇头。

“狼人的感官比普通人更好。我们的嗅觉和狼一样灵敏。有时会发现那些或许你没想到的事情。说个例子，比如有谁在撒谎或是生气或是其他……什么的。”

他的某种声音在告诉我，我们遇到了不该讨论的话题。我几乎能猜到他指的是什么。

我咽了一下口水。“你说全部……你是指彻底的全部吗？”

尼克思考了一会儿我的话。“几乎。”

我挑起眉毛惊叹。“亚斯卡呢？”

“是。”

“真的？”

尼克点了点头。我不得不摇了摇头。天哪，我亲爱的舅舅。我是感觉他有些奇怪——他突然间出现在我的生活中而且不提任何关于我家人和亲属的事情。狼人？我们住在同一屋檐下啊。我看到过他玩纵横字谜，用牙线清洁牙齿和其他事情。他过着极为乏味普通的生活，让我根本不会注意他那些细节部分，而现在却让我开始感到有着新的含义。他身体状况非常不错，我没见过他去跑步或健身房。他也许会隐遁那么几个小时，但他的车会留在院子里。他一直会知道我是不是在家里，虽然我大多数时间会在楼上——还有他会知道我是否吃过饭。啊，无法再继续想下去了。

“我们学校里全部都是吗？”我问。

“全部的学生是，只有几个老师不是。”

“校长和他妻子也是吗？”

尼克气恼地说：“是，而且老得已经快要灯灭了——至少马里塔是。她已经变得神志不清了，前几天又发过病。狼人老了时候时常会有这类症状发生。我觉得丹尼尔应该让她退休了。”

我不知道谁是丹尼尔也无言以对，于是我把它跳开了。

“斯维特拉娜老师也是吗？”

“她是人类。”

“哦，感谢上帝。”

我觉得我不介意尼克是不是人类。尼克就是尼克，不管他是人类还是狼人。让我宽慰的是这里还有人类存在，她是某个我很喜欢的人。她是某个已经住在这个镇里比我久的并且融入了这里的生活的人。

“那安妮呢？”我继续问。

“我奶奶吗？”他哈哈笑开了，“完完全全是人类。”

“但是她和你们一起住啊。”我说。她看上去在这里过得很开心。她应该对这个超能力的事情已经很淡漠了，要不然的话，她——我的想法断掉了，因为我想到了另外一件事情。“她完全知道这里的一切事情？”

“是的。所有住在这里的人类都知道我们的事情。当然，游客和过路人是两码事。”

我在想，仅仅一个冬天会有多少人来这里。他们怎么会没有发觉狼人的事情？我只需要看到米卡尔的眼睛，这整个镇的真相就暴露在了我面前。

米卡尔……仿佛我又能清晰地看到他站在我的面前。我想起了他的嘴唇触碰我的嘴唇，他的手搭在我的腰上……这简直是无法形容。太完美了，我甚至幻想能再发生一次。

不行，现在不是想这个的时候。

“你们是用了什么办法隐藏这个秘密的？旺季的时候这里到处都是人类，这个镇子一定用了什么方式把他们控制在某个区域。要不然真的就没有人在某段时间里产生过怀疑吗？

尼克耸耸肩。“呃，第一，游客在这里待的时间不会很长，在短时间内没有可能会发现这里的实情。第二，滑雪场度假区大部分工作人员是狼人，很少会雇用人类。第三，如果警察或其他政府官员来这里巡查或做什么事情的话，我们有办法把他们的注意力引到其他地方去。”

我控制不了我的好奇心。“是哪些办法？”

我发觉尼克不想告诉我那些。我能感觉到尼克没有在骗人：他真的会由于我的缘故导致他遇到严重的麻烦。

过了一会儿他抬起了头往路的前面看去。“镇里某个能让人类忘掉……或是改变记忆的——”

“怎样？”

他看着我。“你现在已经知道狼人的事情了，也许我可以把剩下的也告诉你，”他说，“实际上我们不是这个镇里唯一能变身的种类。”

“你是说这个镇里除了狼人和人类还有其他种类？”

尼克点了点头。“应该说是有一位，它不是人类也不是狼人。它在旅馆里工作，但是它最主要是为狼族做事。它清除各种东西，如果你明白我说的是什么。它把那些有着好奇心想知道事情的外人变成了幸福的傻子。”

“那它是什么？”

尼克停顿了一下。然后又等了很久。

“嗯。他是一个吸血鬼。”

什么，我忍不住了。扑哧一声，大笑。我笑得眼泪从眼眶里流出，肚子抽筋，而且还停不了。这实在是太好笑了，虽然有些歇斯底里。

尼克扬起了眉毛，但他没说什么。他面无表情严肃地看着我，这才让我停住了笑声。

“就是那个苍白脸，爱吸人类血的死人吗？”我确认一下。

“正是。但你不用害怕，他不会袭击任何定居在镇里的人。”

我立马严肃了起来。“但是游客可以？”

尼克耸耸肩。“那个怪物也得活啊。他能做到被害者根本不记得，并让咬过的痕迹看不出来，显然是没有谁反抗过。当然丹尼尔是不大乐意他的游客被咬脖子，但是他也别无选择。因为我们需要一个会控制大脑思维的超自然能力者。其他那些能力者一般不大喜欢狼人，同时也没有几个愿意来这个偏僻的小山村。”

我无权指责他们什么。

“就只有这个吸血鬼愿意？”

“是的。康斯坦丁是比较奇怪——我是指这个吸血鬼。反正我是搞不懂。”

接下来我们又沉默地走着。我不知道现在已经几点，从太阳的位置来看，离我从学校出来的时间应该已经过了很久。亚斯卡一定会好奇我去了哪里，但是经过刚才的那些事情我真的有点不想回家。我怎样继续生活下去？装作什么都不知道吗？我开始犯晕。

还好有尼克在，我心想。

“做个狼人感觉如何？”我问尼克。

我无法想象尼克变成狼是什么样子。米卡尔我是看到过了——我感到轻松了许多，我终于知道他是个超能力者。因为他看我的方式和他能让我感到他在我十米以内，那些从一开始就觉得很不正常。

“有时候还行。但通常会让你感觉简直是在地狱里。”

“听上去感觉和普通人没什么区别。”我说，尼克哈哈大笑起来。

“我们变成狼的时候思维方式和我们是人的时候是一样的——我们很明白人类在和我们说些什么以及周围发生的事情。但月圆的那天就不同了，我们的思维会被控制，有时会很难记得当天发生的事情——相信我，这也是好事。你不想醒来记得你昨天晚上吃了多少个生兔子。”他休息了一下，“对了，明天就是月圆之日。我希望你待在家里。”

我思考了一会儿。“这是否就是米卡尔会像神一样被敬奉的原因……这也和他的家族有关吗？”

“是的，”尼克说，“米卡尔的父亲丹尼尔是狼族的首领。他决定一切事情。我指的一切是完全的一切。”

“就像黑手党的头目。”我开玩笑地说，但是尼克的表情很认真。

“算是吧。黑手党在狼人的眼里他们的能力还是比较弱的。丹尼尔能看到全部，听到全部和闻到全部，他有权力让谁活着以及多久。”

这让我忆起那时我在旅馆的窗户那里看到的男人。直到现在我的眼前还能看到他阴沉的轮廓。

“他是不是长得很大，很黑而且很凶狠的样子？”我问。

“是啊，怎么啦？”

“我估计看见过他一次。”我喃喃，“你继续告诉我狼族是怎么样的。”

尼克叹气说：“你得理解，我们狼人完全有自己的生活方式。可以说是有自己的文化。我们这里一切的事情是用中世纪的方式处理的，这个方式要比什么‘自由、平等、博爱’的法国革命更早许多。一旦首领发出命令，我们除了服从没有其他的选择。即使我们不愿意。你身躯上可以反抗，但是首领能在精神上让你做不到违反它的命令。虽然这会是唯一你真的想要的东西。”他从眼角偷偷瞥了我一眼：“这个很难解释。”

“显然是很难。”我说。

“这里我们有自己的规矩和遵守方式。首领永远是不惜一切代价把狼族放在首位。单单它一个有权把对整个狼族不利的狼处死。它也有权退出狼族。这种情况不经常发生，只是偶尔会有。对于退出狼族的狼来说，这种惩罚几乎比死亡还要可怕。狼是群居动物，我们需要其他的狼生活在我们的周围。”

我心想，正因如此，所以它们即使会被处死也会住在这个镇里。

“当然还有个事情，萨里家简直荒唐至极地有钱。他们是整个镇的一半以上员工的雇主。”

这个让我很容易理解。

“没有谁会疯掉，人或者狼，会去和丹尼尔叫板，”尼克最后说，“等你和他见面你就会明白的。”

我简直已经迫不及待了。

“米卡尔呢？”我最后问。

“米卡尔将是下一任首领。他在某些方面和他父亲非常相似。同样的领导风范。事实上狼也有出乎意料的不同性格。那些长得高大魁梧并具有主宰能力的狼称作阿尔法，它们在等级结构的顶端。它们的特征是能让另外一条狼觉察到，嗯，可以说是，让任何人或动物都可以觉察到它，但是很少有人能明白那是为什么。最强壮的阿尔法一般会是狼族的首领。它必须拥有极高的主导能力，使它能够支配其他狼和保护狼族。同时也意味着它是人的外形时要有强大的意志力来掌控自己变成狼。”

尼克告诉我的同时我的大脑试着在拼接新的拼图。狼山镇不是只住着几匹狼，这里有个完整的狼族——一起生活捕猎并保护被外界骚扰的狼族，没有任何选择余地只能服从首领的狼族。

我深深地喘了口气，凝视远方。我还有好多问题需要解决。除此之外可能还有几百万个事情我甚至想都没想到过的。我必须知道剩余部分，但是我的大脑在处理那些刚刚告诉我的一切事情时已经陷入困境。下次再继续吧。

我揉了揉眼睛。“我得回家了。”

“好的。”

“我以后还会问这类的事情，你得理解，这个一下子消化不了。”

“这是当然的。我可以告诉你，你对这个的接受能力令人称奇。比大多数人要好得多，如果我听来的是正确的话。”

“这也许是因为我还没有太明白。这实在是有些太不真实了。估计我是那种，看到过才能相信的类型。”

“你不是已经看到过了？”

“对。但是如果……也许能有些帮助。”我的声音沉了下去。

“什么？”

我意味深长地看着他。“我只是希望，也许你能让我看到一次会更有用。”

“不行。”他直截了当地回答。

“为什么？”

“我不喜欢。那个很痛，而且我不想在你面前脱衣服。”

我感到这对他显然是一种严重的侮辱。他的表情很阴暗深沉，片刻我才认出他是我认识的尼克，其实这在刚才学校的走廊上已经表明了，我不可以管他的事情。他也明白到底发生了什么事情，过了几秒钟他叹了口气。

“抱歉。”他说，他把他的恐怖目光收紧了些。

“没事。”我说。

我们转身往回走，在回程的路上我们两个一句话都没说。尼克站在院子的大门前和我说了一句拜拜，我拿出自行车钥匙。我还没打算把它插入钥匙孔。

“等一下！”

尼克在回他家前门的半路上停了下来。

“什么？”

“还有个问题。你知道的，在学校里大家看我的方式都很……那个，奇怪。应该说是男生们吧。”我摇了摇手，“你懂的，我是在说什么。是不是因为，我不是狼人的关系？或是，因为我是……人？”

听了我的问题后，尼克没有笑。“是的。相信我，你得保持警惕。”

第七章

回到家我砰的一声把门摔上。

“我接到学校的电话。”电话里说，“他们说，那里打了一场架。”

亚斯卡。我在回家的整条路上都在试图忘掉他和其他那些让我窝了一肚子火的事情，但是现在当然已经是不可能的了。我必须面对的是，他严重地欺骗了我。他没有告诉过我，甚至是从没考虑过要告诉我。我根本没想到过，他为什么会觉得和他这种狼人一起生活是件好事，我片刻都无法相信我的身心健康状况是他最关心的。

暴力死亡不会是我最大的恐惧。虽然这也许会是。

我走进客厅。亚斯卡又躺在沙发上看杂志，但是这次他的姿势表示，他在想其他事情。他的眼睛直直地看着一个方向。

我离他几米远停住脚步看着他。他深深地吸了口气慢慢地抬起目光。我最终反应到，他决定要和我谈谈了。真是可恶，他居然现在才想起和我谈。

我几乎已经忘了学校发生的事情，这一半原因肯定是因为我的大脑无法想象我到底在想些什么。我真的不希望现在为它深思熟虑。

怒火开始在我身躯里燃烧。我不能理解，亚斯卡怎么会如此的两面派。伪君子。可鄙。现在还在我的面前扮演着善良亲戚的角色，而真实的他一点都不真诚。实际上，他是个什么，解释了很多噩梦般的疑问。

“那米卡尔呢？”我的声音在问，“他也是你的噩梦吗？”

“没错。”我立马向亚斯卡回答，同时我的情绪非常的低落，我等不及了，“我用书打了米卡尔女朋友的脸。是否有人能告诉我，她的鼻子是否断掉?

我对这个很感兴趣。实际上很有可能我还没足够用力。“

亚斯卡面无表情地看着我。我几乎能肯定，他是在用他狼眼的眼神看着我，但我没有退缩。

“这样的话你应该很满意听到，谁都没有责怪你。你要做的只是去医务室和医生谈话。”

片刻，我才反应过来，他们是想让我去谈“我的心理问题”。

“我不会去的。”

这也许让他惊讶了一下，因为他眨了好几下眼睛。过了一会儿他的表情显示……悲伤，以及神色怅惘，就像是他曾经多次遇见同样的状况。

“莱依莎。我不希望给你带来任何麻烦。我知道，这一切都对你很困难，但是——”

“对，是的。接下来还会更困难的，我现在已经知道和我同一屋檐下住着的是一个狼人。”

亚斯卡发出了一种非常奇怪的声音。我不相信，我以前看到过他惊讶的表情，但是现在是加倍地让我看到了。不知为何这让我更加恼火。他真的相信我不会知道吗?

我从他身边走过进入厨房打开橱柜。我拿了一些盒装的冰激凌、可乐瓶和一包薯片。然后我笔直地走向楼梯，重重地踩着每一阶楼梯往楼上走。我喊:“晚安！”我砰的一声关上了门。

感谢狼山镇，我正在快速地变成真正的贱女人。

***

第二天在晚上之前我没有从房间里出去过。我总算能确定亚斯卡没有在家里。我确定他不在的原因是当我看到窗外：月圆。尼克昨天说过，它们不会在住宅区附近捕猎，他们一般都在月圆之前就已经变身了——这样全身就不会感觉太痛而且能够更好地控制狼的身躯和大脑，而不是被狼控制。他们也从来不在居住区附近捕猎。亚斯卡可能在还没变成狼之前已经提早离开了。

外面已经完全漆黑一片，人的眼睛是看不到什么的了。我企图听一下，也许附近可以听到一些不寻常的声音，但是我的耳朵分辨不出来什么。从逻辑上讲，这应该让我感觉更好，但这种寂静让我感到紧张。在那一刻我宁愿听狼的嚎叫，好比挂钟的嘀嗒声。

我来不及告诉任何人，今天也是我妈妈的生日。

我不得不寻思片刻，才能想起，她会有几岁了。三十五岁。如果有人告诉她，她永远看不到她三十五岁生日的那天，她最有可能的动作是哈哈大笑后列出各种可能发生的死亡方式的清单。我确信车祸不会在那张清单上。

妈妈的生日一直是每年最快乐的一天。一般我们会做些好玩的无聊的事情，像是穿着睡衣看完整部《奇异果女孩》的电视系列剧或者去海边游泳。我会送妈妈一些我亲手做的礼物，而妈妈会为我们叫比萨饼或中国菜外卖。我怀念它的程度已经让我哭不出来了。我想念妈妈的程度比以往更严重。

如果我是在赫尔辛基的话，我会去看她的墓。我会给她送上蜡烛和卡片或图画。我可以陪在她身边，想象着她真的会听到我在和她说话。我会告诉她一切，发生在我身上的事情以及我了解到的事情。但是墓地在几百公里以外……而且那个不是她了。她没有了，就像是我以前的生活那样没有了。虽然我能回卡里奥区、回以前的学校见到以前的朋友，但是这已经不是同样的事情了。

我已经不是以前的我。

最糟糕的是，我的一部分——也仅仅就那么一部分，但仍然有这一部分——根本没有去想就目前的状况做出任何改变。

我突然感到房子比以前更加陌生。它同时变得是那么的大和那么的小。墙靠得太近了，但是灯光没照亮每个角落，虽然我把全部的灯都打开了。我彻底地烦躁不安。好吧，胆怯。我拼命地想做些什么。做些可以让我的思想从黑洞里爬出来的事情。一些不是和刀子有关的事情，理智的声音在提醒。

吃东西是个好的开端。我打开冰箱，第一个出现在我的面前的还是亚斯卡的生肉和香肠，这让我连最后的食欲都烟消云散了。我不想吃了。我不觉得我特别想睡。能迅速地把自己灌醉感觉应该是个不错的想法。

我拿起一瓶亚斯卡的啤酒。我一定会被他询问，但是现在我感兴趣的是看他是否会对说我些什么。我怀疑他不会说什么。

我走进客厅坐在沙发上。我抱起我的腿。地板好冷，但是我不想去楼上穿袜子。这真是最差的一天，连小事也跟我过不去。我咕咚咕咚地连喝了好几口啤酒，然后闭上眼睛。我片刻感到惊讶，为什么我的脑袋感觉奇怪，然后我才知道，它在痛。我把酒瓶放在我的额头上，头痛缓解了一些。这比任何的止痛药要好用得多。

我连续喝了几口。我抱着脚。黑暗像是从窗外扑了进来。

我想出去。

我使劲把最后几口酒喝掉，然后把空瓶子放在茶几上。我爬上二楼又拿起塞满了东西的布包。

我走出房子前门。

温度要比我预料的更冷，片刻之后我的肺才适应它。鼻子呼出的空气让我发现，沉闷的冬天快要来临。我手里拿着从玄关矮柜里找到的手电筒，一边照着路一边跨着大步往前走。我用我的肌肉抵抗着寒冷。我心想，或许应该去参加某种运动，但是如果去的是和妍妮以及其他的狼人同样的健身房我可不是太有兴趣。我有些不相信，在狼山镇能找到普拉提健身操课或非洲舞蹈班。

在没有任何计划的情况下，我毫不犹豫地地往上次同样的方向走去。当然温度是要比上一次冷很多，路上堆满了掉落的树叶，但是在我的手电筒灯光照耀下无法分清，森林里是否有着什么特别的新变化。总之，空气里有种抖动的电波让我的脉搏急速地跳动。但也有可能是紧张造成的：我知道，那些狼已经在活动。我知道，我不应该一个人在森林里活动。或许正是这个原因，让我感到这是我唯一符合逻辑的选择。

我来到了熟悉的小空地和它的树桩边。这次我坐在了树桩上。

我知道等一下会变得很冷，但我无所谓。事实上，我有些开心。至少我可以关注其他事情代替寒冷。

我从布袋的底部掏出酒瓶——和上次一样的伏特加。不过现在我准备得比上次好：我带着一瓶橘子水和一瓶感觉似乎有点可疑的果子酒。

我把剩下的伏特加倒入橘子水里摇了摇拧开了酒盖。

这时我人生中第一次听到了狼的嗥叫。声音不是离得很近，但已经靠近了。感觉声音直接进入了我身躯的深处，一个不能确定是哪个位置的深处。在我几乎起身之前，我明白过来，我是在干什么。不，还是在原地不动比较好。它们在远处，不会到这里来。它们有它们的庆祝活动，我有我的。

我也就这样做了。我一个人在森林的中央喝着酒，让自己忘掉自己是谁，同时狼在嗥叫。狼族。我试着想象，狼族会是什么样子，但是我对此毫无一点头绪。我已经习惯孑然一身。已经习惯不相信任何人。我会照顾自己。

我想起上次我割手臂的事，我的脑袋开始混乱。不，我没把自己照顾好。我一直期待事情能变得简单一点。可往往都是相反的。

也许事情不一定全都是真的。也许事情没有那么复杂。事情还没有接近真正的真相，还没有。我得花更多的时间，才能让我百分之百踏踏实实地说，我解决了。

这没什么奇怪的。只不过一个月的时间，我生活中的人全部变了。虽然这不都是坏事情，可对我来说与陌生人打交道一直都很不容易。并且这次的情况更加复杂，从他们那里得到的消息都是出乎预料地七颠八倒。

就像我理解的妈妈那样。

妈妈一直对我保证，她没有后悔过。除了没有完美的计划，我是她身上发生的最好的事情。她说她从没想过会离开我。我一般都会相信她。现在的我已经是她怀着我的同样年龄了，我几乎能肯定，她有点美化了真实的事实。

妈妈对我比她活着的时候更重要，然而，我不能停止对她的生气。我生气她没能够告诉我那些真正重要的事情。我生气她没教我让我更坚强。我生气她就这么死去了，留下了我一个人和所有的秘密。

我想问她很多的事情。我想骂人，我想对她大叫。我希望她能回来，让我可以回家，让我可以停止装作勇敢的样子。

出现在我生活中的陌生人之一人无疑是亚斯卡。亚斯卡真的是一点都不像妈妈。我很难找出妈妈离开这个地方的原因。而且我不能明白，为何亚斯卡把我接到这里来。我不能相信，他只是想认识我。如果他是，他应该主动多和我说说话。

这时我听到了前面的树叶沙沙的声音。我被吓得心脏骤停，然后又扑通扑通地猛跳了起来。我慢慢地摸索着我掉在脚下的手电筒。在我还没摸到它之前我看到了什么。这时我唯一能做的动作是让我的胸口强烈地一呼一吸，紧接着某个物体来到了空地的远处，一部分的月光照到了它的身躯。对，它是一匹狼。虽然很暗，它站得有点远，但我能清楚地知道，它是上次的那条狼。米卡尔。

它，或是他，伫立在和上次完全一样的地方。我眨了几下眼确定它真的是在那里。按道理讲，他应该是和其他的狼一起在附近区域的森林里捕捉猎物。我一点头绪都没有，他为什么要来这里。

我听到片刻的寂静后周围又开始了狼的嗥叫。嗥叫声的数量要比原先多得多：它们在森林里演奏着高亢的交响乐，感觉整个空气在颤动。我身旁的狼——米卡尔——扬起了它的嘴巴，但是没有出声。我心想它们一定是在呼喊它。他独自一个离开了他们，而且不回答它们的呼喊声。

米卡尔用金黄色的眼睛紧紧地盯着我看。目光不期而遇，我也盯着他看。接着我想起了尼克曾经告诉我的话，我应该能够更好地防备，但我的目光离不开它的眼睛。我有了一种奇怪的感觉，我感到现在威险而又安全。感觉就像我已拥有世界上所有的权利，但伴随它一起的则是异常的脆弱。

“你来这里干什么？”我最终问道。

它开始慢慢地靠近我，仿佛是担心我随时会逃走似的。它的动作非常的柔和而又轻巧，让我无法不羡慕。我发现它的耳朵往后贴着，不知在这个情况下是什么含义。它坐在离我一米以外的地方继续盯着我。

我身躯在瑟瑟发抖。我从没这么近地在野兽旁边，虽然我知道它是米卡尔，但这不是太能让人理解的事情。这只能解释为它真的美极了，是我从没见过的强壮和美丽。

我不是太确定他现在能听懂多少，但是我还是决定试试看。

“我知道你是米卡尔。”

狼眨了一下眼睛。

“你是怎么找到我的？”我想问它，但是在我还没说出口之前，我已经知道答案，“当然是气味。你们能闻到很远地方的气味。”我停顿了一下，“这让我有些不太自在。我或许应该多洗几次澡。每天早上换干净的衣服。”

我感觉我全然像个傻瓜。

“你……不是现在应该去捕捉野兔或其他什么的吗？难道你打算把我吃掉吗？”

狼只是凝视我，我感到脸热得滚烫。好值得与动物一起聊天。

我看了一下其他的地方。我深吸了口气想止住堆积在眼眶里的眼泪，但是没有成功。我决定让它去吧。米卡尔已经多次看到过我了。让它看到我有没有哭，都一样。

我望着月亮。这里的月亮似乎比赫尔辛基的大一些，还是这只是我的想象？我用手背擦了擦眼泪。接着向米卡尔摇了摇手中的酒瓶同时哈哈大笑。

它的喉咙里发出一丝短暂的、龇牙警告声。

“我目前在这里举行一个小小的个人庆祝会，但是你也可以参加。”我向它举起酒瓶然后喝了一口，“说实话你能喝的话我会感到更幸福一些，但看样子我们只能将就着点，你只能看和听了。”

米卡尔发出了声音，听上去差不多像呜呜的悲声。

“不用担心，这次我不会再傻得割自己了。”我说完把衣服的袖子提得高高的。我给它看我的手臂，它突然从地上爬了起来碰了碰闻了闻我的手臂。我被吓了一跳。我的脉搏开始急速地跳动起来，但是我很快想起我不能做太快的动作。当它毛茸茸的身躯碰到我的手臂时，我感到好痒，我屏住了呼吸。然后它舔了一下我的手臂。它的舌头很温暖，我又一次被吓到，立马把手臂缩了回来。

“唔，别这样。”我说完马上把袖子拉了下来。

它又坐在了我的面前，突然间我有了一个和我梦里一样的想法：把手指伸进它的毛里摸一摸。但我制止了我的想法。它不是一只毛茸茸的狗，这一点毋庸置疑。还有就是它是米卡尔。我应该喝得更醉一点，这样我即可大胆地去摸它，任它是狼还是人。

我又喝了些，它在我的身边一直看着我。它在想什么我丝毫摸不着头脑。也许它只是一匹狼，对我摇晃着的酒瓶一点兴趣都没有。

“我妈妈今天满三十五岁啦，”我最终告诉了它，“真的是好年轻啊，不是吗？连一半的人生都没有走过，”我喝了一口，“我真的很想知道，她对这些事情是怎么想的。也许她能知道究竟是怎么了。真是的，她比我在这里住的时间要久得多。”

这时我反应过来，我没问过尼克关于我妈妈的事情。她不是狼人，虽然她的哥哥是。狼人是怎么变出来的？

我唉了一声。还有好多事，是我不知道的。

“也许就因为这个她离开了这里。也许她离开是因为接受不了……这个。”

我咕咚咕咚地一口气把剩下的伏特加橘子水喝完，然后抓起果子酒酒瓶。我看了看酒的标签。可笑，又是一瓶爱沙尼亚的酒。头痛一点都没减轻，反而痛得越来越厉害了。我感到全身软软的，我已经无法控制我的眼神注视一个地方了。我知道要是现在照镜子的话，我的脸和身躯一定会被看出我喝了多少酒。

我拧开酒瓶尝了一口。唔，甜的。真的好甜，但是这酒正好适合燃烧我的喉咙。不是好东西，但是能喝。

“你不会为了这事去找尼克碴儿吧？”我过了一会儿问，“他只是告诉我我需要知道的事情，而且他很不情愿地告诉我。如果你们打算怪罪谁的话，那就怪罪我吧。”我喝了一口果子酒，“呵呵，虽然我有些明白，这个镇里的处罚方式和其他地方截然不同。”

我向它恶狠狠地瞪了一眼，然后又喝了一些。我没戴手套，手冷得开始变得僵硬了。我把手缩进了袖子里。

“我不会感到惊讶，或许明天我会在哪个草丛里找到被揍的尼克。”

米卡尔还是凝视着我，但是这次的目光显得有些……什么？受刺激了？我感到脑袋开始沉重了起来，要不是我喝多了，我才不会和米卡尔讲这么多的话。也许我还是会吧，我不是很清楚。我感到我很生气，我想我有权利这样做。另一方面我还是很难理解，我的面前站的动物是米卡尔。简直是在和木头交流感情。

“莱依莎，你真的是醉了。”我对自己说。

“我不能理解，你怎么能允许对尼克做那种事情。我知道，他不是你的朋友，但是即便是其他人，我也不能袖手旁观不管的。”

我不是单单为了尼克的事而生气，虽然那也是有足够的生气的地方。瞬间我的脑海里出现了一种恐惧，它让我感到我对米卡尔的认识是完全错误的。我喜欢上了米卡尔。如果是他让尼克的事情继续下去的话，如果他也参与了其中……我不知道我能否原谅他。

“我知道那是什么样的感觉。”我说，“你每天早上醒来马上会提心吊胆，害怕将会发生什么可怕的事情，希望这一天不会有谁来欺负你或惹你不开心。也许你会被孤立，但这会让你感到安全，因为没人会来骚扰你。但事实总是难预料的，总会有那么几天是你不想要的，你会好希望你能装病待在家里面。”

我望着森林。树木的轮廓开始变得越来越模糊了，这令我更加感觉四周几乎不是现实的状况。也许什么都不是真的。

“显然孤独症是我们家的遗传病。除了我以外，我从没看到过亚斯卡和其他人说过话。妈妈有很多朋友，但是我感到她还是喜欢把自己的一部分事情藏起来。她一直和我说，无论发生什么事情，我们两个都会站在彼此的那一边。可是现在我一点都不知道，我站在哪一边。”

我闭上眼睛，深深地吸了口气。然后我直直地看着米卡尔的眼睛。

“你什么都有真好。家人，朋友，女朋友，钱。美好的未来。你可以做任何你想做的事情。谁都不会对你说你不够好或者谁都不想要你。大家都那么的尊重你。”

我感到非常的不合理。同时我感到泪水流淌了下来，我认为它来是错的。我没邀请它来这里。它没有任何权利让我感到自己有过错。

我用手背又擦了一下我的泪水。喝了一口酒。

“尼克是我这么多时间唯一遇到的最好的好人。他能理解我。我看着他独自一人深陷困境我感到好害怕，但是他现在有了我，就像我有了他一样。他知道我是什么感受。他也知道，我们双方帮不了彼此多少忙。没有人能够帮得了。”

米卡尔哀叫了一声。很轻，总之叫了一声。我不是太确定它是对我说的话做出反应还是意味着它渐渐地有些不耐烦了。总之，这是我发自内心的最后几句真心话。我又哭了起来。我举起手按住我的脸，就像我很小的时候那样哭着，整个身躯在抖动。

突然我感到米卡尔爬了起来，接着用它的鼻子推着我的腿。然后它把它的头伸到我的下巴下面，整个身躯扑进我的怀里。这应该是狼能做到的温暖的拥抱吧。温暖、有力、毛茸茸感觉的拥抱。

我把脸贴在了它的额头上，深深地吸着它的气味。手指抚摩着它的皮毛。这种感觉让我感到好幸福。虽然感觉毛糙、硬邦邦的还有些黏糊糊的，但是很幸福。我摸着它的毛发让我回到了现实的状况。

我吸了吸鼻子。

“我真的对你有些嫉妒。”我小声地说。我用右手来回摩挲着它的背部，接着抓了抓它毛茸茸软绵绵的耳朵后面。米卡尔又呜地叫了一声，像是很喜欢我用手抓它那里。

“变成狼应该是很不错的事情。要是我也能这样把一切烦恼临时放在一边，在森林里不知疲倦地奔跑着那有多好。”我哈哈地大笑，“捕捉猎物对我来说非常的无聊，但是或许我会习惯。”

我又喝了一口酒。我发现，酒差不多要没有了。我应该真的完全地醉了，因为我根本不感觉到冷。我小心翼翼地站了起来。我的头有些晕，但是我相信这种状态下回家应该是没什么问题的。

“唔，唔，我得回去睡觉了。”我对米卡尔说。它用同意的目光看着我。

我猜它这时候应该回到森林里去，但是我捡起布包和其他东西晃晃悠悠地往回家的路上走的时候，我发现它跟着我一起在走。

“怎么啦？我能够一个人回家的，不用担心。你现在可以回去找你的伙伴啦。”我听了听四周的声音，森林非常的寂静。狼族显然是放弃了米卡尔往其他地方走了。米卡尔一直谨慎地跟在我的后面。

“好吧，你就跟着吧。”我耸耸肩含含糊糊地说，“我是觉得已经没什么了。”

我努力看着我回去的路，森林里漆黑一片，而且我的腿不受使唤，晃来晃去跳着芭蕾舞。我知道，米卡尔一直在我后面，但问题是这让我好不自在。事实上我的耳朵嗡嗡作响，我听不到任何森林里的声音。或许是狼的原因，让森林的动物们都害怕得不敢出声。

未发生任何状况下我成功地到达了亚斯卡家的院子里。我看了看亚斯卡的车，然后停住了脚步。我抬起头望着天空。月亮独占了整个天空。

“你知道吗，月圆真的好漂亮，但是它一直让我感到很不安。”我看了一眼坐在身边的米卡尔，嘻嘻地傻笑，“你一定也是这么想的。”

接着我和我身边的狼一起在院子里站了一会儿。在我还没把目光移动到亚斯卡漆黑空荡的房子那里之前我感到我不是很孤独。我咽了一下口水。我真的不是太想回到那个房子里去，但是我好累。我的大脑开始疲倦了。

“我得进去了。”我最终说。由于我喝得很醉，由于我很孤独和悲伤，我说了一句不是我正常的时候应该说的话，“如果你想进来的话，你就进来吧。亚斯卡不在家。”

我看了一眼米卡尔，然后我明白过来我有多傻。“是啊，他当然是不在家的。”

我转身走到前门。我让米卡尔自己选择，是否跟我进去。我插了好几次才把钥匙插进钥匙孔打开了门，然后我把门推开。我倚着墙面把鞋子脱掉。我转身打算把门关上时发现米卡尔已经不见了。

是啊，它走了，我不应该感到悲伤。但是我还是感到悲伤。

我把前门关上。我醉得已经连眼睛都睁不开了。我现在只想躺在床上睡着。不管能不能做到什么梦，等我醒来有理智的思考能力时再思考这些事情吧。也许这思考能力是永远不会有的。我的脑袋在说，早上会出现某些状况。我叹了叹气扶着墙走到厨房。喝了几杯水。水没法把我嘴里酒的臭味给冲洗掉，应该根本不需要这么做，谁都不用来指责我的举动。

我房间的门开着。我已经不记得我是否把它关上过，因为我是急匆匆地离开的。我把布袋放在了地上然后脱掉了外套。

那时我才发现，我的床上竟然躺着一匹狼。

我的身躯僵住了。醉酒的大脑希望处理这个事情，但是它已经完全地糊涂成了一锅粥。

“不会吧。”我说。

我打开衣柜，脱掉了毛衣，把它扔进了柜子里面。然后我晃晃悠悠地扶着衣橱的门脱掉了牛仔裤。我不知道米卡尔是否在看着我，我是搞不清楚了。我已经完全神志不清，随便它有没有看我半裸的样子。

我身上只剩下无袖背心和内衣了。我像往常一样解开了我的文胸，把它从背心里抽出放在凳子上。然后我转向床的位置。房间很暗，但是我能模模糊糊地看到米卡尔的眼睛。它的眼睛看上去像是可以把隔壁的墙给穿透。

最后我爬上了床，把被子盖好。米卡尔躺在另外一边。我找了个很好的姿势，让我能够抱着它睡。我再一次摩挲了一下它的脑袋。

“晚安。”我悄悄地说。我闭上了眼睛入睡了。

第八章

当我醒过来时我有了一种奇妙的感觉。似乎这几年我从没像昨天那样睡得那么好过。我进入了深睡眠状态，我已忘记自己是谁和在什么地方。我并没有感到害怕，而是恰恰相反的感觉。那是我以前从没有经历过的幸福时刻。此时我仿佛还能感受到，我在了我应该在的地方，我的人生不缺少任何东西。

这种感觉持续了将近几纳秒的时间。然后我的幻觉被打破了，呕吐头晕头痛征服了我。窗外的太阳直射到床上，我的皮肤被汗水搞得黏糊糊的。同时我浑身还打了个冷战。我知道，一旦我把我的脑袋从枕头上抬起，仅仅一毫米，我的头将会痛得像炸开了似的。这是典型的宿醉症状。而且这还不是最糟的。最糟的是现在我的身躯软得甚至连小手指都动不了。

接着我意识到，我的手臂抱着一个大大的物体。它是硬邦邦有弹性的，但它不可能是枕头或被子。我努力地动了动手指往它上面摸了摸，它摸起来的感觉像光溜溜的皮肤。

光溜溜的皮肤!

我噌的一声立马坐了起来。由于动作太快，我的脑袋痛得厉害，我用双手揉了揉脑袋，然后睁开眼睛惊讶地看着眼前的情景。米卡尔沉沉地睡在我的身边，他不再是狼的样子。而他在被子下显然是——完全是光着身子。

米卡尔。光着身子。在我床上。

这不应该是巨大的刺激，但是它是。我知道米卡尔是狼人，但是……我不相信。我记不清楚昨天发生的事情了，我简直喝得烂醉。

这是第一次我的床上躺着一个男人。而且是裸体的男人。没错，我是从这个国家最大的城市有着自由、放荡不羁和叛逆精神的波西米亚风格区域来的艺术家的孩子，但这并不意味着我在某些事情上完全有经验。虽然我知道男人长什么样子。

我小心翼翼地从床上爬起来，防止被子从米卡尔身上离开。我看了看我身上的衣服。背心和内裤，没有其他的了。真是好极了。我显然是在他的面前把衣服给脱了。我的脸上一阵通红。

我找到了挂在椅子靠背上的睡袍，一把抓起穿在身上。我试着不去看米卡尔，我试着考虑我现在该干什么。我的肚子强烈地在提醒我，它需要补充能量，但是我不相信呕吐感会让它好过。喝咖啡，这个想都别想。我想现在还是马上去洗澡，可是我不知道我能否走得动——我真的很想去洗澡。另外米卡尔估计会醒过来，我不能留他一个人在我房间。

还有如果我不去帮他找些衣服来穿的话，他走不出我房间的门。

我小心翼翼地打开房门，偷偷摸摸地站在亚斯卡房间的门前。门是关着的，但我没有犹豫，因为我有一个很好的理由进去。这时我才发现，我之前从没进过亚斯卡的房间。这个房间和其他房间一样地没个性，没有一样东西能让我的眼睛停留片刻。没有水烟或是色情杂志，这稍微有点让人失望。在某种程度上，我希望亚斯卡过的是秘密的双重生活。一方面，我感觉他的生活暗淡乏味。另一方面，我一点都想不出变成狼的时候他会是什么样的。

亚斯卡比米卡尔矮了一点，但是我相信他的衣服米卡尔能穿。而且现在也没其他选择。我打开衣柜从里面翻出一件深蓝色的简单的 T 恤、一条运动裤和一双袜子，我迟疑了片刻又拿了一条新的白色内裤。如果说我对裸体男没什么经验，其中也包括了男人的内裤。

我捧着一堆衣服回到了自己的房间，我发现米卡尔依然睡着。时间已经过了中午，我希望今天他没和谁约过见面时间。我也希望亚斯卡能再晚点回家，因为最近我一直在刺激他，我真的不想听他看到米卡尔躺在我床上时说什么。

我把衣服轻轻地放在我睡的那边的床上，然后坐到椅子上。我想不出更好的事情做，只是坐着等。我看着他。我很快发现我的目光离不开米卡尔，并且再过了一会儿，我甚至连尴尬的感觉都没有了。米卡尔看上去真的好美。这当然是我从一开始就知道的，可现在他睡在那里，我的床上，一半趴着一半侧着睡，我除了想还是在想，他也许是我见到过的最帅的男生。我看到了他露在被子外面的胸肌和背肌的一部分——真是，太好看了。我从椅子上半站了起来，然后身躯往他的方向靠近。我看着他脸上每一个细节的部分，睫毛，眉骨，唇的弧形……啊，不行，这有点太胆大了。

我突然变得紧张了起来的时候他的嘴巴动了动，身躯往另外一侧翻了一下。他把被子完全盖在了身上而同时他的右脚露了出来。我偷偷地瞥到那里好像有块深乎乎的东西，我仔细一看，发现他的脚底有块几乎拳头大小的奇怪印记。我等了一会儿，看他没动，就完全地站了起来悄悄地靠近他。我蹲在床边看着那块印记。

这是一块文身。它是用深咖啡颜色刺成的狼脚印。它非常地简单和漂亮。我从没听说过有谁在脚底板上文身的，但是这个情况下我能理解。这个文身不是给所有人看的。

我回到了座位上。我的喉咙像是被什么噎住了，我甚至不知道为什么。或许这个状况有点类似于我小时候在玩具店里经历过的状况。当我看到一样我想要的东西时，明明知道得不到却停止不了想要它的欲望。

停下来，莱依莎。你应该知道你该做什么。

但这个提醒对我没有任何作用。也许只是证明我有多么的聪明。

这时米卡尔又动了一下——接着打了个哈欠醒了过来。他平躺在床上，过了一会儿他翻身向我看了过来。他昏昏沉沉的眼神显示……他明白目前的状况。是很明白。

我咽了咽口水。我脑袋里出现了各种情形，提醒我最好不要提到昨天发生的事情。看它们不停地在我脑袋里晃悠。可恶。

“早。”我说出了第一句话。米卡尔只是看着我。然后他闭上眼睛用手揉了揉。

“唔，早。”

“我现在先去洗个澡。你可以等我洗完之后洗。”我停顿了一下，“床上有亚斯卡的衣服。”没等米卡尔说话我已经站了起来，走出了房门然后把门关上了。

洗澡让我缓解了一点呕吐感，水也阻止了我的大脑拼命回想昨天发生的一切事情，昨天发生了什么，显然不是什么好事。顿时我希望我最好站在淋浴房里，等米卡尔快点离开这里我才出去。不过十分钟以后，我放弃了我的念头。如果我是个好主人，我应该招待给客人一杯热气腾腾的茶，我把水龙头关上了。

我叹了口气从淋浴房里出来把自己擦干。我把头发用毛巾包好然后穿上睡袍。我照了一下镜子。当我把所有的头发遮住时我的脸看上去好奇怪。我的肤色特别的苍白而且眼睛红红肿肿的。这不好看。这真不好看，但是现在去化什么妆已经太晚了。我安慰我自己，米卡尔在这之前已经看到过我——最丑的样子了。

我把脚塞进亚斯卡的毛拖鞋里，因为我自己的忘在了房间里面，然后啪嗒啪嗒地往楼下走。我的头痛和东倒西歪软趴趴的身躯影响着我走路的平衡，还好，我在没有摔倒的情况下成功地走进了厨房。我有些乏力地看了一会儿橱柜。是的，我饿了——但是，我一点都不想吃东西。我知道如果能吃点会让身体更舒服些。只是我一点食欲都没有。

最后我决定给自己倒一杯果汁喝。听到了哗哗的流水声时我才想起没给米卡尔毛巾。莱依莎，你招待不周啊。我只能希望他会去瞄一下浴室里的柜子。

我坐下喝了一口果汁。接着我就直直地盯着前门那里发呆。我试着回想昨天的事情，我去了哪里，然后做了什么。我越是试着回忆，恶心、头痛和尴尬越像粥一样混杂在一起。等我回过神来，发现米卡尔已经穿着亚斯卡的衣服站在了厨房间的门框边。T恤对他来说显然小了一些，我能明显地看到他上身的肌肉被绷得紧紧地凸出来。他湿乱的头发看上去好性感。而且他的眼睛……老天爷，当他看着我的时候，我感到的是紧张慌乱又幸福。

我想起他昨天把我推到墙角吻了我。我盯着他的嘴唇幻想着他是否现在也在想那天发生的事情，他是否会再吻我一次。

我紧紧地闭了闭眼睛。我思虑了一会儿才想出话题。

“那个，抱歉，我忘了告诉你，毛巾放哪里了。”我细声细语地说。

他立马向我微笑了一下然后走进厨房间。他走过来我有两个感觉，一种是很开心，另一种是我打算准备逃走。

“没事，我找到了。你还没住在这里之前我已经来过这里了。”

我思虑了一下，这倒不是什么奇怪的事情。他们家在这里住了这么久，哪家他不认识啊。

“你想吃点早餐吗？”我问。

“好哇，谢谢呀。”

我慢慢地站了起来打开冰箱。我不知道他想吃什么，我找出我能找到的所有可以制作三明治的材料放满了厨房工作台。酸奶罐几乎空掉了，而且鸡蛋也没剩几只。我转头问：“你想吃什么呢？目前能吃的东西不多，因为亚斯卡没去超市买东西，但我可以做些比如像麦片粥什么的。”

“你吃什么我也吃什么。”

我哼了哼喉咙。“那个，我不准备吃什么东西。”

我从橱柜里拿出汤碗，然后往碗里面倒入速食燕麦片。

“你今天状况如何？”他的语气听上去很投入感情，我不敢转身看他的表情。

我耸耸肩。“唔，宿醉的感觉，你懂的。胃有点恶心，头有些胀痛，其他就没什么比较严重的了。”

我往麦片堆里注入了水然后搅拌了一下。我感觉他似乎对我的回答不是太满意，因为接下来他没有说什么。我把碗放进了微波炉里转热。

米卡尔已经开始为自己做起了三明治。我靠着工作台看着他，然后第一次发现他看上去也没什么精神。

“那你呢？”

他抬起头看着我。“唔，可以说是跟宿醉感觉差不多。月圆把我们的精力全部给吸干了。”他很快把三明治做完，然后转身看着我，“我……很抱歉，昨天就这么闯了进来。说实话我不是太记得了，我只记得我变成狼的时候不想留你一个人。”

我无言以对，还好这时微波炉叮的一声响了，我急急忙忙地把麦片拿出来。麦片粥还没太熟，我又把它放回了微波炉里面，设置一分钟的转热时间。

“没事。我也经历了一个奇怪的夜晚。”我喃喃地说。我没敢看他的脸。

“你也应该吃点什么。”

我哈哈笑开了。“现在恐怕还不行。”

“我发现你真的吃得很少。”

好吧，这感觉有点奇怪。我和他一起也就吃过一顿饭。

“我现在没有食欲。”我回答。我从微波炉里拿出麦片粥，把它搅拌了一下散散热，然后放在他的面前，又从橱柜里找出盐和糖的调料瓶放在了桌上。

“谢谢。”

“不用谢。”

他拿起了汤勺，然后看着我。“坐吧。”

我几乎想说，他不用在我家和我客气，但是我放弃了。实际上我感觉米卡尔在这里比我更放松，简直可以认为这就是他家。我乖乖地坐了下来。

他没有狼吞虎咽地吃，但能看得出他很饿了。我奇怪地感到我很开心，因为他把麦片粥吃了个精光，虽然那只是平常的粥。

我心想他会不会感到不自在，因为我一直盯着他吃粥的样子看，但是他没有。我发觉虽然他给人感觉还是很累，但他那熟悉的炯炯有神的目光开始渐渐地恢复了回来。我很喜欢看他那样的眼睛。

我咬住唇。“你有个很好玩的文身。”我最终还是说了。

米卡尔扬起了眉毛。“哦，你看到了。”

“嗯。稍微地看到了。”一些事我突然想了起来，“你们大家是不是都有这种文身呢？”尼克没有提到过文身，也许这对他来说不是重要的事情。我也不记得从哪里看到过脚底上有这样的文身，要是看到过我一定知道。

“谁是大家？”

“那个，狼人。”我有些尴尬地说。

“据我所知应该不是每一个。”

“你什么时候有了这个文身的？”

“你为什么不问它为何在脚底板上？”

“不用问。我感觉这个答案很明显。”

“怎么明显？”他看上去很惊讶。

我耸耸肩。“脚印在脚底板。每一次你踩在地面上，等于是你的人脚和你的狼脚同时在踩。你的每一步都是和狼一起，虽然它没有显露出来。我是这样认为的。”

米卡尔拿起了果汁杯。“想法不错。”

“你文了多久了？”

“两年光景。”

也就是说在他十六岁的时候刺的。

“看来也有人愿意给未成年人文身咯？难道你的脚刺完以后没有长大过吗？”

“不是谁都会答应做的，我只是正好碰巧认识那么一位对这个方面不是太仔细的。说到生长的话，我们狼人的生长速度比一般人要快一些。我十六岁的时候已经是这个样子了，接下来的几年我也不会再长了。”

他的表情看上去是认真的。“我不知道尼克告诉你了些什么，但是或许你应该知道，狼人的寿命比普通人长。变身时细胞会重新建立，这样衰老的速度会变慢很多。当狼人看上去老的时候，那它真的已经很老了。”

这个听上去真不错，我心想着。能很快长大但又不容易老。这个尼克没有告诉过我。还有什么他忘了告诉我的吗？

“比人类的寿命多多少？”我问。

“多两倍，或是三倍。”

我盯着桌布，在它上面用食指画着正方形。双倍或三倍。就是说……人要是一百岁的话它们是两百多岁？我可没想过活这么久。我是觉得人的寿命已经很长了。可普通人没有这么轻易，能达到这种程度，为所欲为地做任何事。要是我有比普通人多两倍或三倍的寿命的话，我可以做好多事情，这有多好啊。差不多有无穷无尽的时间可以画画。有多少的可能性让我实现我的梦想，而我不需要担心时间不够用！

“传说中讲有些狼人能活得更久，但是谁都不知道这事的真实性。对我们自身来讲这个已经够神秘的了。”他停顿了一下，“当狼人是自然死亡的时候才有可能会知道这一切是真实的。这个没人能解释清楚。”

这个没有让我惊讶。我又想起了昨天和尼克的谈话，并同时想起了遇见乔尼和佩卡时的愤怒。真的是好奇怪，为什么他们会像白痴那样欺负同类，而且是那么的虚伪……

我食指在桌上画画的速度变得越来越快，突然米卡尔抓住了我的手让这个动作停止了下来。我像被电给击中了一样，我想把手缩回去，可是被他死死地抓着不放。蓝色的眼睛像有着穿透力似的盯着我看，让我的目光不得不往其他的地方躲。

“不要这样好吗，停下来。你看上去好紧张。”

紧张吗？我抬起头，用挑衅的口气对他说：“我可以停止，如果你能告诉我你为什么不能停止对尼克做那样的事情。”

他顿时用下一任首领的目光看着我，像在说，你别惹我生气。我的全身被他的目光盯得打了个冷战。这时我才恍然大悟。他不习惯告知其他人他所做的事情的理由，除了他父亲以外。我被他压迫的眼神盯着简直吓得要趴在地上。他立马反应过来松开了我的手，同时眨了眨眼，他的样子看上去很尴尬。

“我知道你会怎么去看这事。但你不知道全部的情况，而且你不是狼人，你不能明白。你最好别操这个心。”

我已经完全坐不住了。我跳了起来，走到了离他最远的工作台前面。

“为什么我不能操这个心？尼克是我的朋友。我唯一的朋友。”我用挑逗的语气说，“那你最好给我解释一下，如果你愿意的话，让我不用去‘操这个心’。”

“这不是我应该告诉你的，”他说，“你得去问尼克。”

“是不是就因为他喜欢布娃娃、喜欢服装、比较女性化的关系？”

我很满意地看着他的表情的变化。

我成功地让他惊讶到了。

“他告诉你的？”

“没有，他肯定也没告诉过你。”

“那你是怎么知道的？”

我把双掌往两边抬了一下。“你猜呢？我是从大城市来的，而且是艺术界的。我见过的中性人当然要比你认为这个国家有多少的中性人多得多。”我把手交叉在胸前，“该你告诉我了，不可以是因为尼克是中性人而这样对待他，还有你们没有像我所想的那样思想狭隘。”

他不吱声。

“气死我了！”

“这不是你想的那样。我没否认那个不包括在内，但是也包括其他相关的事情。那些我就无法告诉你了。”

我开始在冰箱和门之间来回走动，接着我停了下来，眼睛直盯着米卡尔。

“你对那个很排斥吗？”

“什么排斥？”

“你对尼克是中性人很排斥吗？”

我得承认，我对会有这种想法的人感到反感。我不想知道，米卡尔是那种心胸狭窄的傻瓜。

就像我期待的那样，他没有立马明确地回答。

“狼是动物。动物界里没有民主或平等。它们最重要的是存活和传宗接代。那些不能传宗接代的动物在动物界里是不会被看好的。我知道，中性人没有错。我没怎么排斥它，我觉得中性人和其他人都有同样的权利。但是我不是百分之一百的人类，我的理智不会永远控制我动物时的本能。”米卡尔深深地吸了一口气，“我的回答是：不行。我若完全是普通人的话我丝毫不会排斥尼克，我觉得他一直让我感觉是个不错的好人。但是我，就像其他这里的狼一样，能闻到那种他与其他狼不同类的味道。我变成狼时我不喜欢他是那个样子的。这种不能接受的态度会显示给他看，而且有可能是会继续这样做下去。”

我哼了一声，把工作台上的鲜橙汁满满地往空杯里倒。我需要些糖分来控制自己的情绪。我举起杯子把整杯果汁喝光，然后把空杯放回工作台。

“尼克可能告诉过你，我有着称作阿尔法的个性。”米卡尔注视着我的目光说，“我的本能是为全部的狼族着想。我永远会保护我自己的群体。你得明白，如果有谁公开攻击尼克的话，我会维护他。但是现在的问题不是关于这个。”

他很诚实。我能看得出也听得出。虽然我不否认我很满意他的回答，总之他是在用他自己的方式回答我的问题。

当然他不需要。我不属于他的群体，他没有任何责任来维护我。

“你一定把我们想象得很坏。”

“目前还没有。”我承认。我靠着工作台把我的腿交叉起来。“事实上，你们的存在并没有干扰到我或其他什么的。我不感兴趣你们是什么，而我感兴趣的是你们干什么。你们会做些甚至我根本不会去想的可怕事情。”无论如何，我刚刚讲的那番话，我意识到，它起了效果。虽说狼在残酷方面是比较开放一些，但这并不意味着它们令人类反感。

“你没有害怕过我们。”米卡尔说，“甚至连那时你还不知道狼人的事情，你也没害怕过我。”

“我当然害怕的。”我回答，“我一直在害怕一切。”

他摇了摇头。“这也许是你认为的。事实上你没有害怕过任何东西。”

他看着我，我也看着他。过了一段时间，一个知情的笑容出现在他的嘴唇上，我的理解是，他觉得我刚刚证明了我的话是错误的。

“我不知道亚斯卡几点会回来，但是如果你先走的话，要比他看到你穿着他的衣服好。”我说。

“他知道我在这里。他能闻到我的味道。”

我耸了耸肩。“也许吧，但是他一定不会闻到你在这里时没穿衣服。”

可是亚斯卡能闻到，我去过他的房间。可恶，这是我无法改变的事情。

“我会尽量让佩卡和乔尼离尼克远点。实际上你讲了许多对这事有帮助的话。我认为他们两个接下来会收敛一点。他们真的很喜欢你。他们的目的是想讨好你。”

“我不想他们两个讨好我什么。我不想让他们喜欢我。我希望他们滚得远远的，爱滚多远就多远，永远不要接近我和尼克。”

米卡尔哈哈地笑开了。他真的是笑了，我发现我很喜欢他的笑声。

“我得承认，我很开心，你能这么想。”他最后说，同时他的目光闪了一下，我没来得及反应，“你讲得对，我得走了。”

他起身的动作让我想起我那时运动得太多浑身肌肉酸痛的感觉。

“你没有鞋，”我突然想起来了，然后我又想起他住得很远，“你可以打电话给谁来接你，你说呢？或者当然亚斯卡可以送你回去，如果……”

米卡尔摇了摇手。“不了，我变成狼离开这里。而且，我得松动一下筋骨。”

“哦，这样。”

我又往工作台靠去。“你确定吗？如果像尼克所说的那样痛的话，那就别——”

他摇摇头。“疼痛很快会消失的。它只是一个小小的代价，让你忘掉不必要的烦恼，让你一段时间生活在另外一个世界里。小跑会让你大脑变得清醒。”

我开始对狼人嫉妒了起来。

我指了指后门，“这样的话，那个后面有个桑拿房里面有换衣间，你可以——”

“不用。我可以在门廊那里换掉。谢谢你做的早餐，很好吃。”

“不客气啦。”我茫然地说。

我跟着米卡尔来到前门。他脱了袜子和 T 恤，把它们递给了我。然后他抓起门把手。

他转身最后又看了我一眼。“还有，莱依莎……”他似乎在迟疑着什么，这让我立马有些紧张了起来。

“什么？”

“别为了洗澡的事情担心。你的气味一点没有问题。”

我的样子一定看上去很窘，因为他续说：“你像南方——如果我闭上眼睛，我几乎能感到阳光照射在我的脸上。”

什么，南方。

这是我从没听到过的最奇怪的但是最美丽的话。

我深深地吸了口气，数到二十之后走到了门廊。剩下的衣服已经整整齐齐地放在了栏杆上。米卡尔已经隐遁到树林的深处。

第九章

接下来的几个星期几乎都是浑浑噩噩地过去的。魂不守舍一直是我性格的特征，但是前段日子发生的那些事情的转折导致我失魂落魄的样子更加变本加厉。那些事情在我的大脑里不停地高速转悠，使我已经失去了与外界的联系。

我竭力想弄懂到底是发生了些什么事情，可我甚至连说服自己的能力都没有。我已经好几次听到课堂上老师们诧异的喊声，因为她们不止一次地喊我的名字，而我没有任何反应。而每次过后，我又回到了恍惚的表情。虽然大部分这段时间上的是些枯燥乏味的课程。尼克努力地帮助我——他甚至几次主动地举手回答问题。我认识到，他是在担心我。

有时我对自己也很担心。

以前的失眠状况又开始出现，即使有时候我是睡着了，也是在做些奇怪的梦，这使我早上醒来时感觉比睡之前还要累。

我正常的梦中不会发生什么特殊的事情。梦中会出现各种各样的颜色和非常简单的形状：圈圈、线线、三角。很少有时会出现些复杂的图案。不管怎样，它们一直是些完美的形状和清爽的颜色，让我每次醒来都会感到无比痛苦，为何我不能在现实生活中画出那样美丽的东西。我无法把梦中见到的颜色色度调试出来。我也无法把线条画得像梦中那样笔直，即使怎样练习。

而另外一种现在做的梦是截然不同的。梦中的我一直是匹狼。我一边在黑暗中的森林间穿梭奔跑，一边嗅着前方有可能存在的野生猎物的气味。我竭力飞奔，但依然感到费力。我知道我在逐步接近目标。我的嘴里流淌出了口水。我还需要几步的跳跃，然后逮住；我能感受到我的牙齿如何咬住了野兔的脖子以及鲜血是如何从我嘴里喷射出来。真好啊，温暖的血液——接着那个时刻我就会醒过来。我能尝到嘴巴里的血腥味，甚至有一次让我恶心得必须把它给呕吐出来。我学会了在嘴里嚼满口香糖以及在床桌上准备好一杯水。

诚如尼克所言，我很明白，我的问题不是很快能够解决的。我需要时间去消化它。我的生活变了，而且不仅仅与狼人有关。事实是，我的大部分时间是和周边这些生物打交道，我逐渐开始接受世上还有好多其他的我不知道的东西存在。思考得越多，越容易理解，其实事情不是那么令人惊奇。

不。我的脑子转悠的原因还包括好多其他的事情。我发现我想念妈妈的方式与以往不同。起初我曾经认为，是有谁试图在隐瞒我关于妈妈的实情。我好傻，我甚至曾经想报复那些欺骗我的人。当我确认妈妈才是真正欺骗我的人时，我曾经有过一段日子憎恨她。而现在，当镇里的秘密暴露在我面前，我明白过来，妈妈对我有着相当充分的理由隐瞒某些事实。

我会想起米卡尔。每当我走进教室或坐在食堂的某个特定的椅子上我会想起他。每当我看到妍妮，或佩卡和乔尼我会想起他。我每时每刻都会想起他，想得我头疼脑热。

自从上次月圆的第二天早上他从我家离开以后，我对我们下一次的见面开始感到紧张。那些他曾经和我说过的话和他对待我的方式，让我们的认识程度迈向了新的乐章。然而，我期望到的，是一个巨大的失望。

米卡尔曾经在学校的走廊上向我走了过来。先是感到，他根本没有发现我，最终他还是把目光投向了我。

没有笑容，也没有丝毫打算停下脚步的举动。

“嗨。”

我很想这么跟他说，但他已经从我身边走远。

从那时起，他就对我一直表现得非常冷淡。大多数时候他不会在学校里露面，而见到他时，我们也就交换了几句无关紧要的话，仅此而已。这已经说得非常清楚：他是决定忘掉一切。我应该同样这么做，但我不行。

这让我很沮丧。还包含着一些痛苦。我有种被背叛了的感觉，即使我理智地提醒自己，米卡尔从没许诺过我什么。他多次违反普通交友方式的准则，但是我甚至不能确定，那时他是狼还是人的思维方式。我对狼人的理解能力，还没达到能确切地说出他们有什么不同。一定是因为，我们的相遇对他来说没有像我那样意味深长。他很可能只是做了他觉得有必要做的事情。我是镇里的新人，他向我表示了友好，没其他的。

还好，还是有些人向我明确地表达了对我的态度。妍妮和她的死党，例如乔尼和佩卡，他们对我的意见很容易从他们的脸上读出。然而他们没有任何人向我公开宣战，这倒是让我感到很奇怪。我在与妍妮的小插曲中未受到学校的任何谈话或处罚的情况下幸存了下来，除了偶尔会遇见她那些死党们的怒视以外，生活照常继续，好像什么都没有发生过似的。

总而言之，有段时间是这样子的。

***

几个星期以后，我被一阵手机铃声吵醒。这是我为数不多的，希望把一切烦恼放开的喜悦早晨。我看了一下闹钟：七点半都不到。电话销售员应该还没有上岗。我想不出会是谁这么早打电话给我。有可能是尼克，但他应该很清楚地知道，我不希望这么早被叫醒，所以除非有紧急之事，要不然他会很明白地给我个安宁的早晨。

好吧，好奇心战胜一切。我伸手从床桌上拿起手机，睡眼蒙胧地努力地看清楚屏幕上出现的字。未知号码。我按了接听，然后把电话放在耳朵旁。

“喂？”睡眼惺忪的我用黏黏糊糊的声音问。

“是莱依莎吗？”一个男的声音问。这声音听上去很熟悉。

“唔，是。”

“我是米卡尔。我是不是把你给吵醒了？”

“你相信说你没吗？”我沙哑地说。

他笑开了。“不相信。”

“那我也是。”我打了个哈欠，然后平躺在床上听着电话。

“你可以告诉我，为什么你会决定轰炸我今早的睡梦吗？以及你是从哪里得到我的号码的？”

“抱歉，我不是有意这样的。我以为你今天八点会有课，所以我想在你还没离开家之前给你打电话。”

这时我的睡意消失了一半，我真的是在和米卡尔通话。

“为什么？”我警惕地问。

另外一边突然没有声音停顿了一会儿。“亚斯卡在家吗？”

“大概在吧，”我回答，我尽力把我的失望的声音给去掉，“你希望和他说话吗？”

“他现在在楼上吗？只要回答我在或不在。”

我揉了揉眼睛。我不是太确定，我是不是真的醒过来了。

我听了听四周的声音。我猜，亚斯卡应该已经到楼下去吃早餐了。

“不在。”

“那就好。你现在把收音机打开，不需要开得太响，只要亚斯卡听不到你在说什么即可。”

我琢磨了一下他说的话，然后伸出另外一只手把闹钟的收音机打开。难道说，亚斯卡一直在偷听我做的事情吗？这个像警铃一样的想法让我完全地醒了过来。音乐微微响起，接着我把音量稍微调高了一点。

“好了。”我说，“你有什么事情？”

“我想问你今天是否可以逃课？”

***

半个小时以后米卡尔在院子里等着我。亚斯卡已经上班去了，我换了衣服、刷了牙、梳了头。我走出前门时才发现，昨天晚上外面发生了什么。院子里不再是暗淡的灰色，而是雪白一片。

我一步步小心翼翼地往米卡尔车的方向走去。每年的第一场雪总是会让人感觉像虚幻的一样，不可思议，而在狼山小镇这更是感觉像梦一般美丽。我问米卡尔我们准备做些什么，他告诉我他已经计划好了。

“就像你现在看到的那样，昨晚下了第一场雪。滑雪场的雪山上已经整理好可以滑雪的雪地了。今天还没正式开放给游客们，我们还有机会独占整个雪场。”

“什么？”

“我想我们今天可以去滑雪场。滑雪山。”

我这时的嘴巴一定是可以塞进一个完整的鸵鸟蛋，他还说：“你就只要拿着高山滑雪板然后坐上升降梯往山上——”

“这个我还是懂的。可是为什么是我？”

“你不是说过你从没滑过雪吗？我希望帮你解决这个问题。”米卡尔冷静地说。我试着回想那时候的谈话内容，我不知应该感动还是惭愧，他竟然会把我自己说过都忘记的话记得这么清楚。

“我不清楚你有没有理解我说的——我从没滑过是指我不会滑雪的意思。而且我没有滑雪的装备。”

“完全理解，我会教你的。我以前是滑雪老师。装备我能借给你，这不用担心。”

“我是担心，如果我现在坐上这辆车然后仅仅只是一小步，我能把我的脖子给摔断喽。”我嘀咕。

“别想得那么恐怖。每年的第一次滑雪总是非常好玩的。你会喜欢的，相信我。”

“是我觉得好玩，还是你觉得好玩？”我问，但是接着我乖乖地认命了。我已经被塞进了车中。

我真的不是很想去滑什么雪。我更想做的是躺在我的床上再睡一个或两个小时。但是……米卡尔邀请我去。他是在邀请我去啊，他可以请任何人去，也包括他那个漂亮的、不用怀疑滑雪技术的女朋友。米卡尔今天的外表有了新的样子，我很乐意接受。他穿着宽松的滑雪裤、滑雪保暖衫，戴着帽子。

这个整体的第一眼会感到有些奇怪，因为我已经习惯了他一直穿着牛仔裤和汗衫，我会感觉他真的很……可爱。“可爱”也许不大适合用在他每天在学校里的样子，可现在的他，开着车坐在我旁边的样子，用这个词来形容真是太完美了。他散发着像小男孩般的耀眼活泼的光芒。我不停地在微笑。

我从上次的镇中心调查活动之后还没怎么再去了解过狼山镇的环境。事实上，我还没去过狼廷旅馆的里面。路途中我看着窗外的景色，外面和我记忆中的一样。差别是，这次整个小镇完全被白雪笼罩了，看起来更像梦幻中的景色。

当我们到达实际的滑雪度假区时，我看到雪山真的已经整理好了，而且我们是唯一计划在这里滑雪的人。越是靠近雪山，我越觉得这个计划太离谱了。我知道这座山不能和阿尔卑斯山或拉普兰的伊利亚斯山比，但是山坡看上去已经非常陡峭了。一想到要从山上滑下来，我的胃抽搐了起来。

“别怕，不用担心，我不会直接把你从山上推下去的。”米卡尔安慰着我说。

他把车停在了一个大型的木屋旁边并从车上走了出去。他让我跟着他走进木屋，我不禁注意到，他的背影也是那么好看。

他给我了一件粉红色的滑雪服和一条黑色的滑雪裤。“你和我妈妈的身材差不多。你可以借用她的装备。”

我扬起了眉毛。我从没见过米卡尔的妈妈，但是哪个人家的妈妈在滑高山滑雪，听上去有些……奇怪。

“你妈妈也玩高山滑雪？”

米卡尔穿上了他自己的深灰色滑雪服。听到我的问题后他笑开了。

“是啊，相信我，她是我们家滑得最好的一位。”

这听上去就像是在说他的妈妈得过世界冠军一样。我有些感觉，米卡尔的滑雪技术应该不只是一般地好。

米卡尔打开换衣间的锁。我走了进去把萨里太太的滑雪服穿在身上。我感觉自己好傻。米卡尔是对的——他妈妈衣服的尺寸和我完全一样。我走了出去，米卡尔已经把滑雪板放在了车上。我的——应该说是萨里太太的滑雪板——是白色的，有着淡紫色的花形。我很难想象，一位成人女士会选择这个样子的滑雪板，当然就像我说的那样，我没见过她。也许她没有那么的大人样子。

我走到米卡尔那里的时候，发现有一个高大的男人向我们走来。他穿着牛仔裤，黑色的羽绒服，戴着压到眉毛那里的黑色帽子。如果我不是太肯定他是狼人的话，我会认为他一定很冷。他脸上的眼睛和鼻子是唯一能看清楚的，他的厚厚的胡子把一切遮了起来——他是那种开始把自己装扮成圣诞老人的年龄。看着他，我有了个奇怪的想法，怎么他依然让我感觉像只狼呢？

我猜想是什么原因造成的，最终觉得应该是他走路的方式。

男人举起手来向我们打招呼。

“你好啊，米卡尔。你今年也来跳雪山啦？”

米卡尔放松地倚在他的滑雪板上。“当然啦。今年我同时还有个特殊的工作，带莱依莎来熟悉这里的当地文化。她从来没有爬过雪山。”

男人看了看我，米卡尔跟随着他的目光。“莱依莎，这位是马尔蒂。马尔蒂是我父亲的右手。马尔蒂，这是莱依莎。”

马尔蒂向我伸出了手，我和他握了一下。他握手的力度就像我提前猜到的那样非常紧。

“今天就你们两个吗？”

米卡尔点了点头。

“妍妮还在……生病吗？”

“事实上她今天已经回学校了，就像马里塔一样。这是我来这里的另外一个原因。”

他们互相交换了一下眼神，我丝毫琢磨不出那是什么意思。

“好的，祝你们玩得愉快。”马尔蒂说，然后走掉了。

我等他走远以后开始张开我的嘴巴。

“妍妮生病了吗？”

我忆起这几天是没看到她来学校。

米卡尔立马看上去有些不自在。“没有，”他回答，“狼人一般是不会生病的。她只是……有些事情啦。”

“你刚才说‘你父亲的右手’是指他——”

“是狼族里的第二把手？对，就是指这个。”

“那你是第几把手？”我开玩笑。我不相信他们每个都有排名。

“嗯，基本上是在第四或第五，我父亲已经给了我相当多的权力。”

“像是什么？”我问。由于是清晨的关系，大脑还没醒过来，不经过思考地又问，“开他的宝马车？控制整个镇的年轻人和决定谁是最酷的那位？管理整个狼族，不让哪个越界？”

我马上发觉我犯了严重的错误。我不需要看他的反应，我的心里也能感觉到。

这时我意识到，我不是想伤害他。从没想过。永远都没想过。已经不重要了，我有多么的受伤，他怎样地伤害了我。有意的或是无意的。是好是坏，就这样了。所以……是啊，为什么？我不想再想下去了。

我等待着被骂得发抖、发冷，或是什么的。但什么都没有。

“我以为我们已经把尼克的事情解决掉了。”他说。这时我才敢朝他看了一眼，我发现他的表情很严肃，但没有一点发怒的样子。他甚至没有生气，让我感到我更加是个傻瓜。

我揉了揉眼睛。“是的，我们解决了。我不知道我为什么这么说。我也许是累了。”

“你还好吧？你不用强迫自己做这个，如果你不想的话。我可以送你回家。”

我摇了摇手。真的是不能理解，我侮辱了他，而他则在关心我的身体状况。“没什么。我只是睡得太少了。”事实上我真的只是睡了四个小时，但是这个他不需要知道。

米卡尔帮我绑上滑雪板的保险扣。我试着弥补刚才的错误竭力配合学习，但我很难相信，我能成功地在滑雪板上站起来。尤其是，如果它开始动起来的话。

“那个，现在这个情况下我先提醒一下，是你邀请我来的，万一有个三长两短我可负不起责任。还包括这些装备。”我另外说。

米卡尔笑开了。“莱依莎，别想得这么可怕，想点积极的。”

“我还给自己准备好了随时可以逃跑的机会。”

“你会玩得很开心的，相信我。就像我说的那样，你有个超级不错的老师。”

“也许我更需要担心的是，你会随时逃走。”

“我以前教过滑雪的，我不相信，你会是我遇见的最差的学生。”

“就像是哪种学生？我很想知道一下，好有个对比。”

“比方一对八岁好动的双胞胎男孩，他们两个半秒钟都不愿意停下来。还有是我教过的一对六十岁的老年夫妇，他们一直害怕摔倒，一步都不敢跨。”

“好吧。我大概有可能学会。”

“他们后来都学会了滑雪。”

“这不意味着，我也学得会。”

“你当然学得会。”

“这样吧，至少你得摔一次，这样我会感觉我不是唯一在摔的那个。这能让我更加积极。”

米卡尔又笑了起来。“抱歉。我今天一点都不想摔倒。你可别真的是打算马上逃走，这可是你这么多年的冬天第一次滑雪啊。我从盛夏就已经开始期待滑雪啦。”

我摇了摇头。真是疯了。看来他真的非常喜欢滑雪。应该说是他非常喜欢冬天和一切和冬天有关的东西。狼山镇真是太合适他了。

“跟你完全相反。”我的脑海里出现了这句话。我希望把它给消灭掉，但是它还是已经攻击到了我的情绪。

很快我已经没有其余的时间考虑那种事情了。我集中精力尽我所能耐心地根据米卡尔的指示学习动作，同时避免我随时随刻脸红的问题。随着我慢慢地学习，感觉米卡尔的确是个不错的滑雪者和好老师。他没取笑我的错误，而是按着合理的节奏解释给我听犯错的问题所在。学习变得非常轻松，我学得没像我担心的那样差劲。实际上，我还成功地做了几个让米卡尔也感到吃惊的要领动作，导致我开始戏弄他所说的积极态度。

“你是不是在想我居然学会了点？”我说。

“我记得是你自己说你不可能学会的哦。”

“我只是想测试一下你的动机。”

“我的动机？就是我强迫你早上八点来这里。”

我决定投石问路。“你可以邀请其他人来玩啊。”

他瞥了我一眼。“我不想。”

我感到心头一阵小鹿乱撞。

“难道你真的那么不想来这里吗？”他问。

“你知道的，如果我不想的话——”米卡尔露出了怀疑的表情，我乘机把事情说个明白，“我有自己的意愿，并且我会说不。你也不例外。”我抬起了下巴，而他笑着摇了摇头。我不确定他是否认为我很固执。至少目前他还不需要提醒我重要和次要。

“我忘了谢你了，你能打电话给我。真难得有免费的私人老师教我学滑雪。这个比我想象的要好玩得多。”

我往周围望去。雪山上的工作人员都到山的另外一边去整理雪道了，这个区域只剩下我们两个。

“谢谢你借给我你妈妈的衣服和滑雪板，”我说，“你会告诉她你把她的东西借给我用了？”

“当然会的，”他回答，“傻子才不会讲呢，因为不管怎样她都闻得出来。”

是啊。真是有用的嗅觉。

“你可以继续借下去，如果你愿意的话。”

我看了看我的衣服。实际上我很不喜欢粉蜡色系，特别是粉红色。

“有什么问题吗？”米卡尔问。我不知道他怎么会发觉我的想法。大概是由于他的阿尔法特性的关系吧。

“没什么。只是这个不是我喜欢的颜色。”

“我觉得你看上去很好看。”

我扬起了眉毛。“你是指我穿着你妈妈的衣服看上去好看吗？你知道，这有多让人不自在吗？”

“我不是这个意思。况且不管你穿什么都很好看。”

这个让我顿时愣住了。血液哗哗地从心脏流过然后留下了冰冷的刺痛。我也许应该对他的这套礼貌用语表示高兴，可我没有。

他的声音像是在煽情，但是看到我的表情后他也变得严肃了起来。

我盯着他看了一会儿。然后我说出了我们之间的问题。

“你有女朋友了。”

“是的。”他看着我说。

我无法接受。我拿起滑雪板往升降梯的方向走去。

“莱依莎……”

“走吧，我还想滑一下。”

我们继续滑雪。最终，我还是摔得鼻青脸肿，我站在一边看着米卡尔，他已经耐心地等了老半天终于有机会可以真正地大显一番身手。他滑得飞快，技术好得实在让我羡慕不已。他做了跳跃和一切我不知道名字的技术动作。最后，他准备尝试一下大幅度的跳跃动作，他滑到了山上最陡峭的山坡上面。当他准备跳跃、蹲腰、腾空而起的时候我屏住了呼吸。他的一只手在合适的时间扶了一下向一边倾斜的滑雪板，然后轻松地降落在平滑的小山坡上。他举起了双手做了和我在电视上看到的高山滑雪运动员同样的胜利的动作，接着向我的方向滑了过来，然后唰的一声在我面前停下。

我笑了。

“我说吧，我今天不会摔倒的。”他得意地说。

“我发现了，你很认真。”

“我猜你今年冬天结束之前一定也可以滑出这样的动作。”他说。

我翻了翻白眼。“绝对没错。”

“真的会啊，从你今天第一次滑的动作上我就能看得出。我激动地期待着你将会是怎样一个滑雪者。当你的能力完全苏醒并且可以把眼睛睁开滑雪，我相信接下来你会滑得生龙活虎，有模有样，横竖自如。”

我抬起手肘向他戳去。我知道这样他也许不会摔倒，但总之我可以试一下。然而这个动作摔的人不是他，而是我自己。我举起手时身体重心不稳，直接往后跌，米卡尔一把抓住了我的腰。等我回过神来时发现我扑在了他的胸膛上。我慌忙想说些关于我的平衡问题的讥笑话，可看到他的脸时，我的想法完全消失得无影无踪。他的脸与我的脸的距离只有几厘米，他的那双眼眸直直地盯着我看。我也紧紧地看着他。不，我修正一下：是我被他紧紧地看着。我感觉他的眸子好像在燃烧。

就像冰山上喷发着滚烫的岩浆，不过颜色是蓝色的。

同时，我知道我们两个都想要什么。这一次米卡尔很明显地把主动权让给了我。他慢慢地弯下了腰能让我有理智的机会挣脱。我应该这样做的。我应该把他给推开。然而代替这个动作的则是，我把双手滑向了他的颈项，慢慢地摸住了他的脸，闭上眼睛向他吻去。我轻轻地小心翼翼地吻了他一下。紧接着，他箍住了我的腰牢牢地把我抱在他的怀里，强烈地吻住我。我们愈吻愈深。我把他的滑雪镜和帽子从他的头上拉了下来，把手指伸进了他留着汗水的头发里。

这个时刻，我感觉我已拥有一切我想要的东西。我要的只有他。

我踮起脚想再靠近他一点。突然之间不知怎么的，米卡尔身体失去了平衡，我身体直接往他那里倾斜。扑通，两人同时倒地，米卡尔躺在雪堆里。我扑在了他的身上。

我被吓得尖叫了一声。好丢脸啊，莱依莎。我满脸通红，像是一个熟透的番茄。我感觉我刚刚太……专注了。真是难以置信。

“我知道你会跌倒的。”我模模糊糊地说，我发觉米卡尔的手还搂着我的腰，两张脸紧紧地贴在了一起。我怀疑是他有意这样摔倒的。趁我自己还没神志不清时翻身拉开了两人的距离。“我有点饿了，我们去吃点东西吧。”

米卡尔坐了起来。“好啊，去吃点什么。”我撑住地面让自己也坐起来。我拍打了一下衣服上的雪。他打开了绑在鞋子上的滑雪板保险扣，然后轻松地站了起来，把滑雪板扛在了肩膀上。接着他拿起了我的。

“谢谢你，我自己也可以拿的。”我说。我高傲的自尊心老毛病又犯了。

“狼人的力气比人类大得多。”他平静地说，然后往车的方向走去。

滑雪度假区还没正式开放，餐饮区也没有开门。我没问我们去哪里吃东西。我换着衣服心想着，镇里面吃东西的选择点真的不多，只有两个地方可以选择，但是我对那里的菜不是太感兴趣。

我们的车速不是很快。坐在车里的我脑海里不止一次地浮现刚刚接吻的画面，这让我好尴尬。另外，又一次地感到他的拥抱和接触像一股触及心灵的电流，暖到了我的心怀。

我的内心现在好烦躁。

我原本是想克制自己对米卡尔的感情。把自己保护起来，不要再让自己受伤失望。我已经习惯时刻保持防护状态——这已经不是什么新鲜事了。吻他是我脑子一时冲动完全失控造成的。

那个是事实，米卡尔和妍妮已经在一起四年了。学校里所有的女生都在讲关于他们的事情，而且讲得非常的多——例如像是他们已经订婚或甚至已经结婚。他们一年年地都在一起，他们是那么的忠诚、真诚、深爱着彼此……像这样的一对情侣，让多少人暗自羡慕。一生的伴侣。

我能和这个比吗？不能。一点都不能。

问题是：为什么米卡尔在我身上浪费时间？

当他拿出手机时，我的思绪被打断了。

“你好，我是米卡尔。您还来得及做两道菜吗？我希望等一下就来拿。”他看了看我，“嗯，是，我的老样子，另外的那份是蔬菜通心粉。没错。好的，谢谢。”

***

当我们把车转入“狼廷”停车场时，我突然意识到，镇里还有第三个餐厅能选择。我好傻啊，现在才发现米卡尔刚刚是打到哪里的。毕竟他们家庞大的家业应该会拥有一家餐厅的。

他把车停在了后门的员工区域停车处。

“你在这里等，可以吗？”他问。

我点了点头。米卡尔把门关上走进了餐厅。我靠着车椅闭上了眼睛。我确定，我睡着了。因为等我睁开眼睛时，米卡尔已经坐在了驾驶座上看着我。

“我不知道你有这么累。”他认真地说。

“我只是前段日子没有睡好罢了。”我惭愧地说。

“已经有多久了？”

我本想扯个谎胡乱说一下，但我想起尼克告诉过我：狼人闻得到对方是否在撒谎。我觉得还是老实交代比较好。“几个月了。我已经习惯了。”我急急地继续，“我没让它阻碍我做事情。”

“你有没有考虑过解决这个问题？比方看医生？”

我干笑了一声。妈妈过世以后已经有很多人推荐我去看医生了。今天这堆人里又加上一位，而且是个狼人。

“我考虑过。”我揉着脸说，“等我想去的时候就会去的。”我打了个哈欠。“菜闻起来好香啊。我们还去什么地方吗？”

“这得看你了。”他回答，“如果你不介意在车上吃东西的话，我们去一个地方。”

我差点想问他老爸是否介意在他的车上吃东西，但我这次没有多嘴。米卡尔递给我一个外卖塑料袋，我把外卖盒子上的锡纸打开。唔，好闻，蔬菜通心粉。它看上去比学校做的号称蔬菜通心粉的食物样子好个几百倍。我今天早上没怎么吃早餐，这个味道已经让我非常销魂了。我找到放在袋子里的一次性塑料叉，吃了起来。

往嘴里塞了几次叉后，米卡尔问："好吃吗？"

"嗯，嗯。"

"我们的厨子做的菜可是一流的。我们很幸运能聘用他。"

我咕咚吞了一口问："他也是狼人吗？"

"是的。"

"那他应该没有其他可以选择，不是吗？你们都在这里生活。不是你们想搬家就能搬的，对吗？"

"算是吧。"他回答，"狼山镇是芬兰唯一有狼人群体的地方。但这不意味着其他地方没有狼人。"

"哦，这样子。"

"这个国家的狼人基本上都会在每个规定的时间段向我们汇报。如果哪个外来的狼人希望留在我们这里，是需要申请的。不是不可能有别的狼人搬到这里来住。"就是说，如果尼克想走的话也是可以走的。他可以搬到任何他能被接受的地方。这个让我很高兴听到。

我又在车上昏昏沉沉地睡着了，我完全不知道我们是往哪里开。当米卡尔把车慢慢地减速时，我醒了过来惊奇地看着车外，我们这是在……哪里啊？我们完全被森林包围。一层层的白雪像软绵绵的被子盖住了整个大地，一阵阵的风声在车边轻轻地吹过。感觉这里什么都没有动过，而且是好久都没有动过。这里所有的一切就像是仙境一般被雪封住了，现在的样子、去年的样子，以及前年和再前年的样子极有可能是完全相同的。甚至一百年前也是如此。

我们下了车。米卡尔看着我在森林的边缘走了一小圈。

"我们去哪里？"

"哪里都不去。"他回答，"这里最值得称赞的就是哪里都不能去。"

森林里没有任何路。我跟着他往前走。我很确定我会跟着他走，即使他决定去往天涯海角。他慢慢地踏着雪，享受着每一个步伐，我也慢慢地从他的身后来到了他的身边。在某个时候，他终于停了下来。他闭上了眼睛深深地吸了吸空气。等他张开眼睛时我们对上了视线。

“对不起，”他说，“我只是很喜欢森林里第一场雪的味道。”

他转身看着四周。

“这是我最喜欢走的路线。我不会经常来这里，不想把这里搞坏。动物们很快会知道，我们在哪里活动。”

他转了转头。“至少有只狐狸还在这里。它大概在一百米以外。然后有只鹿——我闻得到它的味道，但是我听不到它的声音，它应该是已经走远。当然这里有全部的鸟儿们、松鼠和土拨鼠……”他看了看我。

“如果感到厌倦了，你告诉我。”

“目前还没有。”

“我知道这个地方看上去什么都没有。只有树木和白色——”

“其实真正的白色是不存在的。”我打断了他的话，“它不是像其他的颜色，可以混合或从自然中提取。白纸，白布——它们的颜色是漂白过的白色。有毒的油漆永远是亮白色的。”

我指着地上的雪以及它被日光照射的影子。

“你看，真正的白色是灰色的、蓝色的、黄色的和所有其他的颜色。你知道它如何不知不觉地变了颜色吗？白色把所有的颜色反射掉，所以白色是很难画出来的。”

我看了看他。

“如果感到厌倦了，你告诉我。”

“不会。”

我深深地吸了口气。

“我闻不出什么味道，但是总之这里的空气非常新鲜。”我说。

***

我们慢慢地走着，有时会停下来一会儿。雪开始慢慢地下了起来，随着雪花的飘动，我的内心变得好宁静。米卡尔告诉我，他听到了什么闻到了什么；我告诉他，我看到了什么。我不时地找出森林里惊喜的地方。我们每一步的脚印深深地留在了白色的雪被里。一棵棵美丽的雪松站在我们的身边。一块块巨大的岩石缝里隐藏着它们的秘密。这一切都是大自然给予森林的礼物。

米卡尔问了我赫尔辛基的冬天是什么样子的，接着在我的恳求下他同意给我描述整个超自然能力者的群体组织是怎样工作的。根据他所知道的，他们的数量不是太多，但是足以保护好自己的群体——尤其是当他们拥有与同类种族不同的特别能力时，他们会成为每个种族的领导者或重要干部。我成功地从他的话中知道他每天是如何度过的。因为我很想知道，他的生活是怎样的。我希望更进一步地认识他。

“我应该让你留在家里休息的，但是由于我的自私，我很开心我没那么做。”米卡尔终于说出了他的想法，“今天过得真的好棒。”

“是啊。”我表示赞同，“如果你今天不打电话给我，我大概还会再睡得时间长一些。然后我就又在课桌旁坐一天，心想着希望镇里能有个有红绿灯的地方可以让我闯红灯轻生。”

米卡尔惊呆了。我先以为是他听到了或闻到了什么奇怪的东西导致他没听到我说话，接着我把同样的话又重复了一遍，然后我才明白过来，是我的话听起来有多么的恐怖。其实我的出发点只是好玩开玩笑的，但这话也说出了我真心的想法。我真的是很想一瞬间能同妈妈换一下角色，把妈妈换回来。米卡尔知道我讲的是什么意思，他没有笑。我有些不知所措，连忙往一边的树木看去。

“我讨厌这样，”他说，“我讨厌你这样想，我不要你这么消沉。”

“我妈妈去世了。”我大声地说，“我应该有权利消沉。”

“我不是这个意思。我意思是，是，是那个……”他接不上话了。我从没见到他说话紧张过。

“我讨厌你被伤害，但是我对此无能为力。有时我会希望，也许我能帮得上忙，但是我又提醒自己，这也许不是我的事，因为你让我感觉你不希望其他任何人来干涉你的生活。”他满脸涨红着说。

“如果我只是一个普通的人类，我可以什么都不做。可我是个狼人，狼人希望陪在你身边，确保没有任何谁或什么会来伤害你，甚至你自己。”

说完米卡尔也转头看着一边的树木。我全然不知该说什么、该想什么，于是我们两人只是保持沉默。气氛陷入僵局。片刻，只要我们其中的一人能够张开嘴巴，就会将它打破。

“我们得继续说下去。”最终米卡尔打破了僵局。

我叹了口气。我知道他是对的，但是我不想。我不想再听他说什么。我不想再说什么让自己后悔的。我也不想放开我傻瓜般的想象力——目前还不打算。

“我不知道我们能说些什么。”我最终开口说。

“当然有。”他迫不及待地说，“你难道忘了刚刚——几个小时以前发生的事情吗？”

“我当然记得。可是它能改变得了一半或全部的事实吗？这是两码事。”

“没错，”他赞成我的说法，“发生过的是改变不了什么事实。但我们之间的感受，它能改变事实。”

他是不是刚才用了“感受”这个词？他显然不像个普通的十八岁高中男生。

“那个和这个没关系啦。”我说。

“怎么说？”

我开始变得烦躁不安。整个谈话中我第一次抬起了头看着他的眼睛说：“因为你有女朋友了。我，应该是我们两个，有权甚至有义务尽可能地把我们的感受控制住，因为你在和其他的女孩交往。”

“那如果我没有和谁交往呢？”他问。

我张开了嘴巴，但又闭上了，接着又张开了。这次是我问：“怎么说？”

米卡尔的目光像是停住了的美丽的星体。我的心脏慌乱地跳得好快，感觉好像要从我的身躯里蹦出来一样。

“我喜欢你。应该说不只是单单的喜欢。从我看到你的第一刻起，我脑海中就开始一直想着你。我企图把它去除，但是我知道，这是不可能的。我必须想你。必须。”

我凝视他好久。他不会是认真的吧？不能是真的。“你是认真的吗？不会吧？”

米卡尔扬起眉毛。“你认为，我是在说笑吗？”

“可是你是和妍妮在一起啊。”我说，“你爱她，不是吗？你们将来会结婚，会有小孩——”在我能继续说下去之前，我哽咽了一下，“你们将会幸福地住在一起。你会继承你们家族的事业，她会享受你给她的快乐。应该是这样子的才对。”

“也许以前是，但现在不再是了。”他深深地吸了口气，“我们在一起已经很长时间，我们有过美好的时光。前段日子很难再记得是什么样子的，”他看着我，“尤其是，当我每时每刻想和另外一个在一起的时候。另一个，能让我有比长时间和妍妮在一起更多感觉的人。”

我用怀疑的目光看着他的双眼。他看上去、他听上去完全真诚无伪。然后我自己的感觉是……我从没有过这种感觉。我只是不能相信，这能否继续下去。

我脱口而出一句话。“为什么是我？”

米卡尔的表情明显惊讶。“什么？”

“为什么你会喜欢我这种的？”

我心脏像要从喉咙里跳出来了一样，我看着他的表情从严肃变成了沉思。他没看我，当他再一次张开嘴时，我知道，我毫无选择地相信他说的每一个字。

“我不相信，还会有谁是你这种的。”米卡尔回答道，“我从没遇见过像你这样的。当我变成狼第一次在森林里看到你的时候，我记得那时我在想，谁会有如此独特的悲伤。你是独特的，就像从另一个世界来的。你的样子一直在我脑海里。当我看到，你不愿意屈从镇里的人对你的要求时，我想，谁都不敢做的事情你做到的了。”他笑，“我还对自己保证，这跟我决定向妍妮提出暂时分开一段日子的要求没有任何关系。我跟她讲，我需要一些时间来确定一些事情，就这样。我认为，关于哪些事情她比我更了解。”

我一下子惊呆了。我不知道，妍妮和米卡尔在冷战期，而且我怀疑，没有人知道这事。这应该有多久了呢？

“你不会知道，你让我变得多么动荡不安。可你丝毫没有让我有任何恶感。你只是简简单单的你，世界和你一起转动。你的存在不可能让我再像以前那样继续下去。我也不希望我的生活像以前那样继续下去。”

当他告诉我我在他心中的样子时，我突然仿佛也能看到他眼里的我的样子。

那时我们坐在学校的食堂里面。他坐在往常同样的桌子旁看着远处，我被尼克讲的事情逗得开怀大笑。我从没发现我竟然能有如此开心的笑容，自信的表情。我一直都没发现过他的目光——因为我转过头往他那边看的时候，他总会把头转回去。

米卡尔看着我，我不知道我应该想什么，说什么或做什么。我站在整个宇宙的中央。我，不能看——但又不能不看——那双深蓝色的眸子。它们同时在讲述着一千个迥然不同的故事。

“你打算接下来怎么办？”我问。

“我要和她分手。”

我试着寻找他话中我真正能理解的意思。他真的是要这么做吗？他真的准备和妍妮分手？永远的分手？而他这样做是为了……我？

我眨了眨眼。我的眼睛堆满了雪花——不，是泪水。还没来狼山镇之前我不想与任何人交流，但是现在我决定原谅自己。

人生有多少次能得到他想要的？有多少次能够把不可能变成可能？

米卡尔也许将会是我的。我的男朋友。

这像是虚幻的梦一样。疯了。但依然，这是我经历过的最好的事情。

时间几秒钟地过去了。也许是几分钟地过去了，我不确定。我不想放开他在我脑海中说的话。

等我张开嘴时，米卡尔打断了我。

“在你还没说什么之前，我得说一下，我们两个——将会——发生的事。”他深深地叹了口气，“我和妍妮分手，我保证做到。但你必须了解，这不是轻而易举的。”

我听着。

“或许就像你发现的那样，狼人的群体就像个团结的大家庭。任何事情都是共同的，没有什么事情是单单属于自己的。我如果喜欢，我可以和任何一个女孩在一起，可一旦我和她的关系变得更深一步时，这事就会关联到整个群体。我和妍妮在一起已经很久，群体里的长辈成员，特别是我们双方的长辈已经对我们有所期待。他们在口头上曾许诺我将会是接下来的首领。妍妮和我在一起，也有着她自己的地位。她已经习惯使用她的权力。当我和她分手后，这将会变成混乱的局面。而且是大规模混乱的局面。如果我们在还没得到我父亲允许的情况下继续的话，整个群体会反对我们。”

他不用说出口，我也知道他如果得不到他父亲的同意的话，他会被整个群体赶出家门。或会受到更可怕的惩罚。如果他父亲在他与其他人之间选择……我从没正式见过丹尼尔·萨里，但从尼克的口中知道首领一直是把群体的利益放在第一位的。为了群体的利益着想，他会毫不犹豫地放弃个人利益。我好担心，他父亲面临这个时刻时，是否会，会放弃他的儿子而选择整个群体。

“你不是狼人，这让这个事变得更加复杂。大家对你的到来从一开始就没怎么感到开心过。等到他们知道我们两个人的事时，你会受到镇里很多人的憎恨和辱骂。我会做一切我能做到的，让这个不会发生，可是我不能改变他们背后想的和说的。你必须坚持住。”

我想到，米卡尔是多么的成熟而独立。我现在重新认识到他为何在学校里一直持有戒备之心。他的生活不是完全属于他自己的。他有责任和义务去承担他周围所发生的一切事情。踏错一步会导致一个生命的毁灭。现在的情况下很有可能是我。

米卡尔也知道这个。我从他脸上看出他有两个选择。一个是他希望我说愿意。他真的希望。同时他还是希望我能有足够的理智说不愿意。

如果他认识我更久一点的话，他会知道，那个是不可能的。

“我不相信这有什么关系。”我沙哑地说。我试着清一清我的喉咙，但是我让它变得越来越严重。“如果你之前说的都是真的的话，你刚才说的完全不用担心。”

“我是狼人。我不会说谎。”米卡尔说。

“如果我对你撒谎的话，我只会被发现。”

“希望你没有。”

“接下来我们该怎么办？”

“我会和我父亲说的。在这事还没跟妍妮解决之前，我们不能真正在一起。这个镇上的人几乎都有个灵敏的鼻子，他们会嗅到，如果我们俩频繁地在一起的话。”他的表情很认真，“我不知道，这有多久才能办好。我唯一能保证的是，这个在明天或后天不会解决。”

我的人生中除了那些已经存在了的秘密，现在我还需要增加一些。我已经学会好好把它们隐藏起来。我学会了欺骗，因为这能把事情变得简单；我学会了微笑，当我想哭的时候。但是我从没学会在那些人群中嗅出他们讲的话是否真实。

什么是我想要的这已经没有任何疑问。我已经准备好为它付出任何代价，因为我现在知道，米卡尔站在我这一边。

“你做你应该做的事情。我等到需要等的时候。”

***

当米卡尔送我回家时，天已经快要黑了。亚斯卡的车仍然还没开回来。

米卡尔把车熄了火。我打开保险带但没打开车门。

“你想进去吗？”我问。

他摇了摇头。“我得回家了。亚斯卡会起疑心的，如果我每天都来你家的话。”

我用我的一只手摸车门的把手犹豫半晌。我感到我只是这样下车然后回家好奇怪，像是什么都没发生过似的。我需要某种证明，我没有在做梦。某种，我可以抓得住的。

米卡尔仿佛发觉了什么，他抓起了我的手。多么简单的一个动作，可它让我感觉非常微妙。

“我保证，这是完全值得的。”

他温柔地摩挲着我的手背，然后举起，用嘴唇轻轻地吻了吻。我立马闭上了眼睛。

他已经松开了我的手，但接着又把手抬起，闻了闻我的袖子。

“你最好回去把这些衣服都尽快洗了，”他尴尬地说，“还得洗个澡。你身上留着太多的我的味道。”

我点了点头，然后他把我的手放开了。我打开了车门，米卡尔点着了汽车。我的腿有点机械地把我送到了前门。开门之前我们最后一次看了看彼此。

我站在了客厅。背直直地倒在了单人沙发上，并将手越过扶手往下垂。我呆呆地盯着天花板。

真是难以置信。

等我能够重新思考时，我总结了近几个月发生的事情。我妈妈过世了。我搬到了一个小镇上和我的舅舅一起住；舅舅，我只认识了他几个月的时间。我发现了世界上有很多我一直认为是童话的事情。真有狼人存在，这好奇怪，我还和他们一起生活。我和他们在一起，他们和我在一起。

然后狼人群体的首领的儿子刚刚和我说，他准备牺牲自己，放弃他现在的女友和我在一起。和我在一起。

我闭上眼睛。米卡尔的每一句话都在我脑海中回荡。我能发誓，他不是那种不守承诺的。

我希望，我不会把他变成那种人。

第十章

缝纫机在咔嚓咔嚓地响。我坐在课桌上，一边摇晃着双脚，一边把玩着脖子上的项链。我重新为吊坠买了一条项链，虽然它看上去跟那条被妍妮拉断的几乎差不多，但是总感觉有些陌生。

从米卡尔告诉我他要和我在一起到现在已经过了两个星期。它依然是那么的不真实。我们没有机会能私下见面，电话交谈也仅限于当我们确定身边没有其他狼人在场的时候。唯一能让我们自由交流情感的方式是电邮、网上聊天和分享一些音乐，可仅仅这些是不够的。

不管怎样，我没有抱怨。我不希望以任何方式抱怨。我感到现在的人生比以往任何时候都要幸福。甚至我感到快乐得简直要发疯。

还好，尼克让我有事忙。

尼克抬起了踩在缝纫机脚踏板上的脚，仔细地检查着刚刚缝好的针线。我们在学校的美术教室里，因为这里有一台尼克称是比他奶奶的老破烂好几千倍的缝纫机。我知道这不是唯一的原因，他为什么会决定不待在家中，尼克没有说过，但是我上次下午去他家时听到从里面传出愤怒的喊叫声。这让我更加惊愕，尼克是如何设法生存却毫发无损的。

值得庆幸的是，尼克找到了他人生中真正热爱的东西。在游玩滑雪场之后的一个星期光景，尼克问我他是否可以帮我设计庆祝舞会的礼服。我还没来得及考虑整个礼服的事情，所以非常高兴他能帮我。我相信，他做的一定很漂亮。尼克了解我的品位，而且他对时尚潮流的敏感度比我高得多。他以前没有做过女士服装的事实，丝毫没有动摇我对他的信心。尼克在正式做礼服之前先准备了完善的前期工作，好让我有机会更改。这将是他送给我的圣诞礼物，一条漂亮的连衣裙，而我会对它说出我真心的想法。

我知道，它会是非常完美的，因为我看到过尼克画的图纸并且试穿过用床单做的样衣。我看着尼克尽心尽力地在缝纫裁剪一块块布料。可现在我一点兴趣都提不起来。原因是，我昨天又没睡好，导致现在瞌睡虫又爬了出来。这次失眠的原因是米卡尔，明显的甜蜜性劳累。

尼克放下了手中的针线活儿，拿起了他的咖啡杯。自从斯维特拉娜老师把她的旧咖啡机带来之后，我和尼克俩就开始非常勤奋地使用它。教室的门上几乎可以挂张牌子：莱依莎和尼克的私人休息室。

我终于停止了对项链的把玩。我抬头望着房顶一角挂着的已风干的花束。花鲜艳的色泽已经消失。花束中有几朵玫瑰，周围是一些自然类的花朵：圆叶风铃草、藿香蓟和猫尾草。它们随着房间里的气流每天一上一下慢慢地摇摆，已经变成了秋天的颜色。奇妙，怎么这么快冬天已经来临？真的好奇妙。我好像是块冰从身躯中开始融化。

“尼克。”

“唔？”

“我想我是爱上了米卡尔。”

“噗——咳咳。”尼克被一大口咖啡呛到。在我还没反应过来之前，他已经跑到最近的水槽，趴在那里又是敲胸又是咳嗽的。

我猜，我刚才说的话对他来说是否太突然了些。

关于我们的事情米卡尔希望我不要告诉任何人。我知道，我得给他机会让他完成从没未完成过的事情，获得大家对我们的认可。对这事我还是不想瞒着尼克。我知道，他不会告诉其他人——他也没有谁能够告诉。事实上我有些惊讶，他竟然没从我脸上发现整件事情。装作没事发生比我想象中的要难。也许是因为要我装作比以前更不开心的原因。这倒是一件新鲜事。

我耐心地等待着尼克把咳嗽止住。过了一会儿，他打开水龙头喝了一点水。然后他转身看着我。

“你知不知道你碰到了大麻烦？”

这不是真正我想听到的，但我不能争辩。

“米卡尔说，他想和我在一起。他会和妍妮分手。”

尼克的表情多持怀疑态度：“你信他？”

“是的，我信他。”

我更多是站在防守的立场上。我期待会听到什么动听的，但也许会期待能听到一些像“真好啊，真不错”的这类的话。我以为尼克会为我高兴。而他说的话很伤人。

尼克沉思了一下。“你知道他和妍妮以前曾经分过手吗？”他最终问。我的表情应该完全回答了他的问题，他继续说：“那是发生在高一或初三时的事情。我不确定是谁先提出分手以及发生了什么，但总之他们分开了半年。在分开的期间米卡尔家的大门几乎被整个镇里的女生挤破。最后他们又复合了。”

我尽量面无表情地说：“你告诉我这个，因为……”

“米卡尔或许现在告诉你，他和妍妮分手，但这不能保证，什么时候他又回去找妍妮。”

“我信任他。”我冷冰冰地抛出几个字。我必须这么说。如果我不信任，就等于是给自己判了一条死路，什么美好的事情永远都不会发生——我不够资格拥有美好的事情。

“我也信任他。我信任他所说的接下来的月圆之日我最好躲开有狼人的地方。我相信他所承诺的他们家旅馆的小卖部卖的纪念品不会和我奶奶店卖的纪念品打价格战。可我不信任他的是，他有能力永远离开那头母猪。我不知道是什么原因导致萨里家族瞎了眼会选择这样的女人，认为将来他们在一起会幸福。”

“你不了解我和米卡尔之间的事情。”我说。这怎么听上去真像是上次妍妮跟我说的话，但我还是气急败坏地把想法嚷嚷出来：“这不是什么游戏或比赛。我以为至此你会更加理解我，更加知道我在做什么。”

尼克举起双手："我相信你的判断能力。我是为你好。狼的做事风格是很可怕的，我是担心你不知道你在玩火。事情仍然是由你自己来决定。"

我从课桌上跳了下来。"我们不是有意想给大家添麻烦。"我说，"我们没有任何办法。我们只是想有机会在一起。"

尼克叹了口气。他的脸温柔了许多，我知道他在逐渐同情我们的状况。"我知道。我看过你们是如何看着彼此的。我只是想……我甚至不知道，我在想什么。也许没什么。"

"相信我，我考虑过后果。"

"这也不是什么惊讶的事，米卡尔会喜欢上你。"尼克细想后说，"其实这很容易理解。"

我翘起了眉毛。"你是在说什么呢？"

"你是整个镇上唯一有趣的女孩。唯一有自己意愿的女孩。除此之外你看上去那么的文弱，任何一匹阿尔法都会想为你遮风挡雨，阻挡世界上一切对你的伤害。还有你的这种混血异国风情的外表。想想也是，米卡尔他能抵挡得了吗？他完了。"

"我才没想要谁保护我呢。"我脸红地嘀咕。

尼克回到了缝纫机旁。"你现在得试穿一下。"他说，然后把连衣裙放在了桌上，"我不是太确定，另外一边是否缝得正好还是……"他的声音慢慢地在我脑海里嗡嗡作响。我的视觉变得模糊了起来，我必须扶住桌子让自己站稳。我闭上眼睛深呼吸了一下。

"莱依莎？"

我用手做了个动作来回答：等一下，等我马上能够站直了再说。

"抱歉，我只是有些不舒服。"我无力地说。我试图松开抓着桌子的手，却发现脚不听使唤。

"你现在还是回家休息吧。你的脸色看上去好差。"

我呵呵干笑。"真是谢啦。"

"我是说真的。我们出去找找看是否有谁能开车送你回家，那样你就不用走着回去。”

我点头同意，这是个很好的主意。尼克慌忙收拾他的东西，准备跟上已经颤巍巍地从教室里走出去的我。今天是星期五，所有的课应该都已经结束了。我知道米卡尔会来学校上柔道课，但是他不会在那里待很久。或许我和尼克应该再回到美术教室，在那里等一下我还能碰巧遇见他还有——

我突然晕倒了。我摇摇晃晃地继续往前走了两步以后，接下来我就走不了了。四周一切先变成了颗粒状的，接着变成了各种颜色的斑点。我抬起手想扶住什么，任何什么，在所有的一切还没变黑之前。

***

当我再一次恢复知觉时，它发生得是那么的缓慢。就像是刚刚从很久的睡梦中醒来，我不记得为什么我会要睡这么久。脑袋里已经很长时间没有如此清晰的思路了。我看到各种形状以及颜色，它们在我的意识中飞舞，直到我终于察觉到，周边发生了什么。

熟悉的声音不停地在呼喊着我的名字。我试着回答，一切都很好，但是我睁不开眼睛也张不开嘴巴。我往他身躯的方向摸去。我仿佛只是逗留在他的身边，接着一瞬间，我去了其他的地方。

我看到我躺在地上。我的脸比以往还要苍白，头发散乱。脸是湿的，眼角流出一条深色的河流——被染晕的睫毛膏。有谁把水泼在了我的脸上想把我弄醒。

我的四周围着一群人。我知道，我应该认识他们全部，可是他们让我感觉好陌生，就像躺在地上的女孩一样，那个女孩也就是我。

不对，那个不会是我，因为没有人能够同时在两个地方。

是吧？

我把目光转向其他方向，企图寻找答案，这是怎么一回事。我动了动双脚，我可以转动它们。美术教室的走廊看似很正常，但我注意到有谁站在那里。我转身向他看去。

在我前面几米远站着一个男孩。他和我差不多年纪，褐色的头发，深色的眼睛，古铜色的皮肤。我能肯定，我从没看到过他。要不然我会记得这副怀疑的目光和噘着嘴的脸。

可我有种感觉，我似乎认识他。

我想问他，他是谁。为什么在这里。是他让我来这里的吗？我没问。我什么都没说，他也没有。

“回去。”有个声音在大脑中对我说。

我张开了眼睛。看到了满脸担忧的米卡尔，以及他身后的尼克还有其他人。

米卡尔捏着我的手：“莱依莎，莱依莎，你听到我在说话吗？”

我的喉咙干得冒烟，发不出任何声音。我试着咽了咽口水，但是没有一点改善。我只能甘心点点头。

我试图爬起来，可是米卡尔把我按住了。

“你再躺一下吧。你没事了。”

哦，没事了，我的大脑重复了这句话。如果他知道我刚才脱离了我的肉体灵魂出窍，他还会这样讲吗？

我总算恢复了说话的能力。“我很好。”我沙哑地说。我不知道，我是想证实给他们看还是证实给我自己看。这次米卡尔不再阻止我坐起来，但他小心谨慎地站在我的身边。我发现他和其他人除了尼克都还穿着柔道服。我成功地打断了他们的课。

“我很好，谢谢。”我竭力坚定地说，听上去几乎很让人信服。

尼克往前一步把我扶起。米卡尔还是用他吓坏了的脸看着我，这使我微微地翘起了嘴角。

“以防万一，你最好现在就去医院看一下。”一位穿着柔道服的男人说，我认出他是学校的体育老师。我想说，我不知道附近哪里有医院急诊处，我也不想在一般门诊那里等个老半天。我几乎能确定，医生不会检查到我有什么异常状况，只不过是太累了。我不再感到头晕，尽管身躯有些发软，除此之外比刚才晕倒之前好多了。

是有什么地方不太对劲，我是知道的。但是那是一些我不希望让任何人知道的事情。

“滑雪度假区的医院卫生站有医务护士值班。”米卡尔插话进来，“我有车可以送她去。你们继续上课。”

“你想让我陪你一起去吗？”尼克问。我考虑了一下，还是摇了摇头。“不了，谢谢你。你回家好啦。或者可以留在这里，如果你还愿意做缝纫的话。”我连忙再加了一句，“我会打你电话的，等我回家了。”

尼克点头。

大家让开了道，我和米卡尔往大堂的大门走去。米卡尔一直紧紧地跟在我的身后，像时刻准备着把我的身躯接住，生怕我再次晕倒。我没有晕倒。我在没有发生任何事情的状况下走到了车旁。

米卡尔急匆匆地为我打开车门。他的样子让我感到好笑。

然后他坐到驾驶座上。他没马上旋转车钥匙，只是凝视前方许久。当我想问他，发生了什么事情时，他转身看着我。瞬间，我不再觉得有什么可笑的了。

“妈的，我真的吓死了。”

这是第一次，我听到他骂脏话。这也是第一次，我意识到，他真的在担心我。我是否有事，对他很重要。他当然说过喜欢我，关心我，但是某些部分的我会一直倾向于忽视这种可能性。我一直在照顾自己，并觉得一切发生在我身上的事情只是我的事情。当然我也有过妈妈的照顾，但是我曾认为她对我的关怀是理所当然的。好傻，现在我才明白。

但是米卡尔……

我没想过，我会习惯他在我的身边。

我慢慢地往他身上倚靠，让我的手可以轻轻地放在他的腿上。“我没事。我只是累了，没别的。”

他又凝视前方。“你刚才看上去简直就像死掉了一样。没有一点反应。”

“好吧，这个有些奇怪，可是现在一切都很好啊。我们可以走了吗？这样我什么时候可以回家？”

二话不说，米卡尔发动了引擎，把车从停车场开了出去。没多久，我们已经坐在了狼山镇卫生站的等候室里排队等候叫名字。虽然滑雪度假村还没挤满游客，但是我依然怪怪地看着那个我和米卡尔曾经单独滑过雪的地方，上面有很多滑雪者们正在滑雪。

我倚着米卡尔。“护士也是狼人吗？”我无力地问。他摇了摇头。

“那她知道……”

“她不知道。她只是短时期在这里值班，几个星期以后会调走。”

护士间的门突然打开，我被吓了一跳，从椅子上蹦了起来。前面的那位病人从房间里走了出来，他经过我们的时候我看到他的一只手上绑着绷带。米卡尔轻轻地抓着我的手，抚慰着我。

过了一会儿，护士叫了我的名字。米卡尔没有跟我一起进去，这让我有些感激。

护士是位四十岁左右的女人，淡褐色的头发用黑色发夹盘起。她看上去很正常，这让我松了一口气。

我把刚才发生的事描述了一遍，但我没提到我没有被任何人喊醒或灵魂出窍的那部分，因为我不想被转送到脑科或者是精神科。我告诉她，前段日子里我一直失眠。她微笑了一下然后量了量我的血压。她问了一些饮食和生活作息方面的事情。

“你没有贫血，”她看着我的验血报告说，“我认为，你是由于这段日子接触了太多新的事物，压力过大导致产生了这个症状。”

我点了点头。没有那些我不知道的。

“你需要给自己找个方式清静和放松下来。比如做做瑜伽、看看书或是任何方式，能缓解紧张情绪、短时间内切断压力的都可以试试。我相信，那样你的正常睡眠会恢复的。”

我直起身准备离开。护士问我是否需要开些安眠药片，我回答不需要。

我知道那些东西没什么作用。我和她握了握手然后回到了等候室，那里米卡尔等着我。他看到我出来立马就站了起来。

“没什么。”我说，“压力和劳累，就这些。我得学会放松。”

“你确定吗？”

“确定。”

我们从卫生站出来，往车的方向走去。米卡尔在整个过程中一直轻轻地扶着我的后腰。他的触摸刺激了我身躯的其他部位。

我含情脉脉地看着他把安全带系上。那时我才发觉他身上穿着什么。

我忍不住扑哧一下大笑开了。米卡尔疑惑地看着我，可我简直要笑破肚皮搭不上话。我笑了几分钟以后才控制住不让自己再发出声来。我擦着眼角边笑出来的眼泪，然后发现我的另一只手摸着他的黑带。真的。我现在和他这样子真的好好玩。

我再一次大笑。

“如果你不告诉我是什么问题的话，我会认为你的头刚才被撞过了。”

“我只是现在才发觉，我们看起来是多么火辣的一对情侣。”我拼命忍住笑意说，“你看上去像个功夫小子，而我毋庸置疑是他的老妈。真的好浪漫啊！”

他的嘴角微微地翘起。“看来你是没什么事了。”

“而且告诉了你我为什么在乱笑。”

米卡尔送我回家。我没马上开门，因为我不想就这么放他走。我知道，米卡尔真的很喜欢我，我知道，我们之间需要保持一段距离，但是每当他离开我的时候我会感到是那么空虚——我不要这样。

我转身扑在他的身上。米卡尔迟疑了一下，然后抱住了我并用他的唇吻住了我的唇。我猜这会是很快的“晚安”吻，但接下来，我也许应该知道，这不是我们的风格。在那一刻，我们的嘴唇亲吻在一起，迷失了方向。很难相信，在一小时之前我还昏厥在地上，米卡尔是那么担心地把我送到医院吊点滴。他的一只手在我的脖子上。另外一只在我的头发上。而我的手则是抓着他的衣服让他更加靠近我。

突然，米卡尔抓住了我的两只手腕让我放开他的衣服。我顿时摸不着头脑，眨了眨眼睛——我得承认，我感到有些受伤——接着我才发现是出了什么问题。米卡尔的眼睛颜色从黄色渐渐地变回了蓝色。

“回去。”他用着难以辨别的声音说。我猜这应该是他变身成狼时的声音。

我乖乖地照做了。我不是害怕。我明白，我们刚才的动作不是太明智。毫无理由让现在的事情变得更加复杂化。如果我们是在表现给大家看我们只是朋友的话，那我们最好不要把自己的处境变得没有退路。

***

第二天是星期六，我不需要设置闹钟把自己叫醒。在七点半的时候我还是醒了，感到有些头痛。我确信，我又做了一些梦，可这次我不记得里面发生了什么。或许这样更好，我边想边爬了起来。我抓起桌上的手机，发现里面有条新的短信。

“早上好，”上面写道，“希望你昨天睡得很好。关于昨天我很抱歉。我想还是按照护士所说的做，我帮你安排了一个项目，它对你或许有些帮助。今天旅馆的室内温泉部你可以尽情地享受一下，你只要到接待处说一声，那里会有人带你进去的。”一颗心的图案。

我笑了。米卡尔想着我。这比在任何一个按摩浴缸里泡澡要温暖得多。

我穿上衣服走到楼下快速地吃完早餐。我告诉亚斯卡我去一下镇里，然后就跑了出去。花了将近半个小时我到达了狼廷。气候很温和，随着平静的走路节奏我的头痛也舒缓了许多。我真的需要找个体育项目作为爱好。画画可以让我沉迷失去自我，但有时我也需要给身躯和全部的肌肉一些活动的机会。

狼廷的接待处站着一位年轻的女孩，米利亚。她的胸牌上同时写着——英语和俄语服务。我把事情告诉她时，她热情地向我笑着。我不知道她会认为我是谁。我偷偷地希望，米卡尔能骗说工作人员我中了生日免费体验券，那样也许我不会感到我在搞地下恋。

室内温泉部的服务项目包括身体按摩、各种泡浴和泥浴，以及理发和美容。我决定先去做个熏香按摩。我除了去过美容院剪头发外，还没参加过其他任何享受型的项目，我兴奋又紧张。我发觉，米卡尔是正确的，这里真的能让我放松下来。经过香熏按摩，我才发觉全身是有多么僵硬。刚开始按摩时，我感到肌肉真的好痛。等按摩完发觉好久没有这么舒服过了。接着我添加了泡浴、脸部护理和手部护理，我完全进入了亢奋的状态。我觉得我好奢侈啊，但是不能否认，我希望米卡尔能继续这样宠爱我。如果他的目的是让我完全迷上他的话，他成功了。如果他能在场的话，我的人生将会是完美的。

走出温泉部的时候，我的脸上充满了幸福的笑容。大厅窗外的太阳已经落山。好吧，美好的一天将要过去。

我转身想到接待处那里感谢一下米利亚为我做的一切服务。走了十米以后才发现，她已经不在那里。她应该下班了，因为现在站在那里的是一位深褐色头发、窄脸的男士。

警告的声音从我大脑里响起。我害怕知道这个男人是谁。我偷偷地看了一眼他的胸牌，接着我咽了咽唾液。康斯坦丁。是的，我听到过这个名字。

第一个在我大脑里出现的想法是：快逃。由于第二个想法一直都没想出来，所以我决定按照第一个想法做。我一百八十度转身。我的动作没有像我希望控制的那么好，但我的脸面向了需要的方向：门。

我向门的方向才迈出一步，“那个”又开始发作了。

颜色，光，头痛，晕眩，同时一起向我攻来。这次的症状比上次的要严重得多。我几乎是要被淹没、炸开、快死了——如果我还能用大脑想些什么的话，这些是我希望表达的想法。我张嘴想努力地大喊，可是在我的声音还没从喉咙里发出之前，令人欣慰的黑暗已经把我拉向它温柔的怀抱。

***

等我再一次睁开眼时，发现我正看着吸血鬼的眼睛。我眨了几下眼睛，虽然我知道，这很可能是没什么用的。是的。他还在那里，面无表情地看着我。

“你知道我是什么，是吗？”他讲话有着重重的俄罗斯人的口音。

我吞了口唾沫，接着慢慢地点了点头。

“你能爬起来吗？”

我试了一下。坐起来看来是没什么问题的——就像上次一样，症状结束以后我一点都不感觉晕眩了。康斯坦丁向我伸出他的手，我顿时犹豫了一下然后让他扶我起来。

我看到米利亚向我们走了过来。她穿着外套，我猜她正准备要回家。她的表情告诉我，她很谨慎。不，应该是害怕和恐惧。她的脸显示着，她甚至几秒都不想和康斯坦丁待在同一个空间里面。

我心想，康斯坦丁应该从没被邀请过参加旅馆员工的年会。

“一切都还……”米利亚还没来得及说什么，康斯坦丁打断了她的话，“你以为呢，傻姑娘，我会咬她脖子，是吗？快回家去吧。”他做了去去去的动作，米利亚瞪大了眼睛看了看，一句话都没说转身就走。她的脚步声像是在说，不值得违抗正在生气的吸血鬼的命令。好遗憾，我被遗弃在了这个怪物的身边。

康斯坦丁走到服务台，往上面放了一个“马上回来”的牌子。我发现他不是很高，但动作非常的灵敏。

他向我做了做手势：“过来，过来，跟我过来。”他急匆匆地往走廊的远处走去，我竭力跟上他的脚步。没多久，他往右边的一扇门前做了个请的动作，我们进入了一间小型办公室。

他关上了门。我希望这里没有隔音效果。一旦有什么状况我可以喊叫救命。

康斯坦丁扶着办公桌看着我，他直直地站着一动不动地看着。我感到手心直冒汗。我丝毫不知道他在想什么。他留着一头深色波浪卷，头发让人感觉很扁塌，而且眼睛看上去也很没精神。他的皮肤像是涂过了一层蜡，我一点都猜不出他有多大岁数了。或是他应该是几岁死亡的。我思虑了一会儿猜他的年龄应该在三十岁和四十岁之间。

突然间，他伸出了手："我叫康斯坦丁·夫罗诺夫。我的朋友们叫我康斯坦。"

我不知道他是否真的有朋友，或者这只是一句玩笑话。我向前走了一步，握住了他的手。

"莱依莎·奥亚。"

微笑从吸血鬼脸上出现。我没发现他牙齿上有什么特别的地方。

"很高兴认识你，莱依莎。非常高兴。"他松了手后走到了桌子的另一边。他指了指桌子前面的椅子让我坐下，他坐在了桌子后面的椅子上。

"我听说过你，"他说，"人类的小孩，搬到了这个镇并想知道这个镇的秘密。他们只是永远都不会知道，你也有自己的秘密。"

我的秘密？我不懂。我丝毫不知他在说什么。

或者那是……

康斯坦悲剧性的笑容慢慢地消失了。

"哦，亲爱的。可怜的宝贝。"

泪水在我的眼眶里转动，虽然我甚至不知道我为什么会这样。我没有什么可以担心的。一切都很好。我很好，所有对我很重要的人也都很好，我被大家关心着而且——

康斯坦从桌子后面站起来，俯身摸了摸我的胳膊。我吓了一跳，泪水从眼眶里涌出。

"听着，莱依莎·奥亚。现在我们得这样做。你和我一起搞清楚，你究竟是什么。"

第十一章

“你究竟是什么。”

几个月前若是听到这句话我一定会大笑。现在，我不得不控制我的全身意志力，让我不要号啕大哭。

“我先讲我所知道的一切，然后你告诉我，你对它们的想法，如何？”

我吸了吸鼻子，然后点头同意。

在康斯坦开始说话之前，他弯下腰从办公桌里拿出一盒面巾纸。我从里面抽出一张，感谢了一下，然后用纸擤了擤鼻涕。我顿时有种奇怪的感觉，好像我又坐在心理医生的门诊室里。像是接下来他只是听我说什么，让我说出我想说的话。

除了我的这位心理医生是位天生爱杀人的以外。

“我自己也有某种特殊能力，导致我会被聘请到这里来工作。你知道我在讲什么吗？”

我点了点头。

“严格地说我能进入任何一个人的大脑思维，然后把它们给读出来。我还能操控他们的记忆，让他们做些不会做的事情。这只需要眼神的交流，有些人的抵抗能力比较强，但我还是有能力把它们攻破。”

他说的就像他理所当然可以这样做，这让我感觉更不自在。

“根据大脑思维的结构我能知道，谁是什么。我的能力在人类身上使用的效果最好，因为——怎么说呢——猛兽的能力通常是朝着它的猎物方向。”

他用手指向我：“我想说的是，你外表看起来是个人类。你刚才走在大厅里的时候，你一点都没有引起我的注意。你看上去是人类，闻上去是人类，一切你外壳的表层完完全全和人类没什么不同。直到你失去知觉的那一瞬间你的大脑思维里面出现了某些其他的东西。你昏迷的时候我做了些基本性的检查。我需要知道你是否正常。”他看了看我的表情，“然后我发现，你有些不同。有一些我以前从没见到过的东西。这本身是一个小奇迹。”

我盯着他看了看。也许不是太好，我这么专注地听他说完他的能力，但是我的理智告诉我，如果他打算对我做些什么，他应该早就做了。

我试着整理我的思路。他声称，我不是人类。他真的也是这个意思。我想说，这太荒谬了，我很想反驳他，但是我发现我找不出任何话来证明他的想法是不对的。我现在唯一想的是，这一切怎么会完全颠倒了呢。我原以为我一直是生活在人类群体中，而在短时间内我才得知，世上还有许多其他的东西是你睁着眼睛都看不到的。我才刚开始接受狼人是我生活中的一部分的事实。现在这个吸血鬼——又一个新的物种需要熟悉——他告诉我，我甚至不是我认为的我是什么。

要不要把事情变得再复杂一些啊？

康斯坦歪了歪脑袋：“莱依莎，告诉我，你这段日子里是否经常昏厥？或是你有没有发生过其他的一些不太正常的状况？”

我吞了一口唾沫。“我昨天晕倒了。医院护士说我只是劳累导致的。”

他的表情马上在告诉我，试图欺骗他或欺骗自己是没用的。

我又吞了口唾液。“我常常失眠。”我承认，“那时我会做些稀奇古怪的梦。”

“怎样的奇怪法？”

是的，我真的是又在心理医生门诊处。谁知道他是不是某段时间曾经做过心理医疗方面的工作。

“那个，梦中我看到了各种颜色和形状的图案。只不过，它们总是过于完美。是那些现实当中根本无法存在的图案。是那些在书中或其他地方找不到的图案。没人能将它们画出来。”接着，“他不认为你是人类，不完全是。”

一个讨厌的声音从我大脑中传出。

“还有其他的吗？”

我跳过了狼人的部分直接往奇怪的实际主题进攻。“我的爱好是艺术。”我说，“我画画的时候，我会经常看到一些和梦中差不多的东西。图画出现在我的脑海里，就像它们应该是什么样子的就是什么样子的，然后我竭力把它们画出来。图画从来没有真正完全成功地画出来过，但是我画得不错，因为那些画的样子——我真的很喜欢——总是设计得非常出色，色彩完美和谐，完成的效果时常都是很好的。”

我发现，我的眼睛又开始湿润了。我用手背把它们擦了擦，在还没开始哭泣之前我继续讲下去。

“有时我会出现那种‘似曾相识’的感觉。不是幻觉重现，因为我一直很确定，我以前从没看到过它们。然后昨天那时，我晕倒的时候……”我摇晃了一下脑袋，“等我有知觉的时候，有一段时间内我像是用了另外一个人的眼睛在看东西。而那另外一个人也是我自己，或者说毋庸置疑那个人就是我，据我所知，那个人是在我肉体外面。而且在我离开了躺在地上的我的视线时我还发现了其他人。”

我告诉他，在我回到我身躯里面之前我还看到了一个男孩。一个我不认识但又感觉熟悉的男孩。我把他的模样描述给康斯坦听，并且努力解释我是什么感觉。

我没能成功地把它讲得非常合乎逻辑，但我尽力了。逻辑的法则已经开始变得一天比一天不那么重要了。康斯坦沉思着我刚才讲的事情。“有意思。非常有意思。”

我的鼻子不再那么地哼哼了。“什么？什么意思？”

他冲我笑了一下。他的笑容没有想象的那么让人毛骨悚然。“我遇见过各色各样的人生，巫女、仙女、精神感应者和千里眼。你和他们没有一点关联。”

“听起来很欣慰啊。”我心想着。

“你的能力感觉是和某种视觉有关，虽然目前它们还处于分散状态。我不能只坐在这里说你的能力应该往哪个方向发展或你应该是什么。”

我等着他继续说下去，但看样子他已经沉浸在自己的想法中了。过了一会儿，我也开始分散了集中力，往房间的墙壁和墙角望去，这时康斯坦又张嘴说话了，我被一惊。

“显而易见，在你的能力还没从你的身躯里耗尽之前你得学会控制它。目前我们还不知道你的能力到底是什么，这是个问题。一切我所知道的超能力通灵的使用方式基本上应该一致，我不相信你的能力会例外。我可以教你我所知道的，但是在某段时间我们得找个更了解你能力的人。”

我注意到，他一直在用“我们”两个字。他的意思是我和他。我不知道如何面对这个意思。一部分我是希望我会信任他。一部分已经信任了。那些我读过的和听到的关于吸血鬼的事情，早已抛诸脑后。我不知道，他为什么会帮我，他应该有什么企图吧。

我决定，除了直截了当地询问他没有其他办法了。

“你认识我只有十几分钟，”我说，“你为什么会打算花时间来教我什么呢？”

出人意料的是，他显得很高兴。“你不是很天真，”他说，“这很好。你问的事情，我得承认，我有我的动机。我也许不是个普通的吸血鬼，但总之是个吸血鬼。”

我等了一会儿。我摸不着头脑，他往哪个方向讲。

“我跟你不熟，莱依莎·奥亚，但是在这短短的时间内我被你吸引了。你别想错了。我的眼里你只是个小朋友。一只小雏鸟。你还没认识这个世界和你自己。你只是个平常的青少年。同时你还是个神秘人物，我喜欢神秘的东西。当你像我一样在地球表面走了很久的时候，你不再会很容易感到对什么很惊讶了。”

“所以，这是你的一种娱乐方式？”我问。

他笑了。它是一种嘶哑的笑声，感觉是发自内心的深处。“差不多。但是我也想帮助你。”

“为什么？”我知道我是在钻牛角尖，但是我真的想知道，他希望从我这里得到什么。

“就像我说的那样，我曾经进入你的大脑思维。你很纯真。当然还缺乏一些自信并有一些自相矛盾，但你很坚强。你将会成为一个很不错的大人。”

我张开嘴，打算自作聪明地跟他说我不会成为他想的那样的人，但是他没有给我说的机会。

“这不会改变什么，至少没有像你想的那样。你是什么，这与你是谁相比一点都不重要。莱依莎，记住。你不需要改变你自己。”

这话听上去简直像米卡尔在严肃地对我说话，我顿时感到轻松了很多。一部分原因是一想到米卡尔我就会快乐许多。我理解的是，康斯坦至少有一部分是正确的。米卡尔是狼人。如果我不完全是人类，然后呢？我还是我。

康斯坦无声的表情告诉我，他一直在观察我的状态。“现在好多了。”

我点了点头，接着又犹豫了起来。我不知道，我们怎样开始。

“这样吧，你先回家休息一下。你先考虑一下事情。然后等你决定了，再回我这里。每天太阳下山后我会在这里。”

我又点了一下头。我发现我又有些累了，虽然一段时间以前我还那么精神抖擞。我很感激能来到这里。

我站了起来往门的方向走去。我停住了脚步。我知道我忘记了什么。我只是还没有完全消除我的偏见。

“康斯坦丁……”

“叫我康斯坦即可。”

“康斯坦，”我叫一声，感觉听上去舒服多了，“谢谢。”

他的笑容还是那么的悲剧性。

“没事。如果能让我再给你一个建议的话：不要等太久。你需要帮助。”

我知道他是对的。而且有些让我害怕。

***

十一月已经感到寒风凛凛。我很快发现，亚斯卡的老房子保暖性不是特别强。楼下由于生着壁炉没有什么感觉，可在楼上过了几个寒冷的夜晚，我终于承认不穿上两双毛袜子是无法入睡的。我对亚斯卡抱怨这事时，他只是显得搞不清楚状况。他那狼人的抗寒能力要比我强得多。

“这是因为你变瘦了。”当我告诉尼克时他说，“上次试穿连衣裙的时候变松了，你没发觉吗？再这样下去我几乎快要重新做整条裙子了。”

我以为尼克只是在发些牢骚，但米卡尔也说了同样的话。那是在极少数情况下我们能够面对面聊天时，他说得很清楚，他有多么担心我的状况。刚开始我很感动他那么关心我，但是几次以后我开始觉得有些厌烦了。我不是有意让自己看上去憔悴病态的。我知道，我的状态不佳，这个信息不需要时时刻刻都挂在嘴边。

然而在他担心我的同时，我在想，如果他知道究竟是发生了什么问题，会是什么样的。

“你不会又是……在伤害你自己，做什么傻事吧？”一次晚上通话中他终于问道，“或者是什么其他的？总之你告诉我，如果你打算做的话。”

我顿时哑口无言。我们几乎没能见上几次面，米卡尔担心我在忽略他。真的很担心——从他的声音里我能听得出来。这让我好感动。

“我不会再这么做的，”我说，“我真的很好。一切都很好，我真的很感激你。”

我听到他深深地叹了一口气。

我知道，我需要做些什么。我应该告诉米卡尔一切，然后去见康斯坦。我找了个借口以后，我不得不承认我有太多的功课还没有完成。另一个期中考来得太快了，这期我的课程中有太多的课本需要阅读，我真的是焦头烂额。我还紧张地计划着制作美术毕业论文，毕竟发生了这么多事情，我几乎不愿意用传统的思维方式去想它们，我的人生第一次出现了这种情况，我不知道，马上该做什么。

接下来的问题是……事实上，我还没有明智地决定我是不是应该瞒着米卡尔什么。当他问起去温泉如何时，我好愧疚不能完全回答他事实。我事先对自己解释，我不能告诉他什么，那些连我自己都还没解释清楚的事情。我知道这是个谎言，但是时间过得越久我越难说出口。我不希望让他更担心我。我从他和尼克的口中了解过，狼人不大看好吸血鬼。我几乎能肯定，如果我开始定期上康斯坦的学习班米卡尔会尖叫。

我还担心，我不知道米卡尔会怎么看我，如果他知道我不是真正的人类的话。我试图说服自己，这是不必要的担心。米卡尔不是肤浅之人，他不会由于这个原因而不再理我。也或许是我还没确定该告诉他什么。总之我会告诉他的，真的我会的。我只是还不知道什么时候。

***

期中考的最后一个星期五，我从院子里的信箱中拿出订阅的报纸时，发现里面夹着一封写着我的名字的信。应该是谁刚刚送来的，我马上开始思考亚斯卡会不会听到哪个熟悉的车经过这里。这个“谁”没有让我猜多久，我认出了米卡尔的字迹。

我发现信封里除了信纸以外还有其他的东西。我控制着好奇心回到室内，跑进了自己的房间把门关上。

从信封中掉出了一颗牙齿，落在了我的桌上。一颗很大，不是太尖的，发黄的牙齿。它被细细的皮绳拴住，虽然我不是什么动物科专家，但我几乎能确定这是一颗狼的牙齿。

“好浪漫啊，”我心想着，“米卡尔送了我一颗他老爷爷的残存。”我把它拿了起来在我的面前晃了晃，然后发现桌上放着的信封里还有一张小字条。是米卡尔的字迹，上面写着：“我来不及解释，但是这个东西很重要。你把它戴上去学校并且准备好状态。”签字米卡尔。没有心。

“你也早上好啊。”我嘀咕。我放下字条抓起手机。我给米卡尔写了一条又长又不爽的短信，我没打算等他回复我。我很想打电话给他，但是亚斯卡今天还在隔壁的房间睡着。可恨的狼人感官。

我像往常一样地做了去学校的准备，接着平息了一下自己的心态，然后拿起桌上的狼牙把它挂在了脖子上。考试快要迟到了，我一路小跑着去学校。

我到达学校后的第一时刻就看得出，米卡尔总算把事情和妍妮说过了。那些向我扑来的杀人般的恐惧目光，恨不得把我完全撕碎。我试着装作什么都没看见。感谢老天没让我提早到达学校。我真不知道我能否坚持着站在被狼族们包围着的教室走廊上。

“好吧。”我心想着。总而言之，米卡尔已经提醒过我了。他让我准备好状态。可糟糕的是，今天的考试妍妮也会参加——与她的见面不是完全准备好能够解决的。

我等一半的考生进入考场后才走进去。我的科目实际上课的人数不是太多，但由于考试时把其他科目的考生合并在一起，所以从这个考场里我应该能找到尼克、米卡尔和妍妮。我快速地察看了一下考场，发现他们任何一个都没在。

我坐在前面第二排的位子上，虽然我的后面还有好几个位子是空着的。从考试的第一天开始我就采取了坐在前面的方针——我绝不是为了尊重妍妮坐前面。恰恰相反，我想让妍妮和她的女仆们看到，我一丁点都不想和她们有任何接触。如果我企图和她们接触的话，会让她们更加讨厌我。

我把外套脱下放在椅子的靠背上。我听到某人急速地倒吸了一口气，但我的注意力转移到了刚刚跨进考场的尼克身上。他坐在了我的后面。我转身想问他为什么他总是能成功地在离考试的最后一分钟到达考场，但是看到他的表情时我有了其他的想法。他直直地盯着我的胸部方向看，这搞得我一头雾水。我猛然领悟到他在看什么。

我发现，其他人就和他一样看着我。以前的那种瞪大眼睛看着我的表情与此时比较的话，真是小巫见大巫了。我甚至可以站起来做任何出乎意料的动作，比如脱光衣服站在大家的面前——也丝毫不能降低他们对我的震撼反应。

我看到妍妮的两个死党，米娅和卡特里娜两个看着我在窃窃私语。我从她们的嘴唇可以读出，她们在骂“贱货”。

马里塔走了进来。她先是完全不知道她四周发生了什么事情。接着她的目光转移到了我的佩饰上。她僵硬地盯着它看，惊呼了一声。然后她不自然地飞快地走出了教室。

“米卡尔啊，米卡尔，”我心想着，“你到底忘记告诉我什么了？”

几分钟以后，约克校长扬起眉毛走了进来。他进来的第一个目光就是朝着我看，他的表情顿时变得非常奇怪。然后他很快地恢复了正常的表情，发起了手中的试卷，要求大家肃静下来把注意力集中到考试上。

迟到半小时以内还可以进入考场，可是米卡尔和妍妮一直都没出现。我心想，他们两个是否单独在哪里。我心想，为什么想法会这么多地打扰我，虽然前几个星期我一直希望米卡尔能够把情况往前发展。这里面也包括与妍妮的谈话。

尼克已经做完试卷走了出去，而我才做到一半。他没看我一眼，这可不是好的征兆。我咬住了唇，控制所有可能的情绪努力集中精力做题目。

***

考试考完我找到了尼克，我知道在哪里能找到他：美术课教室。他前段日子在缝纫机上花的时间几乎能让他住在教室里了。

我大步地跨到他的桌前等着，直到他把手上的缝纫活缝完抬头和我说话。

我把佩饰举起往他眼前晃了晃：“这到底代表了什么？”

尼克扬起他全部的眉毛：“你是说，你不知道这是什么吗？”

我皱起了眉头。“是的。”我小心翼翼地说。我有种不祥的预感。

“见鬼。”

“什么？”

“告诉你这是什么东西的，不应该是我。”他嘟囔。

“但是你现在还是得告诉我这是什么东西。”

“呃，这只是个狼人的东西。就像是老祖宗的传家之宝，反正是这方面的东西。”

我用手做了个不耐烦的手势。“也就是说？”

“这个东西属于首领或首领的家族。你从米卡尔那里得到的是吗？”他故作天真地问。像是他根本不知道谁给的。

“是啊。你快从实招来，那样我可以去找他算账。”

尼克扑哧一声笑开了。“天哪，这个我很想看到是什么样子的，”他说，“这会是史上第一次，当……”我盯着他看的眼神就像我希望的那样非常的生气，接着尼克想开玩笑的样子慢慢地收了回去。

他吸了口气：“好吧，这东西在古代一直是首领给他女人的，给他唯一独有的人类女人的。也就是他是唯一能占有你的身体的。”

“什么？”

尼克脸微微一红：“你没听错。”

我顿时哑口无言。我是知道的，狼人没怎么看得起人类。我也知道，什么是狼人对人类最感兴趣的……就是，那个啦。这个把事情搞得更加劲爆了。

“也就是说你脖子上挂的那个……”尼克看着我的样子及时更换了说话的策略，“从某个角度来讲这是件好东西。因为你是首领的女人，或是这个情况下应该说是米卡尔的，谁都不能碰你。如果有谁想……呃，我不知道，现在是怎么的处理办法，但是以前是会被立即处死。”

我继续盯着他看。

“总而言之这东西对你很有用，你想，这里有多少人对你恨之入骨，不是吗？我想，以前人类能从狼族那里得到这个东西该会是多么无上的荣幸。”

“那现在呢？”我问。

“现在这个就不再有那个作用了。”

“现在这个东西就像在我额头上贴着贱货两字。”

尼克对这个无法做出回答。我今天已经够窘的了，但愿他接下来别再说些让我更郁闷的话。但是他还是说了。

“挂了这个之后，大家都会认为你的肚子已经被米卡尔搞大了。”

我先是想笑，但是看他那通红着脸的表情我没笑出来。

“不会吧，这个听上去毫无道理的。”

大概会是这样认为的吧。我昏厥的时候有好多个证人在场。我前段日子看上去很疲倦而且又呕吐过。接着我又戴着米卡尔的繁殖标志到了学校。这些突然感觉完全有道理了。

尼克的问题证实了我的疑惑：“难道不是这样子的吗？”

“没有！根本没有的事。”

尼克的表情放轻松了许多。“谢天谢地。我没想过，你和米卡尔手脚会这么快，但当我看到这个佩饰时……”

是啊，他的结论也代表了其他人的想法。米卡尔一定考虑过这个。

问题是：他是想达到什么样的鬼目的？

***

“你究竟是打算达到什么鬼目的？”离开了美术教室半个小时以后我小声地在电话里问米卡尔。他终于有胆打电话给我了。

“我需要和你见面。”他回答。电话中他的音调听上去很平板，这让我更加恼火。我恨不得马上朝他嚷嚷几句，但我还是控制住了情绪，深吸了两口气。

“哪里？几时？”

“一点半。在树桩那里见面。”我还没来得及挂他电话他已经先把电话给挂了。

***

我故意晚十五分钟到达森林里的小空地上。我是希望这十五分钟给他一个我很生气的信号，但是米卡尔没有离开那里。

米卡尔双手插着衣服口袋坐在树桩上等着我。他看上去的样子比以往任何时候都好看，我突然意识到同意和他见面有多么错误。我不可能长时间地生他的气，因为我每时每刻都想着要触摸他。

我还是决定试试看。

我灰着脸说："我给你一分钟时间解释，为什么你会决定不预先通知我你在做什么的情况下，让我在整个学校面前出丑？"

他无视我的话。"到这边来。"

他拍了拍他的大腿上。我很想顺从他的意思，但我握着拳头坚持不动。

"不要。你先把事情说清楚。"

也许这个以后……但是只是也许。

米卡尔叹了口气："我很抱歉，但是我没其他办法。"

"就只有让我丢脸的办法吗？"

"不是的。这是我提出了分手之后唯一能够阻止妍妮和她的同党对你剥皮抽筋拆骨头的办法。他们对我们怎么想的我一点都不关心，可你不是狼人，你不包括在狼族的保护条例中。原则上讲，他们可以不用担心任何惩罚而想尽一切方法来对付你。"

我承认，这算是个还不错的解释。比我期待中的要好得多。

"你为什么不告诉我？"我诘问。

"我没来得及。当我意识到接下来会发生什么事时为时已晚，我必须尽快想个法子出来。我知道，我今天来不及去学校，我也不相信你今天会平安无事。"

"你没去学校去了哪里？"

"我今天一天都和我父亲在一起。我们昨天说了一下午和半夜晚，他要求我们家今天一早马上和妍妮的父母说这事。"

一把汗。我以为只有我是今天早上唯一乱忙的人。

"那事情进展如何？"

米卡尔耸耸肩。"还过得去。"明显地，他不想再把这事说下去。

他又拍了拍他的大腿。我咬了一下唇，但是我控制不了了。我往前一步坐在了他的身上。感觉这是全世界唯一正确的地方。

米卡尔把头埋在了我的头发里面，深深地闻着。我的双手箍住他的颈项。穿着厚厚的羽绒服做这动作显然有些笨手笨脚，但是不管啦。我脱下一只手套，把冰冷的手指伸进他围着的围巾里面。他完全没有冷得畏缩。

“他们有些人认为我已经怀孕了。”声音低低的，简直像蚊子在说话。

“这对你很困扰吗？”他用无比温柔的声音问。

我想了想。“刚开始有点。但现在已经完全没有了。”

“我很抱歉。”他又重复了遍，“我真的不是有意让你难堪。我甚至没想过你会面对那些。很早以前这个佩饰代表着一种荣誉，没有谁敢对它有所争辩，和——”

“我知道这个。我也明白，虽然我不是太喜欢你的做法。你是对的，其他人怎么想可以不用去管直到……直到我们有机会在一起。”我说。

“坦白讲，我不是太相信，在我还没与你见面之前，你能把这个佩饰的含义搞清楚。”

“尼克已经告诉过我了。”

“当然咯。”他的语气听上去很平和，似乎一点都没有火药味。

“难道你对他不生气吗？”

“没啊。”他回答，“事实上我恨不得跟他换个至少一天或两天。”

这让我有些惊讶。“为什么？”

“他可以和你在一起好多时间。他比其他人更加了解你。你跟他讲过的事情一定比我多。”

听上去似乎米卡尔有点吃醋。真是好好玩。尼克是个中性人，因为这个缘故整个学校的同学都把他给遗弃掉，除了我喜欢和他在一起。米卡尔，这个镇上的高富帅，竟然会吃起尼克的醋。

我拼命忍住我的笑。等尼克比较严肃的时候我再告诉他这事。

“妍妮今天没来参加考试。”我说。

“一点都不奇怪。我昨天告诉她我想怎样，她不可能开心。”

我做了个鬼脸，没办法，我还是对她很讨厌。“她怎么说？”

“也就那样。我是她遇见的世上最可恨的人。她永远会恨我并且希望我痛苦地死去。等我对你厌倦了，我不用去找她。你想象得出，她很会喊叫。”

“我很抱歉。”我说。

“别。”

我沉默了一会儿。“你是否确定，那个——”

“是的。你别再多虑了。”

我真的不应该再胡思乱想。

“妍妮真的会对我做些什么吗，如果你不给我这条项链的话？你们狼人之间是一直用暴力来解决问题的吗？”

米卡尔的身躯颤抖了一下接着又颤抖了一下，过了一会儿我才恍然大悟，他在暗自偷笑。我不知道他在笑什么，直到他告诉我：“你用书砸了她的脸。”

的确。

他摸着我的头发。我闭上眼睛呼吸着冬天新鲜的空气里充满着的他的味道。森林，大地，香料，天空。好清爽的味道。

“明天你得来我家参加晚宴。”他简直是一下子从头到脚给我浇了一盆冷水。

“什么？为什么？”

“父亲想见你。”他说。我是听到我自己的，还是他的，非常害怕的声音？

“好吧。”我说。我想不出什么其他能说的。“好吧。”

“不用害怕，不会有事的。我妈人不错的。”——“但是我父亲就不是了。”我想是这样接下去讲。

“这里面是不是存在着什么古代意义背景？”

“没有。我们只是吃个饭然后聊一聊。”

我感觉吃饭和聊天已经够有挑战性的了。

“这是你父亲的意思？”

“算是吧，”他说，“他是想看看，是什么能让我抛弃一切他所教诲过的。妈妈建议也许可以为你准备一些合适的菜肴。”

我们俩人沉默了许久。

“她做的菜很不错的。”米卡尔说。我能感觉得到他是想让我放松一点，我很感激他的好意。

我摸着他的脸颊。“你是否告诉过她，我不吃肉？”我问。我简直能想象得到，晚餐将会变得多么滑稽，如果我第一句就说道，我不能吃那些为我准备的菜肴。

“说过。她说她知道有个很好的蔬菜千层饼食谱。”

我微微地笑了一下。真好，还是有人希望试试看的，但是我担心这是不够的。

米卡尔往我脸上亲了亲。有种奇怪的感觉占据了我，过了段时间我才反应过来：米卡尔现在是我的，不再是妍妮的或是其他人的。正如我向自己说过的那样，只不过现在听起来才是真的。现在我才感觉到，我没有把头转错地方，让米卡尔好好地吻我。

他真的是这么做了。他拨开了我脸上凌乱的头发，我闭上了眼睛。他吻我的方式就像是他从没吻过我那样。就像是我们有着足够的时间：慢慢地长长地。此时，我不记得，什么会是很困难的。我不再记得，为什么我需要担心。

世上有些事是那么的简单。

第十二章

米卡尔五点半会来接我。四点钟我开始准备。我洗了个澡，仔细地把头发洗干净，还用了平常不常用的沐浴露。我把头发吹得很蓬松，披在肩上。我选了五套合适今天穿的衣服，最后决定穿小外套＋中裙＋打底裤搭配的组合。我戴上了多层式手链和两个不同大小的梦罟耳环。项链我不用再去考虑，我戴上了米卡尔送我的狼牙项链。我从没这么仔细地给自己化了妆。我知道，我的眼线画得成功不成功，显然与是否承认我是下一任首领的女朋友丝毫没有一点关联，但总之，画它能让我感到快乐。就像妈妈曾经说的那样：永远不要低估打扮对提高自信心的效果。

当我打开车门时我更加感到高兴，因为米卡尔用赞美的目光看着我。从大门到车上只需走几米远，我没把大衣给穿在身上，所以他看到了我身上穿着的整套衣服的样子。

“你好美。”

我向他露出了开心的笑容。

几分钟以后，我们将要到达萨里家时，米卡尔对我说：“不需要太紧张。狼会闻到害怕的味道。”

他忘了和我说，那也是真的不值得在狼的面前展现的，尤其是，如果对方会是首领的话。总而言之，我知道就行了。

“你尽量不要正视我父亲的眼睛。你也许知道，盯着他看意味着狼之间的挑战，而且是很不礼貌的举动。”

“你会觉得困扰吗，我一直盯着你的眼睛看？”

他想了一下。“我得承认，刚开始的时候感觉是有些不大自在。你可别想错了，我其实很喜欢你这样。大家都一直小心翼翼地对我——甚至连我最好的朋友也是。你没有那样，真的很够味。”

我看着窗外装作没听到，要不然他会到看我在傻笑。

萨里家的房子比上次我来时感觉更大了些。我猜这应该是由于积雪的关系；现在这个时段正是房子和景色最融洽的时候，分不清哪个是哪个的轮廓。

我们爬上了楼梯然后进入室内。当米卡尔的母亲走到门厅时，我还在努力平复自己急速的心跳。克里斯汀娜·萨里是位美丽的女士。她留着长长的金发，身材非常健美。她看上去顶多三十来岁。令我感到惊讶的是，她的样子……能给人留下非常深刻的印象。女强人的感觉。我原先期待的是那种前芬兰小姐或是全职太太的样子，而她第一眼让人感觉是很精干。她长得很平易近人，但是我能肯定，她的意志力很坚强。她温柔地微笑着并非常有礼貌，但这点丝毫没减弱她具有权威的气质。

“莱依莎，欢迎。晚餐已经准备好了，我们直接上桌吧。”

我们站在饭厅的门前。八人长方形的餐桌的远处坐着三个人。我的注意力立马集中在了坐在最顶端位子的男人身上。他抬起头看向我们，我深深地倒吸一口气。

如果用温文尔雅来形容米卡尔的母亲的话，那他的父亲则是不折不扣截然相反的样子。毋庸置疑，丹尼尔·萨里是我从没见到过的可怕的男人，就别提上次看到他站在窗户那时候小插曲的感觉了。

丹尼尔从椅子上站了起来，我发现他和米卡尔一样高，但肩膀更宽一些。他的下颌角也宽，米卡尔的脸形轮廓分明、线条柔和，而他的脸形轮廓粗犷、棱角分明，就像是雕刻师忘了给他的作品磨平了。我一直喜欢米卡尔黑棕色的头发和蓝色的眼睛的组合，但是丹尼尔的对比反差有些大。他的头发是纯黑的——就像我看到过的亚洲人的黑色头发。他的眼睛是淡水蓝色的，若不是在场的这位先生是狼族首领，我会以为他戴了隐形眼镜。他的目光敏锐而犀利，没有米卡尔的事先提醒我也会尽可能地避免与它接触。

“奥亚小姐。”他用非常低沉的声音说，我不知道他这样称呼我是开玩笑呢还是真的需要在谈话中使用如此正式的尊称。

“你好。”我说。我的声音听上去像个害羞的七岁小女孩。我快速地看了看另外两位客人，我才发现，坐在丹尼尔左边的男人就是我和米卡尔在滑雪度假区遇见的留着厚厚胡子的马尔蒂，他的旁边坐着的是他的妻子里特娃。她的头发是红棕色的，好像很久以前做过了鬈发。她发黄的牙齿应该是长期喝咖啡或抽烟造成的，我不禁纳闷，狼人的鼻子是如何接受她嘴巴的味道的。

克里斯汀娜手上捧着千层饼的烤盘走进了房间，她把烤盘放在了桌上。米卡尔先让我坐在了他的左边，然后他坐在了他母亲的旁边。如果米卡尔的姿态是想安抚我的话，那它一点没起作用。我感觉大家都在盯着我看，虽然他们手上都在做其他的动作。

丹尼尔是最后一个坐下来的。克里斯汀娜把色拉盘传给了她的丈夫，同时往他的酒杯里倒酒。接着酒瓶放在了桌子的另一端，马尔蒂和他的妻子谈论这是一瓶什么酒和他们以前是否品尝过该酒，而我尽量让自己加入闲聊的行列中。马尔蒂把酒瓶递给了帮我和克里斯汀娜倒酒的米卡尔，我们快速地看了一下彼此，从他的眼神我能马上感觉到，他很忧虑。如果是我们单独两个人的话，我或许会对他保证，不管发生什么事情我都不会匆匆离开，但是这一定是个谎言。

我试着让自己变得精神抖擞。这只是一顿晚宴，不是在被警察询问犯罪前科。我只需要保持微笑和礼貌，这样就不会有谁对我有意见。我可以做到的。而且，我又没有做错什么事情。没有。

但是为什么我会感到内心不安呢?

刚开始我还比较能适应。大家都关注着吃的和喝的，谈论的话题也是围绕着菜肴。

“这道菜里面放了什么？”里特娃品尝着千层饼问。

“番茄、罗勒、起司。”克里斯汀娜把千层饼里的馅料一一报了出来。

里特娃的眉毛扬了起来。“没有肉吗？”

“莱依莎是吃素的。”克里斯汀娜解释。

里特娃的目光转向了我。不会又是那种谈论吧。

“真的吗？”

“是的。”我尽我所能礼貌地说。

“可怜的姑娘，不吃肉你怎么活啊？难道对你的身体没有影响吗？”

“也许对狼应该有影响。”我心想着。

“我活得很好，谢谢。同样的食物营养可以从素食中提取。有时你可能会需要花更多的时间去寻找同样营养的素食，除此之外，我看不出荤食和素食之间的任何差别。”

“你怎么会让自己变成个素食者的呢？”克里斯汀娜问。

“这不是我刻意的决定。我妈妈是素食者，所以我也从没吃过肉。我从没对它感到过遗憾。”我看着马尔蒂和里特娃的目光说，“素食有很多好处。像伦理那样健康。”

我或许不应该和食肉的狼人讲什么道德之风，但是我管不住自己的嘴巴。

丹尼尔看着我思索着什么。“你妈妈是个素食者？有意思。”

“你认识她吗？”在我还没发现我在和谁说话之前我问。然而他看起来没有感到反感。

“当然认识。”他说，“那时我已经是首领了，首领的工作就是认识镇里全部的人。”

“米卡尔告诉我，你们住在卡里奥区。”克里斯汀娜说。

“是的。”

“那里有很多吸引人的小店和咖啡店，”她说，“我非常喜欢——”

“你应该现在把那个房子卖了，目前房价正是高峰的时候。”丹尼尔把话打断了。他的目光始终没有离开过我，就像他根本没听到他的妻子在说话。

我看了看克里斯汀娜。我等待着她说些什么或是有什么她不能容忍她的话被毫不客气地打断的表示。然而她没有做什么。那时我发现她的表情，她在冷笑——好像她已经经历过这种情况无数次了，这对她感觉已经是笑话了。接着那个笑容马上不见了，而代替它的是带着礼貌的面具。

我把注意力转向丹尼尔和他的话题。那个，他知道我家的房子目前租出去的事情，一点都没让我惊讶。那个，他在问都没问过我的情况下直接给我金融咨询。我试着学克里斯汀娜的模样竭力掩盖厌烦的表情。

“感谢您的建议，但是目前为止我还不会把它卖掉。”我说，“那个房子对我很重要，我还希望有朝一日能搬回那里。”

“你妈妈在赫尔辛基有房子？”里特娃用惊讶的口气说，“她不是什么艺术家吗？她哪有这么多的钱？”她说“艺术家”的口气，听上去好像妈妈是个街头卖艺的艺人。

“她是平面设计师。”我说，“我们家的房子她借了好多贷款。有时我们的手头会很紧。好在她读书时已经找到了个稳定的好工作。”

丹尼尔笑开了，这告诉了我，从他那里可以知道我妈妈的事情。期盼的机会在我脑海中想起。我试着准备好，我得让他信任我，但是万一他讨厌我妈妈的话，那我就没有任何机会了。

大家都沉默了许久，有些看着自己的盘子，有些呷着酒或水。我有种不祥的预感接下来将会发生什么。我的脑袋在不停地旋转，形成不了任何完整的想法。

直到最后，米卡尔的父亲看了一遍所有在场的人。“是时候继续昨天我和米卡尔的谈论了。”

我坐立不安地动了一下椅子。我不敢往米卡尔那里看。他不自然地坐在那里已经超过一刻钟，而且连句话都不讲，我确信，这不会是什么好兆头。

“我让马尔蒂今天来是因为这事也关系到整个狼族。他作为证人来证明我们今天所约定的事情以及确定此事将会让其他的狼人都知道。”

他转向我的方向，我发现我正直视他的眼睛，我连忙把眼睛往下看。

“你知道那个佩饰是什么含义吗？”

“我知道。”

“你知道你对它的责任是什么吗？”

我吞了口唾液。米卡尔没有说过什么责任的事情。也许他根本就不知道。也许他不想告诉我，因为害怕我不会答应他的。我好想现在转身看他的表情，但是这等于是让其他人知道我懵懂不明。我确信，这样做对我们不是一件好事。

我想起米卡尔他对我说过的话：“我很抱歉，这是唯一的办法。”我现在能做的只有相信他。

我发觉我正在摸着那个佩饰，我立马把手松开。

为了米卡尔我可以做任何事情，我提醒我自己。任何事情。想法给了我力量让我重新勇敢地振作了起来。

不能对狼人说谎。所以我必须实话实说，回答那种问题。我向自己问：“你愿不愿意当米卡尔的女朋友？”

“知道。”我大声说。

丹尼尔笑了。“为了你好，我希望你是真的知道。”

“我知道。”我重复了一遍我对米卡尔的想法。

“接受了这个佩饰也就是你签下了契约。你想反悔是不可能的。除非我可以终止这个契约。”

我点了点头。

“这是对你的巨大的荣誉。现在很多人已经不再想这样子了，但是我希望，你会理解它。生出首领的孩子是多么大的荣誉。”

我的脑子顿时一片空白。真不错，由于神经冲动传导过程变慢的关系导致我中枢神经系统反应失常，最后当我把他的话终于听进去时，没能跳起来喊：“什么？！”

我的恢复功能还没来得及跟上，丹尼尔已经讲到下一个问题了。

“你也知道，我有权决定狼族的事情。如果我说，你们不能和对方见面，你们除了服从之外别无选择。”

“我不是狼族的人。”我小声地说。而且我真的不想加入狼族。

“你不是，但你也包括在内。这让你的地位变得很有意思。”

我的地位变得很有意思。

“涅米家的事需要安排一下。你们俩人让他们家的情况变得很难堪。他们企图用尽全力不让米卡尔成为下一任首领。”

涅米家也就是妍妮家。我看了一眼米卡尔。他面无表情地坐着，但是我发现他在紧紧地咬牙根。

“如果你能承诺契约，为了你们不管怎样我会舍弃我和我的家人的地位。”

我的胃一阵抽搐。

“另外的一个条件是，在还没把涅米家的事情解决之前你们不得见面。妍妮会得到应有的尊重对待，并不会在公众面前丢面子。你们朝思暮想着一起出现在公众之前，妍妮和米卡尔的分手必须是明确的和众所周知的。你懂吗？”

我点了点头。

马尔蒂清了清嗓子。我畏缩了一下。他一直保持沉默，我几乎忘了他的存在。“我可以代替你们与涅米家和解此事，”他说，“我相信，他们更加愿意听我讲，而不是你们家里的任何人。米娅可以让妍妮保持低姿态。我们不想让她发起任何攻击。”

我才明白过来，原来马尔蒂是米娅的父亲。米娅属于那个我和尼克叫作妍妮女仆的群体。

丹尼尔点了点头。“此事的解决方式目前告一段落。一旦我听到你们两人违规的话，你们可以确定，我的默许将很快结束。”他做了一个类似皇室成员通知下属的手势，今天的谈话已经结束，我们最好立刻离开现场。

我们也就这样做了。

***

回程的路上我们都沉默着。我看着车窗外。我只看到我的面前是逐渐变暗的紫色，这明显意味着，我被打击到的神经开始要发泄。我不知道应该憎恨谁，丹尼尔、米卡尔还是我的命运。也许最好的是不要区分开来。

米卡尔一句话都不跟我说，我希望这样，因为他也受到了很大的刺激。

“这事有可能是更糟糕的。”我最后开了口，“你真的应该提到我会被什么牵制。我喜欢你和你的一切，但是我还没准备好这方面的事情。”

“我发誓，我不知道。父亲从没跟我讲过这些。”他的声音听起来很激动，这让我轻松了一些，我叹了口气。我真的不知道，我会做什么，如果那时我发现是他给我下的套的话。我的谅解能力不是永无止境的。

“那，什么是你知道的？”我问。

“那些，我曾经告诉过你的。佩饰是意味着你是我的，谁都不会对你做什么。我真的不知道，我们必须得……生育。”他停顿了一下，“虽然事后想想它也有道理。”

我盯着他看。我没发现这个情况有任何道理。

米卡尔叹了口气。“是啊，你真的不知道那些。”

“什么？”

他瞥了我一眼。“狼女是不能生育的。她们可以怀孕，但是一旦变身，就会流产。而我们必须至少每个月变身一次……”他的声音变小了。

我发现，有个问题是我以前就应该问的。

“狼人是如何产生的？”

“遗传基因，”他回答，“或是，有可能是某种基因。我只知道，只要狼人让人类女人怀孕，小孩就会是狼人。”

“这是唯一的办法吗？”

他耸耸肩。“这是我们唯一知道的办法。曾经有过一种传说，有些人类成功地变成狼人，在是狼的样子时做了很多可怕的事情，但是这从没有被证实过。”

“也就是说，你的母亲不是真正的那个……你的妈妈？”

“克里斯汀娜比任何人都更像我的妈妈。”米卡尔说，“我很幸运，我父亲能有个他一生的伴侣。而我有个能称作妈妈的人。很多是没有的。”

接着我们又开始沉默了。

我想起了丹尼尔，我试着想象米卡尔的童年是怎样的。丹尼尔抱着米卡尔或教他如何使用滑雪升降机。我只是看不到那些。克里斯汀娜抚养着她丈夫和另外一个女人的孩子……这不是什么容易的事。

我从没嫉妒过米卡尔的地位，但是自从我见过他父母后我对他有了新的认识。他是个好小孩。好吧。不，这听上去还不是太准确。应该是：出色的。是的，这个听上去好多了。出色而且稳重。他的家庭环境是他父亲创造的，而他如何做人，是靠他自己。

我不知道，我是用什么样的表情看着他导致他会问我：“怎么啦？”

“没什么。”我微笑着看着他扬起的眉毛。

“你真的以为我是在欺骗你吗？”

“没有。大概。或是我没想到你这么快就想继承你爸爸的位子。”

“我还没梦想成为那种样子。”

“现在我不敢梦想任何什么。”我承认。

米卡尔难以解释地看了我一眼。他没说什么。

我们俩个都呆呆地看着前方。没有任何一辆车开过来，也没有任何车开在我们的后面。看着黑暗里的树林，感觉狭窄的车道变得极为宽广，道路与天空连接在了一起。我一直都没完全习惯，小镇突然间会变得那么的空旷和压抑，简直和赫尔辛基的感觉完全两样。肾上腺素的作用开始让我疲乏，清除了我全部的思维。逐渐地我意识到，事实是，我和米卡尔的情况没像预先想的那样很快解决。我的某种乐观的部分一直在不停地希望晚餐以后我们会开始像普通恋人那样生活，一起约会，一起肩靠着肩坐在沙发上。现在这愿望变得又像几千公里以外地遥远。

“我觉得我们不会有事的。”米卡尔说，“父亲不是傻瓜。契约不是意味着明天马上生效。等我当上狼族首领的时候，我可以取消他一切的决定。你不需要做任何你不想做的事情。”

我叹了口气。“也许吧。但是我们还不能正式地交往，而且这个谈话实在太早了。”

“我知道，但是——”

“我们可不可以今天不再谈这事了？我真的不太希望再去想这整个事情。也许再过段时间吧，但不是现在。”

他同意我的想法。“我们聊点别的。你打算要什么圣诞礼物？”

我耸耸肩。“不知道。我还没想过。离圣诞节还有好几个星期呢。”

“大概吧，但是我们家会按照传统的方式提早到拉普兰（芬兰的北部，圣诞老人的故乡，冬天的童话般的度假胜地）过圣诞节。我希望在这之前给你礼物。”

“哦，这样。”我不知道我是应该失望还是轻松。我当然很想和米卡尔在一起的时间越多越好，但是另外一方面也可能是件好事，我能有些‘无萨里家’的休假日。只要我们之间分开了几百公里，我就不需要一直担心遇见丹尼尔，也不用为了限制令而烦恼。

限制令。它是多么接近现实，让我必须摇晃一下脑袋。

我试着集中精神撇开烦恼想些什么是我前些日子想要的，但是我想不出来。我从没特别针对某样东西很追求。我一直是喜欢自己做礼物，那些自己花了时间做的礼物。

我想到了我想要什么礼物了。很，很想要的。

“你说过你认识个可以文文身的人。”我说，“他是否给好多其他人弄过？”

“米科文过的文身数量可比这个镇子的人还要多。”他笑着回答，“你问这个为什么？”我还没来得及回答，他已经知道答案了。

“不行。绝对不行。”

“为什么？”

“为什么你会想去破坏你完美的皮肤？”

“他的技术应该不是很烂，你已经让他在你的身上涂上了黑色的墨汁。而且再过几个月我就满十八岁了。那时我可以给我的皮肤上做任何我想要的，如果你觉得你很为难，那我可以自己去。”

没有回答。

“求你啦！”我向他不停地眨巴眼睛。

“这法子没用的。”他叹了口气，“你要任何东西我都可以给你，但是文身坚决不行。”

我竭力让自己看起来很受伤的样子。“那样的话，你自己想，你要给我什么礼物。”

“这不公平。”

“公平得很。”说完，我们已经到了亚斯卡房子的院子里。我打开车门走了出去。然后我弯下腰向他做个鬼脸。“不公平的是，我得保持让你爸爸听不到任何让他发急的事情。”我停顿了一下，然后又说，“就是发生了没有发生的事情。”

我关上车门，向他做了个飞吻。然后转身往前门走去，我深知他会目送我。我挺胸昂头，把腰往左扭一下然后往右扭一下。让他在睡觉之前还记得我。

***

星期一上完课我决定去见康斯坦丁。今天在学校里的时间比较长，当我出了校门往狼廷方向走时，发现天已经变黑。我得承认，我决定去见一个不是狼人的生物对我的健康没太大影响。我需要和一个不受丹尼尔管制的人一起消磨时间。我在学校被当作是狼族的眼中钉的程度，要比我轻描淡写地告诉米卡尔的要严重得多，虽然我也很信任尼克，但我也不会告诉他一切。已经有好多事够他忙的了。另外我还担心的是，他始终不相信米卡尔是认真的。

在我去旅馆之前，我去了一趟学校的保健室。从那里我拿到了人生中第一次的避孕药。

康斯坦丁没有感到惊讶我会去见他。他也没问，为什么我不早点来或为什么现在才来。他只是打了电话给服务处让谁替代他的位子，接着他带我去了上次去过的办公室。

他说，我们首先需要研究一下那时的状况。实践中意味着他要进入我的大脑看一看能找到些什么。

“这一点都不疼，最多感觉有些不舒服。我尽量让你没什么感觉。虽然我不是什么医生，但你需要相信我。谁都不能知道，这里在做什么事情。”

我同意了。我永远不会同意让丹尼尔或其他镇里的年长的狼人来做这同样的事情，康斯坦比他们任何一个都尊重我。他没有把我当成什么工具。他也没有把我当成他的事物，这是让我能同意继续下去的原因。

我闭上了眼睛试着完全放松，可以让康斯坦丁寻找我大脑里最深层次的道路。我先是感到太阳穴和额头有些肿胀，其他地方我没感觉到有什么特别。他的行动不是持续很久，几秒钟以后康斯坦在拍我的手。

“你的感官某处是空白的。”他说，“我不是指什么生活内容空白。你目前缺少一种平衡你和你的能力的东西。我相信，你昏厥是由于那个的关系。”

我眨了眨眼。这听上去好怪异，我想了一下我有可能会明白他在说些什么。空白。一个无色的地方，那里塞满了一切不可以简单地去想的事情。

或许那该是一块成为一名艺术家要求的区域。空白的格子，可以花一生的时间来涂色，而且仍然会有某个角落被遗忘掉。

但是如果没有被遗忘呢？如果是……全部已经涂满了呢？

“你的能力会是什么，它们依然是些我从没见过的谜。一般情况下，我能够相当准确地定位到超能力的区域。而你的那里它们似乎和一切有着关联或是和什么都没关联。很有可能的是，你一直在你没有意识到的情况下使用着你的力量。”

我点了点头。

“我认为，你昏厥的原因是你还不会控制你身躯里的力量。它爆发得太快。如果情况能平息下来，我们也许可以研究，哪些能力是你会的。现在它还是太危险了。”

我立马又想起了我灵魂出窍的时候。我不想再一次尝试那种感觉。我不想让自己猜测我是否能够回到我的身躯里面。我依然不能忘记那个我被控制了的感觉；感觉到，那些是真实的。

我不能忘记我看到过的男孩；噘嘴和卷曲的头发。我不能停止好奇，他是谁，他是真的吗？

我突然想到：我必须再见他一次。

“告诉我关于你的父母。”康斯坦丁忽然对我说。我疑惑地看着他。

“这些能力的事情几乎一直是遗传的。”他解释，“我知道你妈妈过世了，而且你有些搞不清楚她的过去。”

“你在这里工作多久了？”轮到我问了。

“七年了。怎么啦？”

“我妈妈以前住在这里。你认识亚斯卡吗？”康斯坦丁点了点头。

“他是我舅舅。在他今年还没和我联系把我接到这里住之前，我从来不知道有个舅舅。”

康斯坦丁第一次惊讶到了。“你妈妈是狼人？但这应该不可能。”

“她不是狼人。”

“这样的话，她应该不会是亚斯卡的亲生妹妹。我确定亚斯卡是狼人，狼人只会有狼孩。”

我知道，我应该提前想到这事。我当然有段时间非常矛盾，我妈妈和她的兄弟是不同类型的，但是由于好多附加的事情出现导致我没有继续调查下去。

“也许他们是同母异父。”这应该是最确切的解释。继兄在很多家庭里等于是亲哥哥。

康斯坦丁摇了摇头。“这在这个镇里是不可能的。家庭的组成是围绕着父亲。只有女人在换。”

“也许我妈妈是抱来的。”

“这当然有可能，但是狼人是骄傲的群体。他们除了被迫之外，是不会和人类有任何关系的，我不能想象有哪个狼人会同意抚养人类的小孩。”

显然我还有好多调查工作需要做。

我知道，很有可能我只能从一个人的身上得到答案，这个想法感觉没有一点鼓舞力。

“那你爸爸呢？”

我摇了摇头。“我不知道他任何事情。妈妈在哪个南方的旅游景点搞了一夜情，然后就有了我。我妈妈连那个男的叫什么都不记得了。”

“你相信吗？”

我想起了安妮说过的话。感觉那个好像是好久的事情。然而那时我已经开始怀疑妈妈的故事了，而且最近的那些事情的曝光，我开始相信，故事根本不是偏执。

“以前我没有任何理由不相信，”我说，“现在我不知道了。”

剩下来的时间康斯坦丁教我一种关闭外界对我思想的干扰的放松方法。它竟然出奇地难学，康斯坦丁把它作为我的附加的家庭作业。

“如果你不能集中你的精神，你永远都不会控制你的能力。如果你不学会放松，你也不会集中精神。我确信，一部分的干扰是来自你曾经有过的压力。如果你像现在这样紧张，有很大可能你会再昏厥。”

我一边走回家一边在想，医院的护士应该是对的。她只是不知道，我不完全是个人类，我的昏厥是由于我不能控制我身躯里的神秘超自然能力而导致神奇的爆发。

这同时我想到，万一我什么时候能控制我的能力了呢？“那不就成了女超人莱依莎·奥亚，被征服的狼人们的最后希望？”想象着自己是位忍者装备的女侠，隐藏在暗处追踪着不知情的丹尼尔·萨里，这使我在整条回程的路上开怀地大笑。

第十三章

圣诞节之前，斯维特拉娜老师、尼克和我一起第一次开了一个美术毕业论文探讨会。当尼克通知大家，他将把我庆祝会上穿的礼服作为毕业作品的时候，我有些惊讶。他红着脸羞涩地告诉大家，他如何想到采用各种的回收布料符合今年作业的要求。我觉得这是一个非常好的主意。裙子是用旧货市场里老奶奶的窗帘做成的，我一点都不在意。恰恰相反，这样最好不过。回收能省钱啊。最后我给他的唯一要求是：衣服合身以及符合我的外貌。

我的作品会是什么，它还缺乏一些实践性的计划。总而言之，到目前为止，我已经逐渐开始有了灵感，我会往那个方向去考虑它。

圣诞之前的一个周六，我和尼克一起去了卡亚尼市购物。我大体知道我会给大家——还给自己买什么礼物，其实我在学校里把围巾给弄丢了，我需要尽快为自己买一条新的。在第一家商店里我马上找到了一条不错的蕾丝花边绒线围巾，我问尼克好看吗，他竖起了大拇指，我就把围巾买下了。唯一感到头痛的是，不知道应该给米卡尔买什么好。他是那种什么都有的让人气恼的家伙。买给他什么我感觉都是浪费，因为他有足够的钱能买到比我送他的多几百倍的同样类型的东西。最终我决定只买一本用稻草纸做的笔记簿和一些书写工具。回到家中我开始制作漫画，到了晚上，我已经完成了它的草稿。漫画的名字叫《莱依莎和狼人》。故事讲述一个叫莱依莎的女孩在可怕的小镇里迷失了方向，她很悲伤，直到在森林里遇见了一匹很乖的狼。我在笔记簿上写了很有说服力的前言：该故事中描述的人物和事件纯属虚构，如有雷同实属巧合。第二天，我把完成的漫画放进了信封寄了出去。丹尼尔没有任何理由认为我和米卡尔在秘密约会。

平安夜的前夕我和康斯坦又一次见面。我坚持不懈地练习了那个难搞的放松课题作业，感觉似乎取得了一些进展，可是噩梦依然继续，康斯坦丁对此很不安。我们企图在我那些发生过的事情之间寻找某种联系也以失败告终。我试着去想那些隐隐约约、模糊不清的往事，不过我看到的大多是些与现实无法关联的事情。这毫无道理。若我仅仅能看到某些确切的事件，我们或许可以判断问题出在哪里。现在我们只能尽力把能知道的事情拼凑在一起，虽然还不知道那些是否有用。

“有意义吗？这没有任何用处、只是把我的精力耗尽的能力！”我不满地抱怨着，而且已经不止一次了。

“相信我，你的能力一定是有些用处的。人类的进化把它保存得很好。世上没有不能用的能力。我们只是对它还不够了解。”

我对他的进化论一点把握都没有，而且我听得耳朵都快长茧子了。我发出了心灰意冷的丧气声。

“坚持，莱依莎，要有忍耐心。记住我的话，我们一定会揭开这能力的神秘面纱。”

康斯坦丁真能忍受我的吐槽，我觉着他讲的怎么听上去和侦探小说里的一样？

“你确定，我们没有用错战略方式？”我问，“干脆重新到我大脑里完完全全扫一遍算了，看看究竟里面是在干什么？这样就能更进一步地了解我的能力是什么。”

“我们当然可以这样做，不过我首先考虑到的是你得安全地活着并且神志比较正常。”他沉着地说，“目前你的身体状况还很弱，我担心你支撑不住。另外我们还不知道在你的人类肉体里会受到怎样的破坏。”

“破坏？”

康斯坦丁露出了一抹凄凉的微笑。“各种的能力都会做出对它们拥有者身体的抵抗反应——当它们生长到一定的程度时，至少那时不再会低抗。目前为止你的能力只是让你看到了一些事情并且损伤了你，但这不意味着，接下来它对你不会产生其他影响。”

我勉强同意他的看法。我瞄了一眼时间，是时候该回家了。走到门前我才想起有什么忘了做的。

我从包里拿出一个小礼物盒，转身递给了康斯坦丁。他显得茫然不知所措，我偷偷地笑开了。

“别怕，这东西不会咬你。”我说，“圣诞节快乐。”

“这是什么？”他一脸迷茫地问。

“圣诞节礼物。”我回答，“这么说吧，感谢你能受得了我的急脾气。希望你喜欢我的礼物。”

事实上，我敢肯定，他应该不太喜欢我的礼物，就算是给他开个小玩笑吧。我想象不出，康斯坦听着《吸血鬼周末》乐队的音乐是什么表情，但是我希望这个乐队名字至少能让他觉得好玩。最终他接受了那个礼盒。他盯着礼盒看了许久之后才抬起头用哽咽的声音说：“谢谢。”从他的表情上来判断，他应该从没收到过圣诞礼物。

***

平安夜的当天，我心想，终于有机会能够从亚斯卡的口中得到一些关于妈妈的事情了。我的计划是直接切入主题，然而，我一直没能找到合适的时机。早上，我们只是看了看电视节目、吃了吃安妮奶奶送来的圣诞面包和糕点、读了读垃圾小说和玩了玩数独和猜字游戏。时间在嘀嗒嘀嗒地流失，我变得烦躁不安。即使我们沉默地吃着微波炉转热的圣诞焙盘菜，亚斯卡忽然想起他忘买了计划好的三文鱼，也丝毫没缓解我对他想提出问题的紧张压力。

“你想学习如何射击吗？”亚斯卡突然问。如果他问我，你想不想跳楼，我看起来大概会同样惊愕。

“那个，我一般都会在圣诞的时候打猎。”他尴尬地说，“你不用射杀什么活的动物，我只是想，也许你可以试试……”

我对射击从来没有感兴趣过。这是世上最不能理解的事情之一。按照平常的话，我会立马拒绝。

但这次我没那么做。“好啊，应该蛮有趣的。”

我们来到了后门。后门的右边有个小仓库，里面放着亚斯卡的猎枪。他考虑了一会儿，然后非常详细地向我介绍了那个仓库和猎枪，然而我留意的只是那把猎枪，一把来福步枪。他给我示范了如何装上子弹。当我听到子弹上膛的“咔嚓”声时，胃部不断地在抽搐。

外面的天已经黑了（芬兰冬天天暗得比较早，下午一点以后变暗），但亚斯卡的视觉一点都没像我那样被严重地影响到。还好他给了我一个手电筒。我站在门旁边，看着他轻松地踩着厚厚的积雪走到院子远处，在最粗的树干的高处钉上了一样东西。等他回到我这里的时候，我用手电筒照了照，那个东西是张画着鹿的靶纸。

“我得向它射击吗？”我怀疑地问。

“是的。”

“那棵树会不会被我射死啊？”

亚斯卡摇了摇头。“那棵树已经腐烂干枯了。等到明年春天我会把它砍掉的。”

这丝毫没让我得到慰藉。我还想问，一旦我射偏了怎么办，子弹会不会飞到别处有人的地方？但是我意识到，这是不可能的。没有谁住在我们的附近。而且如果树林里有某种东西在动的话，亚斯卡能立马发觉。

我深深地吸了一口气，站在了亚斯卡的旁边。他又开始继续讲课。

“这只是一些很普通的打猎用的子弹。我还有些银弹，只用来……那个，对付狼人的。银对我们来说是一种病毒。普通的子弹阻止不了狼人，但是银弹可以。你最好知道一下：一旦狼人狼的部分占领了全部人的部分，那就无法挽回，必须把它除掉。那时不用迟疑，直接开枪。”

我不敢问，必要时他是否准许射死他自己。总而言之，我接受它为信任的表示。

他示范了正确的拿枪姿势和对准目标的方式。我没提起，若没有手电筒的帮助，我甚至不知道应该往哪里射击。

最后一个提示以后我戴上了耳罩。在我还没考虑在自家院子里射击是否合法之前，我已经明白到，这不用我去担心。几百公里以内根本不会有警察来找你麻烦。狼人可以悠闲地做他们想做的事情，这次也包括我在内。

亚斯卡用手电筒指向那只鹿的图画。我试着抹掉我在射杀某种动物的情绪，集中精神盯着看靶纸上鹿以外的靶环。盯住环，不是鹿。环，不是鹿。

我扣动了扳机。

步枪往后震了一下，不过我对它有所准备。几秒过后我听到了自己的脉搏声在“扑通扑通”地响，然后我放下手里的枪。我摘下头上的耳罩时，听到亚斯卡的声音在说：

“你很有天赋。就像你妈妈那样。”

“我打中了？”我小心翼翼地问。

“是的。你看到那个洞了没有？在靶环的正中心。”

我厌恶地在心里面呸了一声。

我把枪递给了亚斯卡。用裤子擦了擦我的手。

“这次的圣诞节无疑和跟妈妈在一起的时候不同。”我嘀咕。

亚斯卡一声不吭。我顿时以为我说错话了，不该提到妈妈的，但是接着他用通常的礼貌语调问：“圣诞你们会做什么？”

“我们会打牌。”我回答，“要是有一个电影院还开着的话，我们会去看电影。我们不会特别做什么菜，只会弄些巧克力布朗尼和糕点什么的。有时会去妈妈的朋友那里做客，有一次妈妈请她们来我们家。”

“听上去很不错。”他说。

“是的。”

“妈妈还在这里的时候，你们是怎么样过圣诞节的呢？”我为妈妈的事情问道。

“一般都是过得比较传统。”我看不清他的脸，但是从声音来判断我感到他心怀不安。

“我很难想象妈妈会加入什么传统习俗的队伍中去。”我泰然自若地说。

“是啊，我猜她是搬走以后变了。”

“可安妮奶奶向我描述我妈妈的样子是和我记得的一样：固执、有创造力，还有些疯狂。”

没了声音。

“你们真的是亲戚吗？”

“当然没错。”他生气地说。我从没让他有过相同的情绪反应。

“妈妈从没提到过你。”

亚斯卡深吸了一口气。“你妈妈在许多方面很特别。我们不想让她离开这里，可是她还是自己做主了。”

“但是她不是狼人。”我坚持问。

“是的，她不是。”他的表情告诉了我，事情就这样结束了。

***

回到室内以后我猛然想起应该看看手机。就像我想的那样，我收到了米卡尔的短信。“谢谢你的礼物。”上面写着，“我从没收到过这么棒的礼物。另外，你去一下你家的玩具小屋。”

玩具小屋？好奇心触动着我的脚步。

“我把一只手套忘在院子里了。”我和亚斯卡说了一声，然后溜了出去。

整个小屋被白雪原封不动地盖着。米卡尔应该是在一个星期之前来过这里，因为接下来下了雪。我推开屋门走了进去。我打开了手上的电筒。过了一段时间，我眼睛开始适应屋内的亮度。我扫了一下四周之后顿时浑身颤抖了一下。屋子被打扫得一尘不染，我注意到这里被重新布置过。屋内有一个小桌子和一个凳子，上面放着一些木头做的玩具和布娃娃。窗户上挂上了我从外面永远看不到的手工编织的花边窗帘。

我的注意力集中在了角落里放着的木制摇篮上。我弯着腰走到那里，发现里面放着一个金色的礼盒。我把它塞进了衣服口袋，然后回到了自己的房间。

我先拆开了亚斯卡给的礼物。我提前已经知道这是一本书，因为礼盒的外面印着阿克塞利·高伦－卡莱拉（芬兰著名画家）作品的介绍。我得承认，这是比我期待的要好很多的礼物。高伦－卡莱拉也许不是我最崇拜的偶像，但也是位经典人物。

尼克也忠诚地把他的礼物盒子包得严严实实的，虽然我知道那是什么。前几天我才刚刚试穿过这条连衣裙，它比我期待的更好几百倍。衣服表面看上去只是一条普通的小黑裙，但是它的剪裁神奇地符合我的身材。我不大习惯让自己看起来这么漂亮，但是连衣裙没有给我其他选择余地。它就是一个杰作。

我有意地把米卡尔的礼物留在了最后面。他的礼盒的外包装看上去属于从那种冰箱贴也要卖十欧元以上的商店里买来的。

我的心跳不停地在“扑通扑通”地加速着。我坐在床上，小心翼翼地撕开了包装纸的封胶带，翻开来后，出现在里面的是一个黑色的小小的首饰盒。盒子上贴了一张小字条，写着：每一步。心的图案＋米卡尔。

我打开了盒子。微微颤抖的手拿起了链子。

刚开始我有些对这条链子的长度表示比较怀疑——作为颈链它太短，而作为手链它又太长。接着我意识到了米卡尔字条上的含义。我立马抬起了一只脚，卷起了裤口。我把链子的搭扣扣好以后，双手往后支撑着床欣赏着脚腕上的脚链。

真不可思议，米卡尔超越了我对他的期待。链子上挂着一颗金色的心——不多不少，只有一颗。它非常的简洁而又难以理解地美丽。

我按捺不住内心兴奋的情绪。“呀！”我高兴得像个疯女孩那样尖叫了起来。这不只是表达了因为我收到了贵重的闪闪发光的礼物，也表达了我被它的魅力所打动——我没有很多金匠打造的首饰。更有价值的意义是，现在我有了清晰可见的迹象，米卡尔在我的生命中。不是狼族，只有米卡尔。首饰和我一起走路，在我的皮肤旁，我不时地能够记得我对他的重要性。

而重要，这个词，我从没敢把它联想到我的身上。

***

第二天，圣诞当天的清晨，我被一阵电话铃声吵醒。我还没来得及说“喂”时，手机里已经传出了尼克的声音，他问我他能否立马过来。

“当然可以。”

电话挂了，我飞快地穿上衣服，他很快地到达了我的家，这意味着——他也许已经学会了飞？终于想通要变身了？还是决定马上去旅行？我歪着脑袋猜测着。

“抱歉。”当我把前门打开时，他说。我立刻知道有什么不对劲了，但是我没问。我没觉得我有权利问那些。

“没事。你吃过早饭了吗？”

尼克摇了摇头。我带他进了厨房间，在那里我们一起寻找冰箱里的食物。我喜欢尼克的一件事是，他从不挑剔做作。如果他饿了，他就吃。如果他愿意，他可以从冰箱里翻出亚斯卡吃剩下的圣诞蜜制火腿，往嘴里塞几块糕点，然后咕噜咕噜地喝几口酸奶，而接着他真的是这样做了。一切动作简单明了。

“对了，感谢你给的礼物，那个真是棒极了。”他满嘴塞着东西说。

我给了他《范思哲作品典藏》。书里面介绍了设计师每一年的作品和时尚艺术，我猜尼克会喜欢它的。

“感谢你的裙子。它非常完美无瑕。”

尼克的脸上又恢复了他老牌的笑容，这才让我放松了一下对他的担心。“我们得穿着它去卡亚尼市的夜总会。”

我笑开了。“我不相信，卡亚尼市的夜总会能让我进去。别忘了，我还不是成人呢。”

他摇摇手。“那条裙子可没什么问题。是你太顾虑啦。”

“好啊。那姐就教你一下什么叫青春的遗憾——被夜总会的保安扔出来的滋味。”

接着我们你一句我一句嘻嘻哈哈地捧着一大堆的零食坐在客厅里看马拉松式的连续剧《欲望城市》。亚斯卡头发乱糟糟睡眼惺忪地走了进来，看看我们在干什么，是什么把他吵醒了。我庄严地向他宣布，尼克将会在我们这里住一段时间。他含含糊糊地说了些什么，听上去应该是同意了，接着又回楼上去睡了。

***

尼克在我们这里待到新年。亚斯卡去参加了狼廷举办的新年盛大晚会，而我和尼克只是待在家里。这听起来或许不是最怪诞的庆祝活动，但是我们两个也能纵情狂欢。不久之后，尼克从家里找出了酒精饮料藏品。我想不出什么其他方法能代替尼克以酒消愁，我唯一能帮助他的是，不能让他一个人把全部的酒统统喝光了。

半夜的时候我们两个在后院里点着仙女棒，躺在雪堆里画天使的翅膀。我们哈哈狂笑时我兜里的电话响了起来。

“新年快乐。”米卡尔的声音说，这让我狂笑得更加厉害。

“新年快乐，哈尼。”我回答。

那边顿时沉默许久，接着他问:“你是不是喝高了？”

我的脑袋像刚刚玩过了冰桶挑战，立刻清醒了过来。我感到很内疚。问题不是出自他听上去好像在指责我。不是。而是他听上去非常担心。

“没有啦，只是喝了一点点。”我承认，又试图掩饰，“我和尼克在我家后院里，我们在玩天使的翅膀。烟花放得太烂了，不过天空中的星星好漂亮。我好希望你来这里。”

“是啊，我也希望。”他承认，“不管怎样，你们两个别在雪堆里睡着了。”

“遵命，头儿。”尼克在我旁边喊，“我会保护好你的女人。我可以替你给她个新年之吻。”

“不需要。等我回来我会自己完成，你靠边休息。”

“我好期待。”我说。

“我也是。”

“这是不是太肉麻了点，如果我说，我好想你？”

米卡尔笑开了，他的声音如同天籁，让我闭上了眼睛。“没有，因为我也好想你。”接着他继续，“每时每刻地想，抓狂地想。”

“我以为我才是讲得太肉麻的那个。”我说。

“不会。我说的是真心话。我只是说出了我内心的想法。”

我叹了口气。“我知道。这也就是疯狂之举所在。”

另外一边过了好久没了声音。“听着，我很抱歉，但是我现在必须挂了。我们很快会见面的，我保证。”

“好吧。”我说。我张开嘴想要告诉他，整个电话过程中——整个这些星期内——我一直想说的话，但是我吞了吞唾液把话咽了下去。那就是，我意识到，那些事我一直还没跟他说。事实上我没和任何一个人说过。虽然我不相信他会介意，但是我不想他第一次听到这些事情的时候，是我有着醉意躺在雪坑里的时候。这让人感到非常的不应该。我决定只是说“晚安”，然后挂了电话，离开了那个已经把我脚趾完全冻结的雪坑。

***

两天以后我又和康斯坦丁见面了。他告诉我，他询问了所有的熟人关于我的情况，可是没有人知道或能解释我的能力是什么。他还知道有些人（他没详细区分是人类、吸血鬼还是其他的）也许会知道一些，但是很难与他们取得联系。

“夏天的时候我能碰见他们那些人，但是我不想等这么久。”

“你一般在夏天做什么？”我好奇地问道。我知道，他只在冬天待在狼山镇。

“我会在南半球生活，”他回答，“基本上在阿根廷或智利。那时那里几乎都是极夜，就像北欧的冬天一样，我可以尽情地在外面活动。”

康斯坦在南美。这想法有点奇特。

还是同样的结果，一点进展都没有——睡得依然不好，放松仍然出问题——尚未解决实际的问题。但是，我们没有别的选择，除了继续做下去并希望某时能发生什么。

***

第二天我收到了有趣的短信。根据它的指示，我需要再去一下玩具小屋。米卡尔显然把那个地方当成了藏礼物的好地方——然后，好吧，看看这次从那里可以找到什么。由于是亚斯卡的休息日，我得等候合适的时机。这次从摇篮里没有找到盒子，而是一封信，里面是接下来需要找的地方的提示。这只有一个解释，米卡尔已经回来了。

“行啊，再玩一下藏宝游戏。”我心想着。

这让我感到兴奋。已经三个星期没有看到米卡尔了。如果他打算努力把我们的团聚搞得难以忘怀的话，我随时奉陪。

接下来的指示是礼物藏在树林里面，我得按照信封里的地图来找到它的位置。地图画得不是太详细，我走着走着，真希望自己有像米卡尔那样灵敏的鼻子，那样就能跟随着他留下的气味轻而易举地把东西找到。最后，我终于找到了那棵地图上画的粗壮的赤松，若是我没搞错的话，东西应该就藏在它的周边。可我在它的四周转了将近十圈。然后才突然恍然大悟，原来树干的小洞内塞了一张接下来的指示字条。我翻开字条发觉，接下来我得去尼克那里。

我想先确认一下事情的真伪，所以决定先给他打个电话。

当我问他我能否现在去他那里时，他回答：“来啊，快点。”这样，我立马知道了，他也参与了米卡尔的游戏。

“好吧。”我说，“我知道，你不会向我透露任何底细，但是你得告诉我，我是否需要找些替换的衣服一起带上？”

“带上。”他终于告诉了我，“我建议你带些比较性感的衣服。”

我考虑一下之后决定带上尼克做的裙子、化妆包和一些首饰。我知道尼克那里有一大堆弄头发的东西，所以不用带那些。

早上的温度已经零下了，然后晚上的温度是我从来没在赫尔辛基温度表上见过的。当亚斯卡突然提出开车送我过去时，我感动得痛哭流涕。不过接下来当他送我到达了尼克家之后问我几时再来接我时，感觉他的帮助变得让人有些困扰了。我咬了咬唇。我不知道米卡尔接下来是如何安排的。我不想让亚斯卡产生任何怀疑，所以我直接说道，我今晚会在尼克家过夜。这不是什么谎话，亚斯卡也没说什么。

就像我事先怀疑的那样，尼克的父亲不在家。安妮奶奶在家，当我进入室内的时候她已经把泡好的茶和饼干放在了桌上。

“我们还有三个小时的时间。”尼克说，“米卡尔让我告诉你，八点去狼廷，可是他没说你如何过去。他一定是想你会走过去。可是考虑到今天的温度和你没我们那样厚的皮毛，我会开奶奶的车把你送过去的。”

尼克周到的安排使我有充分的时间不仅品尝到了安妮奶奶泡好的茶和饼干，而且把自己打扮好。我没打算把自己打扮得非常隆重，但是尼克不屈不挠的。好像是他终于有机会能够实现他小时候想玩芭比娃娃的梦想。他的杰作——我，完成之后，他往后退了一步，远距离地欣赏着我的整体样子。

“你的脸好红啊，我觉得你应该不会冷了。”

我摇了摇头。尼克真会开玩笑。

坐在安妮的老式丰田车上，我又想起了那些事情。那些不知如何向尼克开口的事情。我曾认为是正确的时机还没到来，尼克还没更加地信任我，所以我还没跟他说，然而我逐渐发现原因不在那里。

我想起了那段我害怕去学校的日子。我想起，每天早上我如何希望妈妈会过来问我，怎么啦；或是我的老师能够发现，我感到非常的不舒服。然而我已经等了好久。等情况终于被发现时，问题事故已经发生了。我不再是同样的我。我不信，我可以永远是。

我不想尼克会成为那样。我没有其他选择，只能张开嘴巴把那些已经挂在嘴巴上好久的话，说出来。

“我想现在直说一些事情。”我说。

“我不知道，我该怎么去想。你看上去遇到了好多挫折。我起初以为只是乔尼、佩卡和其他一些讨厌鬼在作弄你。然后我了解到，实际上是所有的狼人对你有某种程度的反感。”我没提是中性人的关系，“但是，问题不只是这些，是吗？”

尼克没吱声。

我叹了口气。“我能理解，如果你不愿意把它说出来，但是这样的话，我无法帮助你。如果你能告诉我出了什么事情，也许对你能有些帮助。”

“那不是什么你帮得了的事情。”他没看着我说。

我得改变方针。“那你说你为什么圣诞节来我家？”

接着又没有了声音。

“我不是说你不能来。我只是想知道为什么。”

“是我老爹。”他终于说了出来，“我一秒钟都不想和他待在一起。”

我想起唯一一次见到尼克父亲的情景。看到他的第一眼我就觉得，他有着很严重的问题。而尼克和他父亲的问题也不是一天两天能够解开的。真是苦了尼克，能够天天和那样的父亲一起过着难熬的日子。

“我能理解你的苦衷。”我说。

“我讨厌他。讨厌。”

他紧紧地盯着前方看。我不知该说什么好。我好难过，感到事情好难办。

“真的很能理解你的苦衷。”

“不，我不愿意再这样下去。”他低语，“我真想杀了他。”

在那个时刻，我几乎能想象得到他所说的话变成现实。然后他看着我，我看到了他的眼中的……杀气。就像是此事他已经想了好几百万遍，结果是同样的。就像是他没有其他的选择。

我顿时浑身发冷。敏感、脆弱、遍体鳞伤的尼克。得承认，我一直认为他是个无奈的受害者。我看着他的情况像几年前的我，我应该知道，没有什么事情是非常简单的。

沉默了一段时间后，我说："也许你应该从这里搬走。"

"这不是这么简单的。"

"可以是啊。"

"第一，丹尼尔讨厌我。如果我打算搬走，他也不会准许我的。"

我倒吸了一口气。"我可以把事情跟米卡尔说——"

"你已经做得够多的了。相信我，我很感谢你。"

"我觉得我什么都没有做。不过如果你愿意的话，你可以搬到我家，或者——"

"别为我担心，我会照顾好自己的。你把注意力集中在你那个为情所困的男朋友身上吧。"

那时我才发现，我们已经到达狼廷的停车场了。

"等一会儿这里有辆中巴会来送度假的旅客去出租的木屋。你的名字也在名单里面，佳依莎·苏西（芬兰语：狼）。你等到所有的人都下去之后再下车。"

佳依莎·苏西？看来米卡尔丝毫没有想象力。

在尼克还没飞快地踩油门离开之前，我轻轻地拥抱了他一下。坐在旅馆院子大门前的车站凳子上时，我觉得让他把车开走了好傻。也许我不应该从车上走下来的。我好想现在放米卡尔鸽子，可这太不可能了，估计我会后悔的。

我面无表情地应答旅馆工作人员喊我的名字。我坐在最后一排的位子上，竭力把想法从尼克那里转移到米卡尔和接下来会是怎样的夜晚上。巴士围绕着一个个的小屋开着，几个站点停过之后只剩下我了。当巴士最后把我留在了寒冷的空气里面时，我发现站在我前面的不是一栋平常的小木屋，而是一个巨大的木制别墅。室内和室外已经亮起了灯，室外蜡烛灯在院子两旁几米长的小径上闪烁着耀眼的光芒。

我慢慢地走到门前，咚咚地敲了敲门。没有应答。我转动了门把手，发现门是开着的。显然，藏宝游戏还没结束。

我走了进去，把外套挂在了衣架上，然后迅速脱掉了脚上的长靴。我脚上只穿了纸一样薄的连裤袜——尼克觉得只有老奶奶才穿厚丝袜——我才反应过来，整个晚上我等于像是光着腿在走路。

我往房子的里面走去。木地板好凉。别墅和萨里家的风格有天壤之别，但是同样很漂亮。家具都是些基本款式，家居的装饰品——窗帘、地毯、墙纸，甚至毛毯和靠垫——看上去都好柔软啊，我好想现在躺在里面，幻想着一天滑雪过后坐在壁炉旁喝着热可可。

“米卡尔？”我试着喊。没有回答。

我走到了最深处，在那里我找到了厨房。里面什么都没有——好吧，除了一些发亮的石英石台面和崭新的家用电器。我转了一圈然后回到了客厅。壁炉里的火在我眼前闪耀，我感觉那是房子里唯一在动的东西。但是，我很确定，我不是一个人。

我慢慢地走到通往二楼的楼梯。

有谁猛地一下从后面紧紧地把我搂住。我吓得差点尖叫了起来，不过在我还没发出任何声音之前，我身体的知觉已经通知我大脑还没反应过来的信息。米卡尔松了松我腰上的双臂，让我转身用双手箍住他的颈项，接着我们狠狠地亲吻着彼此。

等我们终于松开彼此时——仅仅五厘米距离——我盯着他的眸子看，里面闪闪发光的金黄色在我的目光下慢慢地褪去。

“怎么啦？”他问。

我知道，我应该说些什么，一些重要的，一些正确的，但是我说不出口。我把手滑到了他的胸膛，说：“你看起来真的好帅。”

他往后退了一步，看着我：“你看起来也无比的美丽。”他的目光每一毫米在吞噬着我。我真的得感谢尼克的帮忙，显然他没想到他有很多与米卡尔一样的品味。我始终还是感到诧异，像我这样的，康斯坦所说的“几乎是一个普通人类的孩子”怎么会被米卡尔选上。米卡尔可以选择任何一个人。

我决定还是不要让自己顾虑太多为好。

“听上去很不错，让你感到兴奋的不仅仅是磨损的毛衣和羽绒服。我起先还有些担心，我会不会穿错了衣服。”

米卡尔笑了。“完全没有。”

我又把我们之间的距离拉了回去，紧紧地贴在他的身上。

“还有你狼人的声音，我好喜欢。”我说。

“我的声音可没听上去像狼啊。你到镇上听听那里的一些男人的声音，你会发现他们才更像狼呢。”

我歪着脑袋想了想。“不去。”我说，“你是我的狼人。”

米卡尔笑了起来，然后把我松开。“咦，干什么？为什么松开？人家好想你啊。”我嘟起嘴看着他心里想。

他去了厨房，我快速地跟了过去。

“你想做什么？”我问道。

“我想给我们一起做些吃的。”

他开始往电炉上放锅子和煎锅，然后慌里慌张地催促我站到水槽那里去。

“你不想帮我一下吗？”他转头问。

我俏皮地看着他。“我只管吃，你只管做就好啦。”我说，“况且我的手可没你这么灵巧，你看起来更加合适当大厨哦。”

“喂！饶了我吧。我可不擅长做菜，你最好来帮我一下，我真的不知道该做什么。”

“可是我也帮不了大忙，做菜也不是我的长项。”我边想边走到他的背后，用双臂温柔地抱住了他。然后慢慢地把手摩挲到了他的胸膛，我能感觉到他全身的颤抖。真的是好奇妙的感觉，我居然在毛手毛脚地摸着他的身子。

接着胆子变得越来越大，我的手滑进了他的衬衫里面触摸着他的腹肌。

“好啦，如果你不停止的话，我们两个什么都吃不到了。”

“唔。没事，我不饿。”我靠在他的身上低语。事实上我已经好几个小时没吃东西了，而且米卡尔放在桌上的菜谱里的菜看起来非常可口。

“不可能。我在房子的另外一边就能听到你的肚子在咕咕直叫。我有充足的把握把你喂饱。”

我投降。我开始切蔬菜，然后往上面放沙拉酱。米卡尔照看在煮的饭和处理其他的食物。

感谢米卡尔仔细按照菜谱上的方式，做出了我从没做出来过的好吃的咖哩豆腐。这或许不是什么一级厨师的手艺，但是它是我喜欢的美味菜肴。和米卡尔一起吃东西我甚至可以吃任何食物。

我们慢慢地一边吃着一边聊天。我们聊着轻松愉快的事情。我完全地被他迷住，仿佛没有其他的事情能打扰我们。接着我想等一下我们干什么呢？此刻，米卡尔拿来了一瓶红酒，看来我们今天会留在这里过夜。我开始紧张了起来，肚子里像是有好多只蝴蝶在飞舞。

“你在想什么？”他问。

“我在想我们两个。”我说。

“我们什么啊？”

我很不想告诉他我心里没有把握的那些事，可是站在我的面前是米卡尔。任何让我困扰的事情，他一定都想知道。

我终于说出了我一直担心的。“万一……万一没有成功和解呢？万一涅米家还是不肯让步呢，还有你父亲改变了主意呢？”我停顿了一下，“或者万一你改变了主意了呢？我不是狼人，我也不可能会是。我不能和你一样，我也许永远不会明白同时是人又是狼是怎样的。我几乎能肯定，在某一天，这些都会是问题。某一天，你突然感觉到我不适合你。”

片刻，他只是坐在那里凝视着我看。接着在我还没看清楚他的动作之前他已经飞快地站在了我的面前。我惊呼。他慢慢地扶起我的双手让我起身，然后紧紧地把我抱在怀里。

“你是我世上遇见的最好的事情。”他在我耳边低喃。

“不包括妍妮吗？”未经大脑的话脱口而出，我恨不得踢我自己两脚。

“是的。”米卡尔听上去非常的坚定，让我的心结顿时松了开来，“我从没有经历过这样的事情。妍妮没有，其他人也没有。”

他用双手捧着我的脸，深深地看着我的眸子。感觉他深具魔力的眸子对上我，让我喘不过气来。

他吻住了我的唇。一次比一次深。我的想法、我的怀疑和我的不自信，一切都抛向九霄云外。米卡尔接吻技术完美，挑开我的唇，舌滑入我口中与我纠缠……

我一脸潮红和娇羞。在意识到我在干什么的时候，我的手已经伸入他衬衣中碰触他的皮肤。我需要知道他的感受。碰触着他的结实的肌肉，背部的、胸膛的、腹部的。他的皮肤滚烫，眸子闪出的金黄色显示他在极力控制自己的欲火。看着他我才明白，若不是他的自持，我们甚至几秒都不会吃饭和聊天。我们甚至来不及去卧室那里。然而，他没有强迫我这么做。

我感觉到，他是那么强烈地想要我。我从没有经历过这样子的——仿佛我瞬间已拥有世上一切的权利，一切的那些从来没有过的力量。

我解开了米卡尔衬衣最顶端的两个纽扣，接着迅速地完成了剩下的那些部分。我的手指甲掐进了他的肩膀然后慢慢地从他的背部滑到了他的腰上。米卡尔闷哼了一声。他把嘴唇移动到了我的脖子，我微微低哼。接着他的手指伸进了我裙子的肩带下面，他看着我仿佛在问——可以吗？我低喃同意。他慢慢地把肩带从我肩膀上拉下。他的碰触引得我全身无法自持地颤抖，任他挑起我体内未曾有人引燃的热情。

他一只手抚摸着我的脸颊，同时另一只手慢慢地滑向我的肋骨。接着他用拇指轻柔地触摸着我的下唇，痴看着我。

我意识到有什么事情很快将要发生。我曾幻想过，我也渴望过，但对它一直保持着一丝害怕。我完全不知在等待着什么。我的想法让我羞怯不已，不敢将它说出口。

此时，我被未曾有过的感觉占据了。想往。不是，欲望。它唤醒了我全身的精神细胞，模糊了我的想法，并用几百个各种颜色填充了我的视界。

我浑身火辣辣地燃烧，急急地喘气，空气里弥漫着米卡尔的味道，仿佛我第一次真正地在闻他的味道：不是在闻他的肥皂、须后水或其他化学品的味道，而是真正的他的味道。感觉这个味道是世上最重要的味道。

我们开始往楼梯的方向走去。米卡尔摸到了我裙子的拉链，慢慢地把裙子拉开。他把我的裙子推到了腰的位置。他用手指触摸着我光滑的皮肤，接着发出无比沙哑的声音。

“你也许知道，虽然我让你来这里，这不意味着，我们得……你只要告诉我——你不想……”

我让身上的裙子滑落在了地上。

第十四章

就在这时，米卡尔的手机响了起来。

米卡尔没有做出反应，仿佛什么也没有发生似的。而我很慌乱。

“你不接吗？”我问。

“不接。”显而易见，他完全不想听。我试图包容他的想法，可是某种魔法把它打破了。

我把手伸进了他的裤兜，从里面取出手机。屏幕上显示：马尔蒂。我把屏幕转给米卡尔看。他叹了口气，从我手中拿起手机。

“什么事？”

他听了一段时间目光一直看着我。他的表情没有显露出多少，但是我几乎确定，电话里的事情让他不悦。我把裙子重新穿在了身上。

“你从哪里知道的？”

接着，沉默了片刻。

“好吧，谢谢。”

他把手机塞回了口袋。我一副询问的表情看着他。

“我们现在得马上离开这里。”

“被你父亲发现了？”我问。

“不是他，是妍妮的父亲。”

***

我们急匆匆地收拾着东西，关掉了灯。我们考虑了一下，如何处理那些没吃完的食物和用过的厨具，最后决定，把它们一起带走。米卡尔把车停在了房子的后院，黑暗中我深一脚浅一脚地跟着米卡尔往车那边走，还不时地祈祷自己不要在结冰的路面上滑倒。我没来得及关好车门，米卡尔已经重重地踩了油门。

米卡尔一直凝视前方，避开我的目光。

“我几乎没碰那瓶酒。”他咬着牙说。

我花了一段时间才明白过来他指的是什么。“不是这个。我知道，你不会醉酒驾车。我是想让你告诉我，发生了什么事情。”

“我不知道该不该把它说出来。很有可能，这会导致我把车狂飙。”

我保持沉默。我知道这样比劝说更好。

半个小时以后他叹了口气。

“马尔蒂在电话中告诉我，妍妮的父亲得到消息，你今天在旅馆的区域。他已经起疑心，并想知道你在那里干什么。他正往房子那里去。”

“他已经知道了？”

米卡尔摇了摇头。“知道什么和拿出证据是两码事。他不能亲手抓住我们，虽然他去了别墅，闻到了我的味道，但他不认识你的味道。他和你从没在同一个空间内待过。没有证据，他没法告诉我父亲这事。这就是规则。”

我是没有见过妍妮的父亲。我也不相信他看到过我，虽然毋庸置疑，他听说过我。他有自己的理由来恨我，但是我依然很难理解，那些已经膨胀的情况比例。

我顿时感到好冷。我的外套在后备箱，还好我的围巾在手提包里。我弯腰往脚下伸去，突然想到了一件事情。

“完了。”

“怎么啦？”

“你们无须见到某人，也可以知道某人的气味？从衣服上即可理解，不是吗？”

“对。”

“我在学校里掉了一条围巾，”我告诉他，“我现在知道它很有可能去了哪里。”

“真的很有可能。”米卡尔深沉地说。

“游戏玩完了。”

“相信我，狼之间的游戏永远不会结束。”他讽刺性的语气让我想起了尼克，这使我更加忧虑不安。米卡尔应该发觉我有些不对劲，因为他的语调很快变得柔和了许多。“好啦，不要太烦恼了。一切都会解决的。”

我不问他是否有什么计划或是他只是为了安慰我所以说了刚才那句话。再去想那些事情真的好累，我决定先告一段落。

“你送我回尼克那里吧。我已经告诉过亚斯卡会在尼克家过夜，我不想半夜回家和他解释为什么我身上有你的味道。”

米卡尔看了我一眼。“我是想，我们还在一起直到明天，如果你觉得合适的话。”

我想起，在手机响起之前我们在干什么，脚趾顿时开始变得紧张发麻。然而同时我感到之前的热度已经消失。我累了。我不确定，接下来的几小时我会如何对待。我想和米卡尔在一起，但是担心会让他失望。

“合适。”我终于说出了口，“我们去哪里？”

“去朋友那里。”他回答。

车绕过最后一个弯道停在了黑乎乎的树林的中央。我片刻以为米卡尔是想先带我欣赏夜空中的美景，接着我在混乱的树林里面辨认出一个小木屋，房子隐没得非常好，粗眼一看仿佛它与树木缠绕在一起。

这跟我们刚才待过的房子完全不同。我几乎能发誓，里面没住人。就像平常那样，很快我发现我的判断是错误的。

米卡尔把我的手握在掌中。走到门前他并没有敲门，而是直接把门打开，让我先进去。

里面黑漆漆的什么都看不见。我的嗅觉先是闻到了咖啡的香味、烧焦的木块和烟斗的烟草味。有谁打开了灯，接着我的视觉开始工作。

站在我们面前的是一个男人，他的样子让我想起大力水手。他的头顶几乎是秃的，有些矮，有些驼背——狼山镇中我遇到的最年长的人。他穿着必须用背带系着的宽松裤。他光着膀子。重重的烟味从他嘴上含着的烟斗中传出。

“米卡尔，”男人说，“我老远就听到你车的声音了。”

我顿时意识到，如果他能根据声音判断米卡尔车的话，要不他对车很熟悉，要不就是他的听觉非常灵敏，他也应该是个狼人。

“米科，这位是莱依莎。莱依莎，他是米科。”

米科很有礼貌地向我做了绅士的鞠躬，我微笑了一下，向他点点头。

“对不起，米科，这么晚我们来打搅你，但是情况变得有些棘手。”

“小子，别跟我扯淡。你会带你姑娘这番模样来这里，我知道，情况应该不只是单单有些棘手。”米科回应，“来这里也不要总是说对不起。这很伤我老头儿的自尊。”

米卡尔似乎已经把我们的事告诉了他。或者他看着我们的样子猜的。总之他让我非常好奇，他究竟是一个什么样的人物？

我们跟着他走进屋内。木屋的里面感觉蛮大的，但只是感觉：门的正前方是起居室，墙的一边有个烧木材的烤箱、一个小型洗碗机和冰箱，另一边是一张床、一把扶手椅和一个书架，书架从头到脚塞满了陈旧的书。全部的家具和家居装饰品像是从二手市场买来的。角落里堆放着几个纸板箱，看上去里面放着一些黑胶唱片和汽车零配件，天花板上只挂了一个很简单的灯泡。如果今天没有让我经历这么多事情的话，或许我会和米科说好多话。但是现在我迫不及待地想躺下来休息。

米科加了点烟草，点起了烟斗，从眼角那里瞥了我们一眼问：“你父亲好吗？”

“就像以前一样。”

“这也是我所担心的。”他回答。他似乎还打算继续说些什么，但瞥了我一眼后，没有吱声。看来有些话是只希望和米卡尔说的。

“我和莱依莎已经累垮了。”米卡尔抓着我的手说。他听上去也很疲倦，

“我想，今晚我们睡在这里。”

米科的表情变得柔和了许多，这让我有些不自在。“你们这对小情人可以睡客房，”他举手指向右边的房间说，“床没有铺过，但是米卡尔知道床单被套放哪里。还有，桑拿房里的水应该还是热的。”

米科打算为我们做些夜宵，我们谢绝了他的好意。我们走进了“我们的客房”，我小心地把门关上，然后无力地把靴子从脚上甩了出去。米卡尔笑着看着我，但没说什么。我洗澡的时候他在铺床——如果我能洗个热水澡的话，这会让我提起精神来，但是我不得不将就着用和手的温度差不多的水桶水洗洗涮涮。桑拿房里不是太暖和，我全身起了鸡皮疙瘩。我用卸妆棉把脸上的妆卸掉。我看着镜子里的我，不敢相信几个小时以前我还光彩照人。充满自信的莱依莎现在是个奇怪的年轻女孩，脸看上去好可怕，就好像被拍了一张失败的照片，眼睛无神表情痴呆。

不想再看下去了。我从包里拿出梳子，努力地想把打结的头发梳通。费力地梳了几分钟以后我放弃了。

我回到房间时，米卡尔已经把床铺好，他坐在床边看着我的样子，让我脸红娇羞。差不多一个小时之前我们几乎已经缠绵，那时我没感到害怕，可现在这一切感觉变得更加真实了些。我仍然不确定我是不是够格。我不是狼。我没他们那样漂亮，我也不知道如何用语言和肢体表达。我从来没有经历过。

“他只是米卡尔。”我对自己说。同样的米卡尔，已经看到过我多次了，我的身子已经几次被看光光了。

“怎么啦？”米卡尔问。

“没什么。”我嘴里自动地说出这句话。

“不对，告诉我你现在在想的一切事情。”

他的语气听上去很担忧，表情看上去很担忧。我不想让他担心我，虽然那模样和语气让我感到难以用语句描述的温馨。我深深地吸了口气。如果我真的想和他在一起的话，我得学着分享我的问题。

“我只是在想，我从没在这种没有自来水和室内厕所的房子里待过。”我叹了口气，“然后我想，一切都好奇怪。你有多么的光彩夺目。光彩夺目得几乎不像是真的。如果当你知道我曾经的样子，现在有时还会那样，你也许会改变主意——对这一切事情是否值得你去做。”

“当然值得。”他脸一沉回答，“你不用去顾虑那些。”

“有时我控制不住会去想。”

“我知道。事情或许会变得好些，如果我们现在闭上眼睛睡觉。你已经累得站不住脚了。”

“我没带睡衣。”我承认。我带了其他全部的东西就是忘了这个。

二话没说，他从他自己的包里拿出一件T恤衫扔给了我。我拉开衣服，看上面写着什么东西。大大的字母665，它的下面是Neighbor of the Beast（野兽的邻居）。我笑着看了看米卡尔，他已经开始脱衣服。我也脱掉裙子套上T恤。我看着自己好奇怪的样子：乱哄哄毛糙糙的头发，素面朝天，穿着一件正好盖住我大腿的大大的T恤。我转身看到米卡尔又在双目凝视着我。还有更让我脸红的是，他身上除了一条内裤其他都没有。他的身材真的好棒，真是百看不厌，喂，我在想什么啊？

“过来。”他说。

从我第一次和米卡尔约会开始，我的肚子中总是住着一堆的蝴蝶，它们此时不停地在飞舞，让我的身躯无法动弹。

他向我走了两步，然后温柔地把我推倒。床！我现在才发现那是张单人床。我不知所措。

“嗨，没事。”他在我耳边低喃。他侧睡在床的一边，让我躺在另一边，他的一只手环住我的腰，另外一只手把我从背后搂着。接下来的两秒我们都找到了舒服的姿势。我的背贴近他的前胸，我拿起他的双手把我的手指全部插进他的手指里面，然后把我们的手一起放在我的怀里。

这种像勺子一样拥抱着的感觉真好，好温暖，好安全，好真实，所有的不确定消失得无影无踪。

“你好香啊。”我说。身躯沉浸在美好的感受中，不由自主地说出这句话来。

“唔，你把我的台词抢掉了。”

“啊！对不起。”

“呵，没事。”

接着，我们俩都沉默了下来。我的眼皮开始慢慢地往下沉，从沉沉的鼻吸声来判断，米卡尔开始慢慢往睡眠中发展。我脑海中平静地流淌着温柔的影像，它们都是那么意想不到地美妙。我哪儿都不想去，哪件事都不想做，我只想这样就好。

我感到我好……幸福。

真的是像在做梦，我闭上眼睛心想。

“米卡尔？”

“嗯？”

“我爱你。”

我没计划过会说这句话。也许这句话我应该是先等米卡尔说，然后我再说的，但在这个时刻，我情不自禁地说出了我内心中埋藏的真心话。它出自我每一个细胞，我永不后悔的真心话。

米卡尔的手臂紧紧地抱住我，他的声音在我耳边说：“我也爱你。”

在这之后，我立刻感到困倦占领了我，微笑着入睡了。

***

当我醒来时，天还是黑的。我发现我侧躺在米卡尔的身上，他用手指轻轻地梳着我的头发。我睡得很沉，身躯几乎没怎么动，但米卡尔仍然能知道我睡醒了。

“早。”他低喃，我偎贴在他的怀里，听着他胸膛里温柔深沉的声音在回荡。我闭上眼睛，听着他脉搏的跳动声，他的呼吸声。我吸了口气，把头往他胸膛上轻蹭几下。

“我们可不可以永远都这样躺着？”

米卡尔笑了。“这对我完全可以。”

“真的吗，我们不需要马上离开这里吗？”

“不需要。”

“好啊。”我说。但是为了确保真的是这样的，我又问：“你今天不用去哪里吗？去见你父亲或处理什么狼族事情吗？”

“不用。”

“感谢老天爷。”我松了一口气。

我闭上眼睛。脑海中浮现出我摸过的米卡尔身躯的每一个部位，同时想着，我的人生好怪异。我和米卡尔认识了只不过很短的时间，如果我仔细想的话，在一起的时间也很少。如果有谁前几个月和我说，将会发生什么事情，我会不相信他。现在我躺着意识到，以前熟悉的安全的生活已经过去。没有一点可能性让我重新回到以前。没有米卡尔的以前。

“几点啦？”过了一会儿我问。

“两点半。”他用平静的声音回答。

“下午了吗？”不可能是凌晨。他笑了起来。

我竟然睡了十三个小时，而且完全没有做梦。已经好几个夜晚没有这样的事了。可是睡得也太多了点吧，我可以把这些时间花在和他说话上。

“你为什么不叫醒我呢？”

“我干吗要这么做呢？”

我翻了翻白眼，嘟了嘟嘴，虽然他不能看到这些动作。我翻身从他的胸膛上离开，他爬了起来。看一眼他睡醒时可爱的头发，就足够说服我爱上他。

我也爬了起来，往我的行李包走去。还没来得及走到那里，米卡尔从身后把我抱住。他狠狠地吻着我的方式让我确信，他记得我们昨晚对彼此说的话。

睡过了早餐和午餐的时间，我们两个非常的饿。穿上衣服后我们往起居室看了看。米科不在，但是他在桌子上放了好多吃的，显然知道我们会睡得很晚。我们泡了咖啡，煮了一锅麦片粥，然后坐在桌旁。我们两个太饿了，连话都顾不上说。我看着米卡尔把整整一锅粥统统吞下去时笑开了花。他扬着眉，拿起咖啡杯一边喝一边看着我。我做着鬼脸，手指摩挲着咖啡杯。

“你接下来有什么计划吗？我们干什么呢？”我问。

“那得看你。”他一脸猜疑地看着我。

“怎么说？”

“那个，关于文身，你……”

***

一月份的寒冷冲击狼山镇的那股力量，让我对“冰天雪地”这个词有了新的概念。星期五一早，我在去学校的路上。我几乎把衣柜里一半的衣服套在了身上，但依然感到不够。当然，令我抓狂的是，没有一个狼人能理解，我有多么讨厌寒冷。

几乎有一个星期我没看到米卡尔。寒假过后学校重新开学，这意味着我得抓紧制作毕业作品。它让我忙得来不及想念米卡尔。不！我不会不想他——每时每刻我都需要把他记忆在我的脑海中。就像是修复中发痒的疤痕，一直提醒着我身边现在和永远有匹狼。

早餐过后半小时，我半裸着趴在了米科的地下室内一张皮质躺椅上，躺椅的样子很像电视购物中卖的健身躺椅。我已经没有时间惊讶米科是那位给米卡尔做了文身的熟人，因为这时我也可以像米卡尔那样文一个文身。我把想要做的图案画在了烘烤纸上。米科仔细地看了许久后说：“唔！你以后或许可以成为一个文身师。”接着他把纸贴在了我的皮肤上。我点头同意后，他不再和我对话了。

米卡尔还是不太乐意。他曾一次次劝说我——还来得及改变主意，但是看着我坚定无疑的决心，他也只好作罢。我看得出，这个使他很困扰。因为是他把文身的话题打开，他又不能反悔，强烈反对不让我做。而我最担心的是，我选的图案。他不可能看不出来——图案是《莱依莎和狼人》中的一匹狼。

我不想承认，他的反应有多么困扰我。我试图说服自己，我应该更理智地去关心类似于米科文身用的是什么工具啊，或者有没有消过毒啊那类事情。不行啊。我越是想解脱，恐惧感越是缠绕我一身。感觉就像我的勇气压缩成了一个小球，我的眼中已经洪水泛滥。但是我没吭声，我只是努力地听着米科和米卡尔的谈话。他们东拉西扯聊着一些无关紧要的事情，最多的是米科在讲话。我留意到，他话的内容不断地让我难以捉摸，而米卡尔似乎没感到难以理解。不时他们还会说出一些我从来没有听到过的词句。

最有趣的是我第一次听到有谁没有把米卡尔当作首领的儿子那样和他说话。第一次有谁对待米卡尔是在真正地对待他本人。

我从来没有把这个事情想过很长一段时间，但是我现在理解了，尼克几个月前曾经说过我对待米卡尔的方式与其他人不同的含义。对我，他永远只是米卡尔。

我不知道文身花了多长时间。总之感觉好漫长。不单单只是有着地狱般的刺痛。躺着不能动、不能出声、静静地呼吸真是令人无法忍受。机器的声音很刺耳，而且室内不是太暖和。我躺着浑身起鸡皮疙瘩，但是我还是勇敢地咬着嘴唇，竭力不让自己显露出痛苦的表情。

刺耳的声音终于停了下来，米科告诉我做好了，不知是太过于兴奋还是太过于紧张，我一句话都说不出来。耳朵嗡嗡作响，仿佛突发了急性耳鸣症。当我感到米卡尔在轻轻地摩挲着我的背时，我试着只专注呼吸。米科去了隔壁的房间清理他的工具，让米卡尔留在我身边照顾我的文身伤口。我往背后看了一眼，他正蹲在我的旁边。他的手好温暖好柔软，我渐渐开始从休克状态中恢复过来。我刚想开口说话，突然感觉有什么开始慢慢地流向我的后腰底部，也就是骶骨那里。

应该是伤口上的血！

我还没来得及说什么，血还没来得及离开它的起点太远，我就感觉到了米卡尔的两片嘴唇印在我的皮肤上。他止住了血的流动，他的舌头捕捉着血滴，他的嘴唇吸着血滴，并且发送了一个神秘的电波，它从头到脚布满了我的全身。片刻我感到无法呼吸。突然间浑身火焰般地灼烫。米卡尔的额头贴在我的后腰。他的呼吸非常的沉重。我全然不知是怎么一回事——他是狼人，应该不会对血有所恐惧，我也没见过他如此这般呼吸。

正当我想问时，那一刻已经过去。我的集中力再一次转移到了背上的刺痛，米卡尔开始竭力用保鲜膜把我左侧的图案包起来。

我耸起肩膀，把双手往裤子的口袋进一步地伸去。回想起刚才文身的步骤直让我摇头。我问米卡尔刚才他为何那样时，他的回答让我很不满意。

“文身是比想象的更疼，”他说，“甚至有人会疼得昏厥。你会感到不舒服，这一点都不奇怪。”

“你知道，我是指什么。”

“我知道。事实上，我文身后还呕吐过呢。”

很快他转移了话题。这让我懊恼得几乎想揍他。剩下的闲聊中我一直在想：

米卡尔在打马虎眼，不想告诉我真话……

我加快了走路的速度。现在不是再想那些事的时候。我今天只剩下一节课，但是我得早点去做我的毕业作品并且去解决语文课的一些问题。我发了两份电邮给马里塔老师询问何时能给我语文课的分数。对此我有些火大。她没有任何理由拖延不给分数：我一直是提早交作业的，而且从没缺席过。只要她能把她分内的工作完成，管她怎样变得古怪神经质。

我决定在我集中精力画画之前先把这个不必要烦恼的事情解决掉。到达学校我直奔教导处的门，然后重重地敲了敲。

我期待我会看到校长或是马里塔老师，但是开门的居然是约翰。我怀疑我是不是看走眼了，但是几秒过后，我再一次确认，没错，他真的是约翰。我好久没看到约翰——自从他放弃了对我的骚扰之后，我不记得在哪堂课上看到过他。

我应该专注我需要办的事情。“嗨，我想见马里塔老师。”

约翰吞了吞唾液：“马里塔老师不在这里。”

“哦，这样。”我感到失望，同时又松了一口气，“据我所知，她每个星期三早上都会有课。”

“是的，但是她今天病假。”他说。

正当我想说“又病了？”时，里面传出声音，问：“是谁在那里？”

声音是那么的熟悉，马上能辨认出那是谁。况且学校里的工作人员真的是少得可怜，我很有理由相信，约翰在撒谎，而且他的表情让我更加确定那个人是谁。

我不解地看着他。

“为了大家好，你还是在她过来之前赶快离开这里。”他悄悄地说，他的声音是那么的小，我差点没听清楚。

“为什么？”

“求你了，快走！”

我应该被他的“求”字给震惊了，所以我按照他的意思做了。我往美术教室走去并同时在想约翰到底在教导处干吗，为什么他在袒护在我看来完全是个疯子的马里塔老师。当我到达教室时，我发现尼克在那里。

他正在全力剪裁做礼服所需要的布料。

我也拿起画笔涂了几次。我已经相当确切地知道我想要画什么，只不过不确定我能否把它完成。以前的艺术高中的老师曾经提到过，画水的样子有多好，画家的水平就有多好，尤其是画水中月亮的倒影，而那个正是我开始画的。我知道，时间不是太充足，我的技术还不够好，平时画的作品也算凑合过得去，我想好的东西我不会放弃去画。我可以选择画简单的东西得到好的成绩。但我不是为了得好成绩而去画画。我希望我的画有一定的挑战性。

我从包里拿出 CD 唱片然后走到音响那里，把唱片放了进去按了开始。

“这一次是什么音乐？”尼克几秒钟过后问。

“今天该轮到我选音乐了，不是吗？”

“是啊，但是我希望是什么伊迪丝·琵雅芙。”

唱片真的是伊迪丝·琵雅芙的歌，她是我妈妈的最爱，《我无怨无悔》真适合我现在的状态。

我们扑向了各自的工作。我们是一对出色的合作伙伴，无须任何要求，我们会给彼此足够的空间。缝纫机咔嚓咔嚓声恬适地成为了背景音，咖啡的香味和油画颜料的刺鼻味混合成我以前的家的气息，这些为我提供了很大的帮助，因为作品的交付期限导致我必须跳过平时做的那些反复多次设计和素描的阶段。现在我不得不更需要相信我的直觉和挑选色系的眼睛。

我开始往调色板上加各种蓝色的染料。普鲁士蓝、群青蓝、绿松蓝、钴蓝。每一个新的颜色产生了对另外一种的需要，很快我调出了一些以前从没调出来过的差别细微的颜色。

正当我进攻下一步的颜色转换时，我的手机响了。我画得正起劲，所以我想让手机一直响下去，但是几秒钟后我放下了手上的画笔。我从地上捡起包包，然后从里面拿出手机。

是米卡尔打来的。

“喂，我正在画画。”我回答。

“你可不可以现在休息一下？见个面。”

“见个面”意思是：“现在是我们少之又少能够面对面交流的机会”，以及“如果你放弃这个机会的话，也许明年才有机会见面”。

“可以，但是你等我一下，我还需要画些时间。”我说。

“你们在那里究竟干吗呢？”

我起先没反应过来他是什么意思。他应该知道我才刚刚开始做毕业作品，尼克也是。然后我觉察到，尼克一边唱着走调的伊迪丝·琵雅芙的法文歌，一边在踩缝纫机，这个应该是米卡尔听了感到奇怪的地方。

“在做毕业作品啊。尼克在搞怪乱哼歌呢。我正有些进入状态，我不想现在就停下来。要不，我们两个小时以后见面吧？”

米卡尔同意了，虽然我听得出他不大情愿。我们说好在学校的大堂里见面，在那里我们会有合适的机会一起溜出去。选择在人多的地方是最好的避免气味痕迹被怀疑的方式。谁都不会感到惊讶，为什么我们两个人都在学校里面。

我关上手机转身向尼克说：“真是谢了你啦。让米卡尔感到我们的工作非常有专业感。”

尼克笑了起来。“哈，如果你男朋友不懂得欣赏你的工作项目，别怪我呀。”

我没责怪。正如我爱米卡尔有多少，尼克依然是我生活中唯一的、有理解能力的、知道艺术对我有多么重要的人。我知道，艺术对尼克的重要性不低于我，他只是还没像我那样追求着。他有天赋，比我认识的任何人都要有天赋。不幸的是他生活在了一个对他的艺术天赋没有一点欣赏能力的环境里，他也没有学会像我那样喜欢自己的天赋。我真心希望他能把他的天赋发挥出来，有机会做出他一生热爱的东西。

“你是否想过今年夏天参加一些暑假课程？”我问。为这事我已经帮他考虑了好久，我决定得推他一把，让他去应该去的方向。

尼克烦恼了起来。“我想过，但可能不行。虽然我可以离开这个镇，但是我担心我进不了哪个学校。”

“我不相信丹尼尔会是个小人，他把你扣在这里纯粹只是为了泄愤。如果他不喜欢你，你搬走的话他岂不是很开心吗？”

尼克低着头看着定型针。

“考大学的艺术系没有想象中的那么难，”我继续说，“妈妈是第一次就考上了，原先她也对自己的实力表示担心。考艺术系需要天赋和个性，而你同时拥有了这两个。”

尼克把头摇得像拨浪鼓似的。“我只是刚刚开始而已，我甚至不知道我在干什么。而且我听说，入学考试非常难。我也许到不了那个阶段，”他沉闷地接下去，“好多考生在做预考题目时就挂了。”

“跟得到大学的录取书相比，做预考题目和入学考试算得了什么？”我提醒他，“第一次没考上那又怎样？只不过自尊心受挫罢了，很多考生是在第二次或第三次的时候才考上的。除此之外我对你很有信心。”

尼克看起来依然不太自信，我决定把最后一张底牌甩出来。“想想吧，如果我们两个一起去赫尔辛基读艺术系那有多好啊。我们可以一起住在卡里奥——我能肯定你会喜欢我家的。我甚至现在就能想象那个样子。你和我在赫尔辛基。这个难道不是你一直梦寐以求的吗？你可以永远地离开这里。”

为了他的未来着想，我希望离开这个镇是他放在首位的想法。我知道，离开狼族的初步阶段他会有些不适应，并且得到搬家允许也可能需要大量的说服力。但是这是能让他将来过得快乐的唯一的方法。我等待的是他令人高兴的答复，所以他接下来问我的事情让我出乎意料。

“高中毕业后你会报考大学的美术系是吗？”

“当然咯，”我回答，“这是我从小的梦想。什么都不能阻挡我。”

“那，米卡尔怎么办？”

盯着调色板的我抬起了头。我感到某种冷意直戳我的脊梁骨，气管顿时缩小了一半。我对此事真的还没想得那么遥远。好吧，我完全没想过。我和米卡尔之间的那些是我从没相信会发生的事情。我的脑袋从没提醒过我，我应该有另一种计划方案。

并且我或许应该去选择。

我感到全身在发凉。

“米卡尔是永远不会离开这里的。”尼克说，“这你应该知道。”

“我知道，”我努力平静地说，“我从没想过要求他离开。我也不相信他会为了我放弃这里的一切。我们可以一段时间住在各自的地方，周末和假日见面。当然，这不是什么万全之策，但是谁的人生是完美的呢？”

“我不能确定米卡尔是否会同意你的想法。”尼克嘴里含着定型针嘀咕。他正在往衣服模特儿架上固定礼服的上半部分。

说实话，我也不确定。我和米卡尔从没在细节上谈过将来的事。面前的情况已经够让我们头大了的，哪有时间去想将来会住哪里、怎么住。我们还没想到那个阶段。我也明白，如果我们不现在开始考虑的话，也许我们永远走不到那个时候。

尼克像是看懂了我在想什么。“我建议你们俩尽快谈谈这事。”

接着我们继续各做各的事情。当我发觉时间飞快地过去时，我开始手忙脚乱地收拾东西。尼克等着我把笔刷洗干净后一起走出教室。

我心不在焉地按着太阳穴，有时候画画会导致我头昏脑涨，老师们都说这是因为油画的颜料和溶剂的缘故，但是从康斯坦丁的课程那里我开始了解问题或许是出在其他地方。

“你能等我一下吗？我去一下洗手间。”我问。尼克点了点头。

我拉开了洗手间的门。还没走到隔间时发现已经有人，因为我听到里面传出了声音。声音很快地停止了，但是我已经知道是什么事情：是谁在抽泣。

学校里所有的女生之中我知道有一位一定有理由哭。

我正要拼命往后退走出洗手间时，发现已经太晚了。

“我知道你在那里。”妍妮说。我想到过什么时候我们会碰见。她想掩盖哭泣的声音努力模仿平常的声色，越是这样做，越是让人感到阴沉。“不用装作你不在。”

“我没装。我只是想，你会希望一个人静静地待着。”

她很久都没有吱声。

“真是难以置信，你会可怜我。”最后她终于说出了一句。我听到她在吞泪水的声音。

“我不是可怜你，”我回答，“我是抱歉，事情会变得让你这么不愉快。”——这听上去好像我是看不起她，我立马继续——“但是我没有做错什么，我也没有任何理由可怜你。”

然而这并没有阻止我感到内疚。我曾经是有意识地让妍妮从我的眼里和脑海中消失。

我等待她用极其恶劣的语句来说我什么，但她没这么做，让我更惊讶的是她接下来说的内容。

“你有没有什么时候想过，为什么丹尼尔会对你如此纵容？”

我自己不会用“纵容”这两个字描述丹尼尔对我的态度，可我也想不出其他词来，而且丹尼尔，他应该可以让我的生活变得比现在更加艰难。他这么做应该有什么原因，我很希望，是由于他非常爱他的儿子，若是其他我将惹上大麻烦。

“我知道，他总会有他自己的原因。我也知道，你完全有理由促使我怀疑所有的可能。我建议你能逐渐接受你和米卡尔分手的事实，然后往前走。这样对我们大家都好。”

我往出门的方向走去。

“我和米卡尔还没分手。我们俩目前只是因为米卡尔劈腿而闹翻了，我们还是我们。我们会在庆祝会上跳舞，就像每年那样。”

是啊。米卡尔的父亲要求过，一切照旧，直到他开绿灯准许我们在一起。妍妮的舞伴是米卡尔也包括在内，不能跳过也不能绕过。我应该把事情看得实际点，米卡尔的乐意程度应该比我好不到哪里去，总之，我会和尼克一起跳舞。没什么大不了的。

“我了解米卡尔比谁都多，”妍妮继续，“无论他现在说什么都不会改变。”

“你真的相信，你们还会回到以前吗？”我轻轻地问，“这一切发生过了之后你真的能接受他回到你的身边吗？”

“我接受。”

我明知故问。正如我有时讨厌她有多少，我们的共同点也就有多少。

妍妮也了解这点，因为接下来，她又一次用她惯例的母猪声调。

“醒醒吧，莱依莎。你被骗了。”

我走掉了。我连半句都不想听。再听下去我也许会逐渐开始相信她所说的。

尼克在走廊上等着我。我正要开始向他透露刚刚洗手间里的小插曲，另外几个“我的最爱”来到了现场。

“姑娘们在这里说什么悄悄话呢？”乔尼和佩卡永远都在一起。

“当然是女孩子们的事情，”我还没来得及开口，尼克回答，“比如高跟鞋和卫生巾，谁跟谁在一起。”

“啊，是吗？有什么新的消息？”

他看着他们然后表情显示像是在寻思着什么。“嗯，应该是没有。不过你们看起来倒是还是在一起。”

从表情能判断他们对尼克的幽默一点都不欣赏。

“呵呵。你还是那么有趣啊。”乔尼说。

“自信心比上一次见到的时候提高了不少嘛。”佩卡回答，“大概你以为，你现在可以做任何事情啦。”他看了我一眼。

“或者是他觉得他现在是男人了。”乔尼提醒。

“如果是，应该是从米卡尔那里借来的。”

乔尼狂笑。“看他样子像是想和我们也搞搞 3P。”

“那就来吧。我们可是势不可当的。”

“我已经等不急啦，”佩卡说，“4P 应该感觉更爽，米卡尔没玩够的地方让我也玩玩。”

“真是好低级，”我心里咬牙切齿地想着，“我知道大家对米卡尔给我牙齿项链是什么看法，以为我已经和米卡尔上了床，以为我是个随便的女人，这听上去已经够刺耳了的，可他们现在连尼克也要侮辱，这真是太过分了。”

突然间从我背后传出奇怪的声音。片刻我才反应过来，是怎么一回事。

那两个人的脸刷地发白，目光立即往地上看。

我慢慢转身看到了米卡尔。他站在离我们只有几米远的地方，沉着脸。我需要几秒的时间来肯定，声音——龇牙声，就是那个声音——真的是从他那里传出来的。出于某种原因，他看上去没有在发怒，这让我更加紧张。

他没看着我，但是我看到了，他的双眸闪出的金黄色光芒。坏了，要出事情了。

除了刺眼的金黄色，更让人担心的——他的下巴开始慢慢往下沉，双眼直视着佩卡和乔尼。这让我更加想起，动物世界中食肉动物将要扑向猎物咬死它之前的动作，顿时让我深深倒吸一口气。

“你们不许再这样说莱依莎。不，事实上，你们永远都不许再和莱依莎讲任何一句话。”他没有提高嗓门，他不需要这么做。

乔尼和佩卡，听话的狼崽子们缩着脑袋同时点了头。如果我不是那么生气的话，他们的样子真的让我感到好笑。

我又一次转向米卡尔。他的脸部肌肉依然紧绷着，虽然这让他看起来很别具一格，但是我更喜欢他脸部放松的表情。

我把手放在他的胸前试着转移他的注意力。“米卡尔，我们需要聊一下。现在马上。”二话不说，我抓起了他的手，快速地把他拖向大堂，我得让他现在离开乔尼和佩卡。我的内心深处在提醒我，丹尼尔不希望我们被看到在一起，但是我相信他会同意在这个情况下我的这个做法。

显然我果断的决定起作用了，因为米卡尔乖乖地跟着我走。我领他一起出了学校的大门，然后离开学校有段距离之后，我才敢慢下脚步。他的眸子已经恢复了正常的蓝颜色，但是他的表情依然显示对血的饥渴度——疯狂的表情。

“这是怎么啦？告诉我，我哪里误解了。不过据我所知，我们得保持低调。”

“他们对你太过分了。”他脱口而出。

“他们一直都是这样的，我已经不在乎了。”

“你是我的。”他发出了我从没听到过的声调说。我不知道是狼还是人在讲话。

“大概吧。但是你不是我的。至少在这一团糟的局面还没解决之前你还不是我的。”他张嘴想要反驳，我把手指放在他嘴唇上，“还有多久你认为我们能这样继续下去？你、我和妍妮的模式已经持续了太久。我们大家都需要逐渐继续我们的人生，谁和谁一起，谁和谁分开。某些事情得快点发生。”

这总算让米卡尔回到了现代智人的群体里。“某事是会发生的。我保证。我对现在局面的讨厌度并不低于你，但是我们得要有耐心。离毕业的时间已经不远了，我很肯定，在这之后妍妮和我结束。马尔蒂已经试着和她的父母谈过话了。”

“接下来呢？”我问。

米卡尔扬起眉毛。“什么接下来？”

“等这个过了之后我们干什么？假设，你父亲同意了，妍妮的家族也没了问题。我们接下来做什么？”

“我们在一起啦。”

“好吧，这么讲吧，春天你会毕业，你打算高中毕业后干什么？”

“给父亲打工。”

“就像我想的那样。那你会认为我会做什么事呢？”

“你离毕业还有一年呢。”

“是的，可是那个之后呢？”

“你也可以在这里工作。”

我摇了摇头。“我从没想过要留在这里，”我低语，“我来这里唯一的原因是想搞清楚我妈妈过世后暴露出的种种事情。我没有把这个地方当作家，我也不想。也许是因为我对这里没有什么感觉。”

我咬着唇，我不想继续下去，因为我知道这样在伤害他。仍然，现在把全部说清楚比拖了很久以后说要好得多。

细想之后，现在或许已经太晚。

“我的梦想没有改变过。我从小就想当一名画家。我一直想上大学的美术系。这是我唯一梦寐以求的愿望。

“我想画画。如果不让我做我想做的事情，我不会是我。你知道我很有机会去上美术系。如果我不去，我会后悔一辈子。我对金钱、隆重的婚礼、住大房子、住别墅、有游艇什么的从不在乎，虽然它们能带来安全感和方便，我更想要的是周游世界看不同的画展并住在大城市里画出我看到的东西。”

米卡尔看着我的表情就像是我抽了他一巴掌，我必须把头转开。我真的好愚蠢，让他承诺了我这么多。我不是有意这么做的，但是我还是做了。

“你的意思是，我和你的事情根本就不需要去试？”他终于说出了口。

“不是，我丝毫没有那个意思。我的意思只是，我们现在或许最好能开始考虑一下将来的事，我们会干什么，这也影响着其他人的生活。”

“我爱你。”

是的。这就是最可怕的部分。

我泪水快要从眼眶里流出，我擦了擦眼睛。“我得走了。”我说。

“别走，这个我们得继续说下去。”

“我们会再继续说的，只是我现在真的得走了。我和其他人约好了。”

米卡尔疑惑着扬起眉毛。“其他人？除了尼克之外的其他人吗？”

“啊，笨蛋。”我对自己暗骂了一声。片刻，我考虑想和他说这不关他的事。我已经尝到过狼人占有欲的滋味是怎样的，我要他明白，我有选择与谁交往的自由，但是我不想爆发任何争议，于是我决定把实话说清楚。

实话，可能一样会爆发争执。

“我去见康斯坦丁。”

我丝毫不记得这事，因为我头昏脑涨，但是我真的和他约过。内疚的尖针刺着我的心。最痛的是，当我想起，米卡尔是为了我才来学校的。

好久他只是静静地凝视着我。最后，他用令人惊讶的平静声调问：

“为什么？”

我耸耸肩。“他在帮我解决一些事情。”

“什么事情？”

接着轮到我凝视他。“就是，我有一些噩梦的问题，然后有时会昏厥……康斯坦知道一些关于这类的问题。我们练习了一些放松的技巧，它们对我有些帮助。但是我们依然有很多问题没有解决，而且康斯坦丁觉得重要的是我们尽可能地了解更多我的思维是怎么工作的。那样我们可以阻止将会发生的问题。”

“他是个吸血鬼。在你没有察觉的情况下，他会对你做任何事情。他也许已经对你做过什么了。”

“我不相信他会这么做，”我回答，“他对我一直都很友好，他让我自己做所有的决定。事实上，我觉得他喜欢我。”

“这毋庸置疑，”米卡尔干巴巴地说。

“不是你想的那样。我发誓，不是。他只是把我当小孩看待。”

“我不相信。”

“好吧，总而言之，我相信他。他的能力没有像普通人那样在我身上起作用。”

他用困惑的眼神看着我，我才反应到我刚才说了什么。

“是啊，真的。我们得到的结果是，我或许不是真正的人类。”反正事情都讲到这个地步了，我不能再停下来了，“我究竟是什么，似乎还没有任何人有线索。所以，恭喜你，你的差不多是人的女朋友比你更加是个怪物。”

说完，我转身离开了他。

第十五章

我知道，我和米卡尔需要谈的事情还有好多。可是，接下来的几天，我是那么懦弱地在躲着他。我试着想这样对我们两个都好，第一，在我们决定哪些可以和谐，哪些不能和谐之前，我们可以有时间任意发挥去理清楚一些事情。第二，这能平息和乔尼佩卡的冲突导致的又一次针对我们的流言蜚语。

遗憾的是，一月份也意味着练习传统舞的开始。实践性含义是，妍妮和米卡尔每个星期都会亲近。我安慰自己，我没有什么理由吃醋。就像当有时看到米卡尔拉着老长的脸看着我和尼克在练习一样，我感到他同样的幼稚。

尼克不是很会跳舞，但是我们跳得也很开心。我们还不时地在合适的时候开些小玩笑——或许老师觉得一点都不合适。

尼克把我的礼服完成了。礼服的前面是奶白色的绸缎——来自安妮奶奶闺密家的客厅窗帘。这次的裁剪又非常的有想象力。下摆部分沿对角线缝上了一层层的褶边，四处还有金色的花边。礼服的上半部分无袖露肩，后背部分做了束身处理。这是一件我从来不会想过是为自己设计的礼服，但是当我看到它的时候我会感到这正是我在寻找的一件礼服。

***

真正的舞会之日将要来临。事实上，狼山镇学校的舞会举办的时间和其他学校举办高中生游行会（庆祝芬兰高中生将要毕业举办的庆祝会，时间是每年的春天，学生们穿着化装舞会的服装坐着大卡车往街上的路人身上抛撒糖果，以共享毕业的喜悦）是同一天，不过小镇实在太小，没必要拉着一群人在整个镇中心瞎逛。舞会将会按照传统的集体舞模式开始，前半部分跳的舞和一般学校里跳的舞没什么区别。如果我没搞错的话，最有意思的阶段应该是在正式的舞蹈结束之后。自从参加过上次在米卡尔家里开的派对，我不用去怀疑，狼人也知道如何享受派对的乐趣。尼克告诉我，离月圆之日越近，派对里的气氛会越热闹。月圆让他们坐立不安、急躁——听说还会发情。

这次的春天舞会将在月圆之前举办。

我和尼克一起去了卡亚尼市采购适合我礼服的配件。尼克一定要我穿高跟鞋，当我们转了好几家鞋店都没找到他想要的那种引人瞩目的鞋子时，他决定自己做一双。我们从二手市场里找到一双亮晶晶的金色的鞋子，尼克在它的上面镶上了礼服剩下的花边。尼克还做了个舞会小包，于是我自己只需要准备首饰、化妆和做发型。

我满意目前我拥有的那些首饰：金色的脚链、调色板和狼牙，所以不用为了跳舞而去买什么新的，只不过最后的那件或许不是什么太典型的晚礼服首饰，但米卡尔坚持要我去哪里都戴着它。

唯一让我花心思的是梳洗打扮。舞会的当天，我用护理液护理了一下完全松开的头发，用吹风机把它们吹得非常蓬松，然后用头发拉直器把头发拉成不怎么太卷的发型。我仔细地涂了我的指甲——指甲油颜色的名字很适合，叫“月圆之日”。总之，这颜色非常漂亮，完美地呼应了我礼服的颜色。我往脸上拍了拍粉底，用眼线液在眼睛上画了加粗的眼线，还好，画线技术没有忘记。然后夹眼睫毛，让眼睛看起来更加有神。等化完妆后照照镜子看自己的模样时，我感觉自己简直像个电影明星。

准备与狼人共舞。

亚斯卡开车把我和尼克送到学校。他会晚些时间来学校观看我们的舞蹈表演。我们先去参加最后的排练。

排练让我和尼克变得有些情绪失控神经质。尼克一直盯着我的礼服，努力让它展示最好的一面。他会不时地拉拉褶边和弄弄腰带，舞蹈练习根本没法进行。甚至，好几次，他还整了整我前胸的部分，这让我们的四周充满了怪异的目光。

练习结束了，离正规的舞会表演还有一些时间。我松了口气，打算去一下洗手间。突然，一只手抓住了我，像闪电那般速度飞快地把我拉到了没人的教室里。然后把我抱住。米卡尔紧紧地抱着我，让我的心率几乎直升到每分钟两百下，并且双腿无法支撑地面。

米卡尔吻着我，慢慢地轻轻地，尽管颤抖遍布了他的全身，已经到了失控的边缘。他的额头抵着我的额头，闭上了双瞳。我们紧靠着彼此，我听到他的心跳速度、他的呼吸速度——它们是完完全全那么和我一样，并且我很快发现，自己被困窘的心潮澎湃占据。米卡尔爱我。他不想让我改变或做其他任何事。他只是想让我幸福开心。

神啊，我究竟上辈子做了什么，能让您把他给了我？

我应该死死地抓着他不放，停止一切令我们两个都无可奈何的问题的烦恼。

我感到眼眶湿润了。泪水将要涌出，我想推开他。

“不要，不行。”米卡尔沙哑地说道。他的怀抱依然那样，紧紧的，没有一点放松的想法。

“我好抱歉。”我说，尽管我不知道为什么。

我的声音听上去是那么含着抽泣感，米卡尔发觉了。他温柔地用一只手把我的头贴在他的胸膛，然后只是静静地抱着。我举起了双手尽全力紧紧地抱住他的身躯。

抽泣结束了，代替它的是，米卡尔身上令人陶醉的香味。

“没事，一切都会好的。我们都会没事的。”

“是吗？”我问。

“是的。”

“虽然我很傻？”

米卡尔的笑声震动着我的全身。好开心的感觉。“你比我聪明多啦。”

“勉强吧。当我不再用你的礼服擦我花了几小时化的妆的时候吧。”

“你不需要化妆。”

我慢慢地松开了他，往后推了一步。我今天第一次看到了完整的他。

他穿着量身定做的燕尾服。衣服非常合身，他看上去非常帅气。简直比以往好看得几百倍。

我失意地看着他，叹了口气。米卡尔扬了扬眉毛。

“我们得走啦，”我说，“我们得分开走，你先走吧。”他向我靠近，又一次给了我一个吻。

“晚上见。”我点了点头。他先走了，然后我坐在课桌的一角整理了一下我的情绪。几分钟过后我站了起来，然后检查一下我脸上妆的情况。令我惊讶的是，它几乎完好无损。我往鼻子和下巴上拍了些粉，然后去找尼克。

***

多亏无数次的练习使我们的跳舞进展得非常顺利。我一直使劲让自己不要笑出声来，但是尼克的表情让我好难控制。唯一没让我笑的时刻是，在集体舞的变化动作中需要轮流转换舞伴，那时我面对的是乔尼和佩卡。舞蹈的最后一圈让我有了和米卡尔一起跳舞的时刻，这使我完全抹去了上述颇有几分不开心的时刻。米卡尔把我拉得稍微比正常跳舞需要的距离更近一些，我们凝视着彼此，含情脉脉地向彼此微笑着，仿佛在讲“晚上见”。我默默地兴奋地期待着。他一直牵着我的手直到我往前转换另外一个舞伴。

最后一个节目是练习时的记录录像。妍妮的几个朋友把它设计成用《Who Let The Dogs Out》歌曲编舞的音乐短片，我虽然很讨厌她们，但是不能否认她们的这个想法很不错。短片里我感觉最搞笑的镜头是尼克练习时踏错舞步的镜头。我笑得很开心，直到闪光灯一闪，我发现亚斯卡在向我们拍照。我曾在观众席中发现过他几次，从他的表情很难判断，他在想什么。他拍照的样子像在完成某种任务，让我猜想他是不是急着要去办其他事。然而我很快就忘记了这个想法，因为我的目光集中在了米卡尔和妍妮的身上，他们站在远处摄影室里拍照。妍妮的手抱着米卡尔，我的脸没有表情，也许我渐渐地也在学习她的假装动作吧。

拍照和聊天以后所有参加跳舞的学生开始准备参加接下来的节目，一些心急的没有车送的学生们已经争先恐后地排着队坐狼廷的免费巴士去旅馆参加那里的晚餐会。萨里家开怀地欢迎学生们去旅馆的夜总会，但是不允许他们在那里喝酒。不过这没有阻止一些高一学生偷偷地带酒去。

尼克也像变魔术一样给我看他带的一瓶香槟酒，他说了喝酒的祝词，类似于多么光荣我成功地穿着他做的流行礼服，以及希望我继续穿着它直到今天所有的节目结束。我们没有带杯子，所以不能真正地碰杯，但是当尼克打开香槟我们两个各自喝了一口后，我向他的脸上亲了一口，以代表碰杯。

当我们去车站排队时发现那里的队伍已经变得好长。

“可恶，这得等多久啊。”尼克抱怨了起来。

“我们走着去吧。”我说。

“什么？”

“走啊。这样我们会更快到达狼廷。”

“你有没有搞懂，今天外面非常冷？”

“有问题吗？你是狼人，你应该不怕冷才对。”

尼克瞪了我一眼，但是当我用手做出“出去”的动作时，他还是跟着我走了。

“你不想把你的外套穿上吗？”

我摇了摇头。“我从挂衣架上没有找到。”

“什么？”

尼克应该想的和我一样，有谁有意地把我的外套拿走了。

“没事。我不想为了它毁了我快乐的晚上，”我说，“而且，它把我身上的礼服遮住了。我们不想这样做，不是吗？”

尼克的表情显得更加怀疑了。“你这样做真的会冻死的。”

“不会，没有那么冷啦。”

“好吧，这是你的选择，”他终于说，“你可否把下摆的部分提起来？这样不会导致整条路上拖着走。”

我照办了。尼克喝了点香槟酒。我知道外面是零下十几度，但是我一点都没感觉到冷，也许我的皮肤已经适应了，也许我现在很高兴，忘记了寒冷。高跟鞋看来或许不是在雪地上走路的理想鞋类，但是穿着它能让我感到即使算不上是完美女神，至少也是半个。

一辆车慢慢地向我们靠近，尼克举起了酒瓶打招呼，我的心怦怦地跳，果然，是宝马。车停了下来，驾驶座的窗户降了下来，我看到米卡尔的脸。“你们到底在干什么？”

“走啊。”我毫不犹豫地说。

“是啊，走，真的。只是在用这种方式娱乐一下。而且因为感到热得要死，莱依莎决定把她的外套送给了某个比她更需要的人。这个人类现在不怕冷。”

我用手肘戳了一下尼克的肚子。“没有，其实一切都非常好。”

米卡尔的目光告诉我，他可没有同样的观点。“尼克，把你的外套给莱依莎穿。”

“不用。”

“她需要。”

“那你为什么不把你的给她？”尼克问，虽然他太知道是为什么了。妍妮坐在副驾驶座位上看着窗外，像是我们根本不存在。我望了一眼后座位，那里已经坐满了妍妮的死党，我们没有一丁点的机会可以搭一下顺风车。

米卡尔没有说什么，他只是面无表情地盯着尼克看，接着几秒过后尼克叹了口气，他把他的外套脱下搭在我的肩上让我把它穿上。我有些反感，因为，我不想给他带来困扰。

我含含糊糊地说了声谢谢，同时小心翼翼地望了他们两个一眼。我快速地看了一眼妍妮和后座的那些人，然后我说：“祝你们晚上过得开心。”尼克举起了酒瓶喝了长长的一口。我眼睛里瞥了一眼米卡尔，他摇了摇头，把车窗升了起来，然后开走了。我们继续冬天的徒步运动。

“你可以把外套拿回去了。”我说。

尼克摇了摇头。“不用，你更需要它。而且即使我想，我也不能违抗米卡尔如此直接的命令。”

我以为我们会更快到达，事实是我完全判断错误。当我们进入餐厅时，几乎所有的学生都已经在那里了。我已经饿得快不行了，和尼克直接冲向放着自助餐的桌子。令人惊讶的是自助餐有好多素食，我想米卡尔是否参与了此事，接着又想到他人呢。我往四周看了看，但是没有找到他的人影。我也没找到妍妮，这使我立马有了不好的想法。我抗拒着大脑里可恶的潜意识放映的胶卷，我向自己保证，我无须担心什么。

在一张长长的桌旁我们找了空位，我试着专注吃东西，我已经没像刚才那样饿了，但还是成功地把盘子里的东西吃完，同时尼克已经吃了第二盘了。如果他发觉我有了什么变化的话，他不会不说的。

当尼克去厕所的时候，我开始迅速寻找可以说活的对象。除了尼克我其实只有一个选择对象：康斯坦。他没告诉我他今天是否上班，但是我感觉他应该上班。我知道他偶尔会在酒吧那里，但是我没找到他。最后我在一个黑暗的角落找到了他。康斯坦丁正背对着我，身上穿着黑色的裤子和贴身的T恤，这让他的苍白的皮肤更加明显，而且在离他最后的几米内我发现他不是一个人。斯维特拉娜老师和他似乎用俄语正聊得起劲，他们两个事先都没发现我。这让我感到有些不大对，至少康斯坦丁应该很早就能发现我，然而，斯维特拉娜老师先发现了我，他才转向我。我站在他们的中间有些尴尬，因为我打扰了他们的话题。

“小麻雀，你好啊。”康斯坦笑着说，在某个我们的上课阶段他开始叫我麻雀了。

“你看上去好漂亮啊。”

“对不起，打扰了。”我支支吾吾地说。再靠近一点我发现他用发胶梳了他的头发。

“没事。来加入我们的谈话。事实上我们刚刚还谈到你。”

“哦，是吗？”

“对，”斯维特拉娜老师说，这让我放松了下来，我的存在没让她困惑，“我和康斯坦丁说，我已经安排了考官下个星期来看你和尼克的毕业作品。我已经向校长保证你们俩一定会得到好成绩。”

“希望如此。”

斯维特拉娜老师微笑。“这不用怀疑。当然，当你的作品还没完成时，我不能这样说，现在作品已经让人眼花缭乱了。真正的职业画家几乎没几个能画得这么好的。”

我摇了摇手，很不好意思。我无言以对，有时候，赞赏比辱骂更难接受。

“我还有两个小时的课程没用，”我说，“我用这些时间做收尾工作。”

“当然可以。完成后你可以把它挂起来。你是否已经找到合适的地方了？”

我找到了，可我不确定，我的作品能否安全地能等到考官来到这里。

“我有点想把画挂在大堂的墙上——就是教导处房间的旁边的墙上。那里至少有足够的空间。”

斯维特拉娜老师同意地点了点头。“我也建议放那里。”她转身向着康斯坦丁，“很高兴和你聊天，不过我现在得走了。我还留了一些学生们的作品在陶瓷烤箱里，虽然学校的看门师傅答应帮我看着，但是我要去确定一下他是否把它关上了。”

康斯坦向她鞠了个躬。“我们再见。”

“再见。”斯维特拉娜老师说。她笑着离开了，这让我好奇地看着康斯坦。

“干吗？”

“你们之间是不是有什么啊？”

“如果是呢？”

“真的吗？”我问，“或是……你不会想咬她吧？”

康斯坦丁笑了起来。“不，我的小麻雀，我不会这样做。我从不对朋友这样做。”他的目光从被逗乐变成了慈爱，“她讲了很多你的作品。她很惊讶，你这么年轻已拥有真正的艺术家的才华。”

“不，我还没有。我只是在弄虚作假。”

“你很有天赋，这个不是弄虚作假能画出来的。”

“但是我是，”我坚持着，“我不像其他人想的那样有天赋，如果我没有那些——”我往身后看了看确定没有人偷听，“我的能力，我就不会画得那么好。”

“我们大家都有自己的天赋和弱点，”他说，“你的天赋和其他人截然不同，可以忽略不计。”

我耸耸肩，感觉意想不到地难以迎着看他的目光。我不想对自己承认，这事有多么让我困扰。

康斯坦举起手把我的下巴抬起。“不要再烦恼了，莱依莎，你年轻，这是你的夜晚，好好享受吧。”

我想起来将会和米卡尔一起，我立马微笑了起来。“我懂。”

我先去了一下洗手间，然后在人群中找到了尼克。能让我打起精神来的最好的方式是走向舞池，DJ 唱片骑士已经开始播放音乐，第一批跳舞的人群已经跟随着音乐跳了起来，我和尼克从音乐的中段跟上了节奏，舞池无战场——事实上一些女同学立马向我们走了过来，也跟着我们一起跳了起来，我很友好地和她们一起跳舞。

我一直喜欢跳舞，它让我感到快乐：舞蹈过程中我会忘记一切烦恼，只活在当下，这和我画画时忘记外界的存在是一样的感觉。当音乐放到第四个乐曲时，我突然想知道谁是唱片骑士，因为片刻我惊奇地听着这首乐曲——《吸血鬼周末》乐队，据我所知这不该是夜总会里最流行的音乐。当我的大脑总算开始处理情况时，我慢慢地转身往唱片骑士位置那里望去。康斯坦丁熟悉的笑容向我闪现。

我张大着嘴巴站在原地，康斯坦丁——唱片骑士！谁能猜到会是他呢？

我们跳得更加狂野，越来越多的人进入了舞池，里面的温度开始升高。康斯坦转动的接下来的乐曲是拉丁舞的节奏，这使我跳舞的速度变得飞快。狼山镇上的狼女们可以拥有漂亮的脸蛋、健美的身材，打过世界上任何一种球类运动项目，但是她们中没有一个在此前的三年和她的妈妈一起参加过萨尔萨舞蹈班，她们也没有那种把一瓶香槟酒全部喝光不理其他任何人的舞伴。尼克或许连基本的萨尔萨舞步都没有，但是我能在他的身边灵活转动我腰上的舞姿。

尼克脚步僵硬地扶着我，然后做了一些蹩脚的、没有一点审美的动作，顿时我忍不住笑出声来。

“干吗？”

我摇了摇头。“等一下。”我挤进人堆走到康斯坦丁那里，他弯下腰，我在他耳边说了我想做的事情。他笑了笑，点了点头，然后又戴上耳机。我回到了舞池中央。

“干吗？”尼克又问。我不回答——我不用回答，因为康斯坦这时更换了另外一个乐曲。

“不会吧你。”

我笑开了花。是啊，我是不会啊，所以我让康斯坦丁放夏奇拉的《She Wolf》歌曲。

过了一会儿尼克也哈哈大笑了起来，我们开始摇摆起了新的舞姿，等歌曲里出现那段的时候，我们也跟着一起“啊呜……”了起来，顿时让周边出现了无数刺眼的目光，不过这也使我们接下来叫得更欢。我们跳着，蹦着，笑着，唱着，这时我甚至不记得莱依莎·奥亚曾经烦恼过什么。我看到了康斯坦丁，他向我举起了大拇指，我向他抛了个飞吻，然后他笑着摇了摇头。

这段歌曲结束后我身上已经完全湿透了，看来得马上去洗手间把自己弄干净。尼克去为我拿杯水喝，也为他自己找些什么喝的，大概又是什么含酒精成分的饮料。

米卡尔找我的方式已经让我习以为常，但是这次他还是把我吓了一跳。在我出了洗手间正往回去的通道方向走时，我在双开式弹簧门的另外一边墙上被紧紧地按住。我还没没来得及发出被吓着的声音，他的两片唇已经找到了我的唇，接着它们往下移动，滑到了我的脖子，热吻着我的皮肤。

米卡尔在我脖子边大口地喘着气："我已经无法选择我爱你哪样更多，是你的味道还是你的皮肤。"我无法回答，他嘴唇轻轻擦蹭我的颈部，让我的身躯发痒发软。

"跟我来。"他抓起了我的手，看了看周边——道路通畅，拉着我往银色的螺旋楼梯上走。每步我都是磕磕绊绊地走着，但是米卡尔似乎没有注意到这些。到了第二层他带我穿过工作人员的区域然后往一条长长的通道的方向走。我竭力穿着高跟鞋跟着他急匆匆地走着，但是最后，我的一只鞋从脚上滑落了下来。

"等一下，等等我。"我说，然后弯腰拾起我的鞋子，准备再一次把它穿在脚上，我还没反应过来是怎么一回事，米卡尔把我抱了起来，我异常地惊呼。我的体重没有影响到他急速的脚步，很快，我们走到了通道的顶端，那里的一扇门似乎不像其他通道的门，上面没有写任何号码，而是在金色的地面上刻了字：狼之果套房。

米卡尔抱着我，不知为何他依然能顺利地把门打开，我们走了进去。我没注意到房间豪华的装潢和摆饰，我的目光只集中在米卡尔一个人的身上，和他燃烧着的蓝冰眸子。

他把我放在了大型的双人床上，然后他也上了床。片刻——好吧，很久——我们只是在疯狂地接吻，同时在努力地想方设法让彼此靠近自己。米卡尔把他的外套脱了，并同时把我的另一只还在脚上的鞋也脱了，他抓住了我裙子的下摆，闪着一双邪恶的眼看着我，我抬眼，双眼含情看着他，他的手抚摸着我贴着裙子的小腿然后慢慢地开始往上滑，手摸到大腿的内侧时，我紧张地叫了一声，身躯扭了扭。

最后，当米卡尔的手摸到了我大腿上的蕾丝时，停了下来。他疑惑地看着我，我则是羞怯，微微地笑着。二话不说，他掀起了下摆，往里面看。我知道他看到了什么——我选择了一双深色蕾丝花边高筒袜代替我平时穿的乏味的连裤袜，它让我的腿显得比以往更加修长。

米卡尔抬眼望着我："好美，我很喜欢。"

我看到了他的眸子出现了金黄色的光泽，他的欲火开始燃烧。

而接下来发生的事情，让我更加不知如何是好，我无法思考，我的身躯失去了知觉，感到它们恢复回来需要很久。

正在此时，妍妮冲进了房间。她脸上的肌肤红润光滑，像是刚刚泡过了温泉。她的脸从惊讶变成了讥笑，然后又流露出纯粹蔑视的表情。

我不知道，为什么米卡尔没能提前发现她在附近，也许是他对我过于专注，导致他的鼻子失去了作用。可为何妍妮能进入这个套房？我想一定是她直接从服务台服务员手中拿到的这个房间的另一把钥匙，因为名义上她依然还是米卡尔的女朋友，这个旅馆的工作人员对她太熟悉了，她完全能在旅馆内做任何事情。

她厌恶地看着我们，此刻，我是多么希望她能够在我们眼前消失。

"好啊，看我在这里找到了什么，我劈腿的男友和他的婊子正在嘿哟。"她说。从她的声音和摇摇晃晃的身躯能轻松地判断，她喝醉了。

"妍妮——"米卡尔想说，但是妍妮抢在了他的前面。

"别再说了！你可以是怎样的阿尔法都无所谓，但是我永远都不想再听到你那些虚伪的鬼话。"她用手指着我，"我们两个都知道为什么她在这里，她只是一个人类的婊子，你甚至不能在她面前把这话讲出来！"

"够了！"米卡尔跳了起来，他的喉咙里发出了可怕的叫吼声，而妍妮已经达到她所说的阶段。"这里的所有狼人只有你是个两面派。我想要相信，你会是一个信守承诺并会为我战斗的人。如果这对你来说付出太多的话，那可以是为了你自己。但是，没有！你就像我害怕的那样胆怯。我不知道是担心什么。

"五年啊，米卡尔！我在你这种浑蛋身上浪费了五年！想想，五年中我能够做什么，我甚至能够找到个不只是把我当成他的相好的男的！但是你猜怎么着？现在你可以安心地扩大你的狼族队伍了！在你找到一个新贱货之前多生几个深色头发的狼崽出来！"

骂吧，使劲地骂吧，我的人生中应该听到无数次没能让我痛苦的话了，尤其是像妍妮这种口中说出的。可是，她的话里出现了米卡尔，让我失去了平衡。我想要她闭嘴，不要发出任何声音。我好想这样做，甚至没意识到接下来发现了什么。

我看着妍妮。刚开始我只是看着，紧接着我跟随着我的放映胶卷开始旋转了起来，待我反应过来我在做什么时，我的影像已经转进了妍妮的脑袋。

我看到了，米卡尔和她，坐在火炉旁的沙发上，米卡尔看着她的目光充满着宠爱，我的心，好痛。他的一只手在妍妮的脸颊，另一只放在她的肚子上。肚子，已经很大，妍妮怀孕了。

妍妮睁大了眼睛，凝视着我，接着往后退了一步，目光直直地转移到了其他地方。我看到，她突然呼吸变得困难。

我知道，她看到了，我给她看到的，她的梦想。她愿意相信有着某种方式可以改变规则并创造给她一个从没有过的家庭。当我出现，她看到，她的梦想已多么无望。她开始适应那些——我可以得到一切她不能得到的想法，一部分的她已经放弃。

并且她比什么都恨她剩下的那一部分。

妍妮的急速呼吸让她身躯垂下了一阵子，但紧接着她又站直了。她的眼睛里燃烧着熟悉的火焰，我知道，她即将向我攻击。

我丝毫没给她机会。

我又一次向她脑袋里输入新的影像。她的身躯摇晃了一下，后退了两步，她看着我，张嘴想说什么，但嘴里发出像是干呕的声音。恐慌从她的脸上露出，她叫了起来，跪倒在地上，叫，不停地叫，我不知道她能否停止。

这是我的缘故。

事实上，她已经不在和我们同样的空间，不在同一年，甚至不在同一百年内。她进入了中世纪，在那个时代，狼人几乎已经灭绝。

被遗忘的噩梦，瞬间被我唤醒。

***

教堂的后方太阳降落了下来，那里聚集着整个村的所有人包括小孩，他们嘴里喊着："主啊，您真的站在了我们这一边，恶魔的使者终于被抓到，我们现在能为失踪的遇难者祈祷。"

人群的中央站着妍妮，两个男人紧紧地抓着她，她裙子的一半已经被鲜血染红，侧腹被插上了一把银匕首，她已经没有力气反抗，更别说攻击，银阻止了她的力量和变身，她想逃脱，她的眼里充满了恐惧，因为她知道，人们接下来会对她做什么。

人群慢慢向她靠近，许多人的嘴里念念有词，应该是拉丁语。我不相信什么魔鬼的使者或是吃人的狼人，我只看到妍妮被折磨着。

人们毕恭毕敬地给我让出了一条道路，因为我看到我身上穿着修女的修道服，脖子上挂着十字架，手中拿着燃烧的火把。

我走到了妍妮的面前，片刻她的目光有些徘徊，但紧接着她紧盯着我的脸看，我知道她认出了我。

"你是如何办到的？这不是真的，我知道这不是真的。"她说。

我笑了笑："你不知道吗？"我手一指，两个男人开始把妍妮拖向一根堆满干草和干树枝的木柱。

妍妮往后看我看到的东西。

"现实是在大脑里面，不在它的外面。"

"这些都是你干的吗？"她哽咽地问。

我不用回答。

"当然。当然应该是你。"

妍妮不傻，她意识到她整个人被我控制。

她做了每一个人在绝望之时做的动作，抓住了唯一一根救命稻草——央求。"请你把我带回去吧。求你啦。我答应做任何事，我会永远不再打扰你和米卡尔。求你啦，放我走吧。"

男人们把她按在了木柱上，飞快地绑住她的手。

“已经太晚了。”我说完，把手里的火把扔进了干草树枝堆里。火慢慢地燃烧起来，风把它快速地蔓延开来。我绕着木柱走，不时地往火堆里添加树枝。等我走完一圈，熊熊烈火已经燃烧到了妍妮脚腕的位置。

人们欢呼高喊:“去死吧，野兽！”

“罪有应得，恶魔的娼妓！”

“不要啊。”妍妮喊。哭声，火焰的光芒中她脸颊上的泪水在闪烁。我从来没有目睹过类似的恐怖，但是我需要关心吗？一丁点都不需要。她要把米卡尔从我身边抢走，所以她得死。我要让她死得很惨，我要让她不得其所。

“燃烧吧，地狱之火。”当烈火已经吞没了她半个身躯，我喊。

她尖叫着。

当她被活活地烧着时，我看到我嘴角上的微笑。

***

我控制不住地颤抖。米卡尔看着我们两个的样子，是我从没看到过的焦急状态，他似乎说了些什么，但是我听不见，我也看不清楚。我知道，我需要把那个结束掉，但是我不知道如何做。我得走！逃走！快跑！

我真的就这样做了。我从床上匆忙爬起颤巍巍冲向门外，我听到米卡尔向我喊了什么，可是他还没来得及把话说完，我已经通过走道往楼梯飞奔。接着我慌忙地从楼梯上跑下去，然后跌跌撞撞地走出大堂。出去！我必须得出去！去哪里，我没有考虑过！哪里都不安全！

当我已经走到了车道时，我的手被猛地抓住。纳秒时间内我以为那是米卡尔，接着我闻到了熟悉的须后水味道，这让我几乎准备叹气放松。几乎。事实上，康斯坦丁一直知道应该怎么做，他会知道怎么做，他会把一切修复好。

我停止了挣扎反抗，如果不是他抓住我的话，我整个人都会瘫倒在地上。

“莱依莎！莱依莎！莱依莎！”他重复地喊着，直到我反应过来我要和他说什么。

“你得去帮她。”我无力地说。要不是他是吸血鬼，他或许听不到我在说什么。

“帮谁？”他冷静地问，这让我的思维也冷静了一些。

“妍妮。”我嘶哑地说，我咽了一下口水，但没有什么帮助，“二楼的套房里，帮她。”

“在这里等我。”

看我没有任何反应，他用手捧着我的脸，强迫我看着他阴沉黑色的眼睛，“在这里等，莱依莎，听到了吗？不要走开。我马上回来。”

我终于点了点头。

“一切都会好的。你只要在这里等我。”

然后他从我眼前消失了。我跌坐在冰冷的地面上。等待着。不用想其他的，只是等待。一切都会变好。

我无法相信。

我不时地听着是否有脚步声，熟悉的声音，味道，它们一直没有来。我心想，妍妮更需要他，他只是去修复需要修复的事情，其后他会来的。

只是问题是，我现在需要他，尤其是在这特别的一刻，他不在这里，我在颤抖，我无法没有任何依靠坐着了，一切都在我四周旋转摇晃，我已经分不清它们的轮廓，我感到脸颊突然碰到了冰冷的地面，我想知道这是为什么，然后，我失去了知觉。

第十六章

当我醒过来的时候，几乎欣慰地发现，头在无情地疼痛。它是一种能让我实质容忍的，能让我集中精神的感觉。一种把我的思想从那些让我一生不想再去想的事情中跳出来。

我立马知道，我不在自己的床上，我也知道，现在我在一个我以前没有来过的地方。此外，我感觉到四周有某种熟悉的——我已经碰到过的味道和颜色。

我看了看四周，木制的墙面、天花板和地板。窗帘是拉上的，所以我看不到外面，但是我能猜得出我在一个小木屋里面。它不是那种我和米卡尔曾经待过的房子——不大也不豪华，但是很温馨。

我翻了个身，发现身上还穿着礼服，它让我逐渐想起来晚上发生的事情：我和米卡尔在教室里，尼克和我在舞池里，套房，妍妮……妍妮的尖叫，当她活活地烧着。

气味。

我起身，颤巍巍走出房间。还没来得及呕吐之前进入了厕所。

之后，我低头抱腿坐在地上，我只专注我的呼气、吸气、吐气，然后再吸气，感觉我会窒息，如不顺利地呼吸的话。

最后，我又站了起来，没有照我面前的镜子，直接走进另一个房间。我不想知道，我脸上的实情如何糟糕。客厅的窗帘是拉开的，我看到房子真的是在深山老林里。附近没有看到任何建筑物。太阳正在开始下沉，它照耀在树木上的黄金色条纹，好像老虎的皮纹。通常这时我会开始设计画画，把各种的颜色和每个阴影的角落烙印在我的脑海中。现在，我只是大脑一片空白，拧紧眉头，一段时间凝视着它们。

终于，我从桌上找到了康斯坦丁留下的字条："莱依莎，一切都好了，妍妮的状况很好，你也会很好。这是我的家，谁都不会在这里找到你。等太阳下山了我马上会回来。祝你在等的时间里过得开心。冰箱应该有一些你能吃的东西，你可以从卧室的柜子里找到替换的衣服。"签字，康斯坦丁。

我心想，他应该成功地把那些需要修复的事情修复掉了，这使我有了某种动力，去洗了洗澡，然后穿上从衣柜里找到的广告 T 恤和运动裤。我坐在沙发上打开电视机。我无聊地凝视着它，什么都不想看。不管主持人在介绍什么竞赛节目让我参与还是建议我几分钟内躲藏将要来临的世界末日，对我来说都一样。

我迷迷糊糊地想起，今天应该是月圆之夜。全部的狼人很快都会变身，明天的早上之前我不需要见到它们。

我好想在有谁向我证实昨天发生的事情是真实的之前逃跑。一直跑到全部都变成了梦幻或童话故事，然后把故事讲给那些喜欢恐怖故事的人听。然而我知道，这是不可能发生的事情。我逃不掉的。我可以逃到天涯海角，但噩梦依然会跟随着我。

过了一段时间我发觉，天已经完全变黑了。这时，我听见前门开启。我立马转身。我不知道，康斯坦丁早上去了哪里。我永远不会去问他，而且我怀疑，他也不会告诉我。总之，他不会藏在离这里很远的地方，因为他的穿戴就像他以往那样，非常整齐。

"你好吗？"

我耸耸肩。"还行吧。"

"妍妮的状况很好，这对你一定是个好消息。当然，她受到了惊吓，但是我把她的记忆成功地抹掉了，她不会再记得那些事情。还有今天下午和晚上，她一定会把最后不愉快的事情忘掉。"

我有了个想法，让我第一次敢于直视他的目光。"你也会这么对我做吗？”

“你是指什么？”他问。

“把我的记忆抹掉，就像妍妮那样。我不想再记得那些事情。”

同情的表情出现在了康斯坦丁的脸上，我立即把头转向其他方向。

他把手放在了我的肩膀上。“我的小宝贝，不，我不会这么做。其一，这是不被允许的。当大脑的记忆已经形成了一个清晰的整体时，是不可以轻易抹去的，并且已经影响到了其他的记忆。其二，有些事情虽说是痛苦的，但值得保留，它们会让大脑记得不该重复去做同样的事情。有朝一日你会感谢我没有这么做。”

我怀疑他说的。我很怀疑。但我不会反驳他，因为我很清楚他一定是正确的。是我闯的祸。是应该让我一辈子去忏悔。

“你可以用你的版本告诉我事情的经过吗？”康斯坦温和地问。

我不知道，他是否已经用读心术读过我的想法。

“我不知道。”我说。

我凝视了一会儿窗外，试着考虑哪个是我自己真正的版本。妍妮毋庸置疑会说是我在毫无理由纯粹恶意的情况下进攻了她。我应该讲，不是这样子的。事实上我想得越多，越让我与她有一样的想法。

“我不知道，怎么会或为什么我那样做了。”我终于说出口，“突然间，我有了几千张放映胶卷，我不知道它们是哪里来的。我从里面选了一卷，然后，我传输到了妍妮那里，我知道那些都是她的，她的梦想和噩梦。”我深深地吸了口气，“我只是想让她闭嘴。我想让她离我们远点或是永远不再来打扰我和米卡尔。”

“这已经过去了。别再毫无意义地责怪自己。”

“毫无意义？”这时眼眶里的洪水开始泛滥。我试着猛擦脸上的泪水，但是它们只是不自禁地往外涌，“你没看到那时她的表情，我真的以为她会在那里死掉。我操控了那些时间。我真的做了那些事情。”我又开始浑身颤抖了起来，“我到底是怎么了？什么样的人会做这种事情？”

“你不是有意这样做的。你还没有能力控制你的能力。”

康斯坦丁的话没有安慰到我什么。妍妮不是什么随机受害者。从我们第一次见面开始起，我几乎就想伤害她。我打了她，抢走了她的男朋友和她未来将要成为首领伴侣的梦想。我忽略了她的感受，竭力忘记她的存在。然而，她不可能忘记我和我的出现对她意味着什么。

“而且，”我内心的声音向我提醒，“你很有可能会做更可怕的事情。是一些，连康斯坦丁都无法修复的事情。”

真相在逐渐地潜入我的意识当中。

“天哪，我真的无法控制它们，我无法阻止我自己。”

我们两个都知道这是什么意思，这仅仅只是个开始。

“无处可逃。”

康斯坦丁把手绕在我的身上，把我贴到他的胸前，他让我哭个痛快。我放声大哭了许久，哭声越是延续，越是能感到它在修复我内心深处某些好久以前已经破裂的地方。

“我得尽快走了。”康斯坦丁最终说，“小麻雀，我很抱歉，可是我没有其他办法，我知道有个可以帮助你的吸血鬼，但是他和其他吸血鬼一样，没有适应现代的科技，与他取得联系的唯一的方式是去他那里。我认为在这个情况下我们不能再只是坐着干等下去了，你需要帮助，而我现在帮不了你。”

这就是说，他要离我而去，顿时我心底泛起一丝丝惆怅。虽然我知道他是对的，他越是提早去，越能早回来。

“你待在这里行吗？”

我点了点头，希望我的表情看上去比我想的要肯定得多。

“那个，你不是有个朋友吗？或许他能和你在一起一段时间。”

我又点了点头，想起尼克让我感到好受多了，我知道他会来帮我的，我知道我可以告诉他一切，他不会责怪我。

我只是还没想到。

***

第二天我总算豁出去看了看我手机的信息。康斯坦丁把我的小包从套房里拿了过来，我的钱包和房门钥匙还在。

十七个未接电话。十二个是米卡尔打的，五个是尼克打的。我突然很感激我没有开留言设置。在我开始考虑是否该看那些短信前，我把手机关了。

米卡尔不会原谅我的，我知道这点。狼族对他来讲是他的全部，而我故意地伤害了一个里面的成员，在他看来可能是最坏的罪行。只要我不直接面对他的愤怒，我还可以装作我们之前很和平。

还好今天是星期天，我不用为学校的缺席记录而增加烦恼。我不回家也不去尼克那里。事实上，我哪里都不去。康斯坦把他房子的钥匙留给我并告诉我，我在这里住多久都可以。他没有说他几时回来。我猜，不会很快。

康斯坦在晚上出发之前我们拥抱了一下，然后他低头在我额前一吻："照顾好自己，小麻雀。"

我答应我会努力的。

我看着他身手敏捷地消失在了森林里。我企图让自己不要感到像是被遗弃，他不是为了摆脱我而离开，他是去为我寻找帮助的。我们不能再这样继续下去。我不愿意去想会发生什么，如果他没找到他想找的，或是他找到的依然没有什么帮助。他是我唯一的希望。

***

整整过了两天。我的礼服是最终让我从床上爬起并开始活动起来的动力。尼克需要它完成他的毕业论文。没有它的话，尼克不能展示什么，他也就得不到任何分数。没有毕业论文的分数他更难申请大学艺术系。我怀疑他在考官来之前会把衣服洗一下然后再修补一下——我甚至不愿意想象他的表情，当他看到礼服是什么状态。况且我也有自己的作品需要做结尾的部分。画画使我开心——我必须得相信这个。我穿上从男性吸血鬼衣柜中找出的能让自己接受的衣服，把礼服塞进了干洗袋，然后穿上了康斯坦丁的战斗靴——惊讶的是，他的脚竟然没比我大多少。我往学校走去。

已经是星期三了，这个月的假期让学校变得很清静。斯维特拉娜暗地里给了我美术教室的后门钥匙，让我什么时候都能畅通无阻地进入教室，这种情况永远不会发生在我以前的学校里，我很感谢我能读小镇里的学校。运气好的话我一个人都不用遇见。

路很好，但是没有关系，我希望它就像解开被锁住的肌肉那样解开我锁住的思路。

我沿着沙子路一直往前走，集中精神时惊讶地发现我的腿真的在弯曲和拉直，我已经在床上躺了很久，几乎忘记活动身躯是什么感觉。沙子的沙沙作响和我脸上的寒冷让我想起，不管怎样有些东西是始终不变的。我还活着，我关注着我的肌肉是如何活动的，我应该很感谢它。

我已经走到车朝我开过来的方向。我往路边移动让它开过去，但是车只是慢慢地把速度放慢，直到变得和我的脚步速度一样。应该是迷路的游客吧。我准备告诉他们我不清楚他们去的地方在哪里。某天丹尼尔在路牌上面会醒悟，会费点功夫。

最后，车在远处停了下来。我看到驾驶室的那个人打开了车门。我吸了口气准备面带友好地向这人打招呼。

从车上走出一个穿着牛仔裤和猩红颜色滑雪衫的女孩，她看起来摸方向盘有点太年轻了，金色的头发，严肃的表情——我僵住了。

那是妍妮。

她向我走了几步然后停了下来。

“我想和你谈谈。”

我吞了吞口水。我敢发誓，“谈谈”应该写上说明，意思是把你掐死。

“你需要知道一些事情，”她说，“是关于我们的，狼人的事情。”

我无言以对，只有点点头，我完全被她如此冷静的态度惊讶到。我在等待，她开始大声尖叫的时刻，或是把我脑袋扯断。

“上车。我可以送你到你想去的地方。”她朝副驾驶座位的方向歪了歪头。我踌躇片刻然后走到车的另一边。我不想单独和她待在这么小的空间里，但是我没想过我有其他选择。她能想到的一切她想做的都是我应得的。

我关上了车门，接着我们开始前进。

“你去哪里？”她问道。

“去学校。”我等着她说什么，但是她令人惊讶地一直保持沉默。直到，我的思绪有了时间加速它痛苦的慢跑。我的罪恶感每一秒都在增加，最终我实在忍不住了。

“你怎么知道，我在哪里的？”

“大家都说你消失得无影无踪，就像是被大地给吞没了一样。”她几乎很友好地说，“男的没有想象中那样聪明，不是吗？我马上知道你去了康斯坦丁那里。包括丹尼尔在内，谁都不知道他到底住在哪里，但是我有几次看到他从这里走出。我拿了我爸的车来碰碰运气，看是否能找到你。”

“对不起。”我脱口而出，“我真的，真的很抱歉。我不知道我是怎么了。我甚至不知道我做了什么或怎么做的。我不是故意……”不，我的确是故意的，“我的意思是，我知道，我们之间不是太友好，但是我应该那样做。我真的不知道我能那样。”

现在我把它说出来了，我终于把要说的说了，这让我感到好些了吗？没有。

“我原谅你。”

“什么？”

“我说了，我原谅你。我如果站在你的位置上我一定也会这么做的。如果真的我也有这个能力的话。”

康斯坦丁一定是在她的脑子里做了什么奇迹。

我们再次沉默了片刻。接着她叹气终于转移到正题上面。“你也许知道狼女是不会有孩子的。你曾听说，孩子是怎样来这个镇的吗？”

“不完全知道，”我承认，“但是我的理解是，男的都会有……那个，人类的情人。”

“几乎是这样吧。然而，通常那些更多的只是协议而不是恋情。有的会实话实说他们想要什么，然后付给女的相当不错的报酬，没有任何情感上的纽带。有的则是用说谎和欺骗的手段，然后等孩子长到一定的时候强迫女的马上离开这个镇。有的甚至还会杀了孩子的母亲。”

我顿时目瞪口呆，我应该习惯狼人凶狠的那一面，但是……我没有。

“你是否有过好奇，为什么狼男根本没娶人类的女人作为他们的妻子？”

我对这个倒是有自己的理论。“狼人认为自己比人类更好，”我说，“而且因为狼人从来不会告诉其他人它们的去向，在欺骗中与其配偶一直生活是非常困难的。”

“是的，但是就像你发现的那样，蔑视绝不是那么巨大，能让我们不喜欢人类，告诉我们一些选择和信任的价值。这个镇里依然没有过与人类结婚的。你知道为什么吗？”

我摇了摇头。

“狼人意味着我们是人也是动物。我们每个狼人都是两个，每件事情总会影响到双方，就像我们尽量控制狼的部分。”

我想起了米卡尔脚底的文身，也想起我明白了为什么他要文那个让他多么惊讶。我怎么会没有意识到，他有多么牢地记得，他从来不是一个人。

“每一个脚步。”想起这个让我难以呼吸。

妍妮继续说下去，我竭力专心听着她说的每一句话。“狼人永远需要另外一个狼人。它需要群体和它的首领。但是在这之前它需要的是一个伴侣。”

我等着。我很害怕我所期待的。

“人类永远可以爱上人类，与对方结合并决定不会再和其他人。然而，狼人不是。据说，每一个狼人会有一个灵魂伴侣，遇到那个人之后他不会再想要其他人。我不知道这是不是真的，我只看到过很多这个镇里的混乱恋情，没有一个狼人与一个人类真正组成过一个家庭，或许这样生活他们觉得更加简单。”

“你的意思也就是说，那个……”

“我的意思是，米卡尔现在像他想象的那样有多么爱你，他大概就会有多么肯定地向你保证——相信我，他没有骗人，至少是我意识中没有——某种情况下他还是需要狼族。他对那个就和你一样无能为力。”

我云里雾里地听着，然后车已经开到了学校的停车场，那里已经一片漆黑，一个鬼影都看不见。

“我不相信，米卡尔想欺骗你。他一定完全相信你们有未来。”

她凝视着前方。某种原因让我相信了她说的话。“我不是为了想让你们分手而说这些话。或是我想的话，现在也不重要了。这么说吧，我已经受够了这里对待女性的态度。我觉得你有权知道这些事情。”她深深地叹了口气，“如果你不相信我，你可以问安妮奶奶。她是少数人类之中的一位，被允许留在了镇里的。她甚至还和那个狼人订了婚，但是最终男人还是抛弃了她，选择了和狼女一起。”

我想起我遇见的那位和蔼的女士，她一人支撑着一个店和扶持一个本身是地雷区的家庭。并且还有这些……她有曾想过离开这里吗？把一切抛诸脑后重新开始新的没有狼人、吸血鬼和什么特异功能的生活？

有种感觉让我马上知道，她没有，她应该太适应这里了。可是我不行。

我打开了车门，但是没马上出去。我鼓足勇气转向妍妮。

“谢谢你告诉了我这些。”我没等她回答，就从车上走出然后把车门关上。我没有停下脚步看她如何把车倒回路上然后开走。

***

许久，我坐在黑暗的美术教室里面。我把裙子放在了缝纫机上面，尼克一定能从那里找到它，接着我拿出了自己的作品，但是我丝毫没有开灯或者做其他事情的想法，我迷茫地看着画，无从下手。我记得每一个笔触，每一个色调，画展现了我计划的那样，海水上方的月亮和它的倒影。然而，画没有真实和细致地显示它的主题，而更多是较具表现主义。我从来没用过这么多的颜色和用过这么粗的画笔，我几乎打破了我常规画画的方式，把一部分的颜色直接涂在画布上才混合，以前的老师会觉得这是不能容忍的初学者做法。

我的一部分想法是恨不得把画撕成碎片然后从窗户扔出去，画勾起我太多太多难以忘怀的回忆。这就是所谓的我的梦想。它更多地像一张扭曲的漫画。就像水中月光形成的路线那样，看似逼真，但它仅仅是个幻觉，空想家无可救药的幻想有可能触摸到了一些很久以前得不到的东西。当你走在那条道路上时，你沉了下去。淹死了。

画夺走了我的几小时，然后又几小时，它吸走了我的力量并让我感到恶心，它不停地传输给我的只是一些不切实际的无法挽回的希望和感情。

片刻，愚昧的想法，是它把一切变坏的，没有它所有的一切就会变好。

当然我知道，不是这样子的。米卡尔和我从来就没有过任何机会，即使我没做难以饶恕的事也是没有可能的。我想相信其他人都是错的，我是真诚的，但是一部分的我一直知道真相。

多么傻啊。我让我自己相信，会有谁真的爱我一辈子。我，仅仅是我，只有我，这样的我就足够了。它不仅混乱了我人生迄今为止学到的一切东西，而且放任他欺骗我。我让他接近了我，我想这样以后我不需要再孑然一身，我不需要再不得不假装或试着讨好别人，因为我有了所有我需要的，他。

好傻。全部都好傻。

它只是感觉像是美好的，真实的。

我以前从没感到过这么空虚——甚至妈妈过世的第二天也没有过。我和米卡尔已经结束了，我也结束了。仿佛我抛弃了自己和那些剩下的，现在，我只是坐在桌角上凝视着一张无聊的画，一张没有他的样子的画。

这时，有谁打开了教室的门。

我的心害怕地又期望地跳动着。我希望是米卡尔。我本能的想法是他会来到我的身边，会抱住我并且会向我保证一切都没事了。接着我想象的是他生气的表情和我将要跌倒的身躯。

眨了几下眼睛后，我发现这个人不是他。我无法详细解释，只是觉得来的这个人简直不是真的。米卡尔散发的力量和权力的气息他也散发着，但是是用完全不同的方式散发着。

我终于在黑暗中看清了这人的轮廓，他的个子高高的，肩膀宽宽的。他是一个成熟的男人，而不是一个年轻的男孩。

他是丹尼尔。

我从桌子上慢慢地滑下来，等待着他把灯打开，但他没有这么做，他只是慢慢地走近我，我有了一种不安的感觉，因为他的脚步丝毫没有发出声响。

几米过后他停了下来。窗外的路灯照射的角度使他的脸在我的视线下变得更加黑暗不清。

一种不祥的预感笼罩在了我的心头。我不清楚，他想要什么，但我几乎能确定我不想知道。

他慢慢地转身，把双手放进了大衣口袋。片刻的摸不着头脑后，我明白过来他在欣赏我的画。我不知道他能否在黑暗中看清楚，不过他感觉应该足够了。

“就像大家所说的那样，你画得真的非常好。”他说。他的语调没有带着威胁，但是我还是感到很冷。

“谢谢。”

“真是遗憾，马里塔把你以前的画给毁了。我听说那幅画，画得与本人没什么两样。”

我花了一段时间才把他的话反应过来。

“什么？”

丹尼尔漫不经心地把重心从一只脚换到另一只脚。“是的，马里塔有些难以接受你来镇里没有选择她的孙子，她很希望看到你和约翰组成家庭。”

“什么？！”

“你大概不记得学校里的约翰，”他说，“高高的，金发……”

我摇了摇头，我当然记得他，他故意接近我的方式和苦瓜脸的表情，但我从没想到过他会是校长的孙子，我不记得有听到过他姓什么——学校里大家都只是喊名字。

“马里塔近几年有了各种……问题，因为受祝福的女人生活中需要承受的事情比我们其他人更多。这也能让人理解，对她一个狼女来讲，生活有多么的不公平。她真的幻想可以用你来延续她们家的香火。同时她又对你的立场非常嫉妒，导致做了一些荒谬的事情。你应该发现前几个月你的衣物莫名其妙失踪，它们都进了马里塔的衣柜。”

“她为什么要拿走我的衣服？”

丹尼尔看似讥笑了一下。“因为，她想要成为你。”

“成为我？为什么？”

“你年轻，莱依莎，年轻又健康，你可以生很多小孩，这是每个狼女渴望不可求的事情。”

马里塔老师，我的一位老师，把我的画搞坏了，偷了我的围巾和外套，因为她……痛苦？嫉妒？如果丹尼尔指的是其他人，我也许会不相信，但是马里塔老师……

老天爷！她真的应该是疯了。

“当然，马里塔事件中有意思的那部分是，她协助了你和米卡尔的接触。你应该记得你们曾去滑过雪？我和米卡尔考虑到最好不要让她在回去上班的第一天遇见你。她那时已经对你很反感。米卡尔顺利地安排了那天你没去学校。”

“你为什么会把这些事情告诉我？”

丹尼尔看了看我。虽然我没怎么看清楚他的脸，但我可以对天发誓，他在笑。

“我刚听说了一个发生在两天前我的一家旅馆套房里的有趣的故事。是个非常有趣的故事。”看我没什么回应，他就主动地继续了下去，“直接来讲，我也等待着类似这种事情的到来。自从你来到这个镇，我就等待着你真的是那一个。”

他是知道什么的。天哪，世上这么多人，而他是那位知道真相的。我曾经绞尽脑汁想方设法从他那里得到——我的人生有可能受影响的信息。然而，那些如果他觉得没有必要告诉我的信息，我就没有丝毫机会从他的嘴里挤出。我的直觉告诉我，他从没大方过。

“毋庸置疑，你想知道关于你妈妈的过去。”他又开始用他跳跃的思维方式打开另外一个话题，“现在是个机会，你可以问所有你想问的事情。”

一个月前我已经被他钓上钩。这次我保持沉默，我对丹尼尔的了解是，他喜欢愚弄别人。他总喜欢他是那位控制所有局面的人。我当然非常想听到关于我妈妈的真相，但是某种想法告诉我，我能不能负担得起那一个问题。也就是，他知道我是什么，毕竟那是最重要的。

“好吧，”丹尼尔说，“这样子吧，我来向你提问。你知道前段日子你用的是谁的首饰吗？”

他指的一定是那个狼牙。我摸了摸，它还挂在我的脖子上——好讽刺啊，从舞会到现在我居然还把它留着。我抗拒地把它从脖子上拿了下来。

“不知道！”我喊得连自己耳朵都疼。

“真是有趣，在整整十七年前它还挂在你妈妈的脖子上。”他自言自语地笑着，“你妈妈有着格外诱人的个性，完全和其他那些我遇见过的不同。她很美，非常的美丽动人，坚强又有活力。她是那种极少数的狼人，能在和我的想法不一致的情况下把自己的想法说出来。”

那种极少数的狼人。

我的大脑开始乱转，停不下来。我妈妈不是狼人，我能肯定，丹尼尔一定搞错了，也许所有这个镇里的人都搞错了——是的，这是最自然的解释。这样，亚斯卡就不是我的舅舅，妈妈没有骗我，还有全部的：狼山镇不应该是我的归属。我不用知道关于狼人的任何事情，他们也不用知道我。

已经来不及了！

我还没来得及再想下去，丹尼尔又继续了：“我看到我的话把你给搞糊涂了。要不要我更进一步解释一下？”

要不要？当然要。但是我怀疑，这不是免费的。

“为什么你要把这些告诉我？”

“每个人都应该知道自己的故事。”

我摇着头：“你可以把这些事在我第一天来这里的时候告诉我，如果你想告诉我的话。为什么是现在？”

“因为现在才是真正的时候。我可以高兴地通知你，涅米家的问题已经和解，你和米卡尔现在可以开始正式谈恋爱了。”

我的心跌落到了谷底。这话几天前应该会是我最想要听到的，而现在我甚至想大哭一场。

“我知道我和米卡尔不会有结果的，”我终于说话了，“至少不会长远地在一起。”

“也许是，也许不是。如果你愿意，我有一些事情要告诉你，这有可能会改变你的想法。”

希望的火花开始在我体内燃烧，但是我立马让它破灭。我要专注的是在我手上的而不是我背后的。

我咬住唇。我现在的状态是：一方面我从没那么害怕过；另一方面是一旦我让恐惧战胜了我自己，结果会非常的可怕。如果有什么方法能不让丹尼尔摆布，也就不会是被动地等待。

“告诉我。”

“最奇特的是你妈妈，她是狼人，但是没变过身，谁都说不清楚那是为什么。她的——也就是你们的——家族里从没发生过类似的事情。大部分的狼人误认为她只是个人类。我和其他一些狼族还是知道一些的。我们经常为了此事争吵，是她狼的部分太弱导致变不出来，还是她有什么方式把它压制下去导致她月圆之日不会变身。总而言之，她完全是个特例。”

他把他的身躯移动到了正好能照得到他脸的窗户那里。第一次我敢于把他的脸看清楚了。

我立刻倒吸了一口气。丹尼尔的眼睛闪着金黄色。

他向我靠近，我往后退缩。某段时间内我开始摸起了我卫衣上的绳子，但是很快我感觉一切可能性的动作都是在壮胆。我停了下来。

“我知道，她体内有狼的部分，因为我能感觉到它的存在。我也感觉得到它真实的吸引力。你可以相信我比谁都仔细地观察过她。她的父亲曾担心，我会由于种种原因杀了她。而我决定让她成为我的伴侣。”

我的表情一定是告诉了他，我在想什么，因为丹尼尔笑了起来。

“是的，她那时只有十六岁，但她看上去总是要比她实际年龄成熟得多，就像我讲的那样，我被她吸引了。她用泼辣的方式让我明白，我的接近使她很不舒服。我最后直截了当地向她提出我的请求，她经过考虑后答应了。她接受了首饰并承诺她只属于我。然后，她背叛了我。”

他在说最后几个字的时候像是在嘲笑整件事情。

“一天晚上，她对我说，她认识了另外一个男人。她说她爱上了那个男人。就像是他对她很重要似的。”同时他讥笑着，“我那时已经是首领，我可以决定她死还是活。因念她太年轻愚昧无知，容易误入歧途，所以我没有再追究下去。”

丹尼尔折回了黑暗之中，我的眼睛也已经完全适应了黑暗，他的脸孔对我不再是完全藏起来的。

“后来她告诉我，她怀了那个男人的孩子。她说的那个他好像老天创造出来拯救镇里不能生育的问题并且可以保卫我们的未来，至少几个世代的救世主。我告诉她，她是在严重浪费她的所有，而且我现在依然还是这么想的。”

我试着理解他刚刚讲的意思。我想要开口对他讲，听了他的话我第一个想法是：他和马里塔一样疯狂。不过我阻止了这个举动，我知道他没有骗我。这已经让我尝到了苦涩的真实感。

顿时我眼前出现了影像。妈妈接近我的年龄，我不认识是哪个地方，不过可以判断应该是在这个镇上的某个地方。妈妈留着和我一样长的头发，但是发色是金色的。她在企图把脸上的头发拨开，因为风把头发吹到她的前面。最后她停住了脚步把身躯转向顶风。她闭上眼睛让头发在身后飞舞，长长的、直直的、金色头发。

“我一直知道，你的方向是顶风的。”她背后的声音说。

我立刻张开了眼睛，我才发现刚才眼睛已经闭上了。丹尼尔又向我靠近了一些，看着我的方式像是有着什么含义，是一种我之前没见过的含义，不是关于我，也不关于米卡尔。最终我明白过来那是什么，对丹尼尔来讲我是谁或我做了什么都是一样的。我永远是我妈妈的孩子。

“你来这个镇的原因非常简单，是我让亚斯卡与你联系，把你接到这里来的。”他继续着，就像从来没有停顿过，“我打算让你先过来然后慢慢花时间把你安顿下来。而在我还没做很多事之前，你已经变成了你妈妈那样。你可以想象我有多么高兴，当我发现米卡尔是那个引起你注意的男孩。”

“你和米卡尔的恋情最终是否会继续下去，这对我没有很大的关系。你签订了协议，你必须承诺。狼族的利益在先，其他的事对我都不重要。”

我诅咒狼族。我对它的游戏，尤其是它的利益已经感到太累了。它是什么对我一点都没关系，我也对它没什么关系，我们双方互不相干，我只想离它远远的——它和丹尼尔·萨里。远得能让世界变得又正常起来。

然而问题是，我也不正常。

当丹尼尔不再继续讲话，我决定提出我的问题。“你知道我爸爸的事吗？”

他考虑了一下。“我和他见过几次面。”最后他终于回答了。

“你知道他是什么吗？”

“我稍稍地尝试过他会什么。他的能力很强大，显然是学了很多东西。”

这实际上没有回答我的问题。我依然确信他知道答案，他只是不想提早把它给我。

“你会感到开心。你没有见过他。他表面风度翩翩，但是骨子里相当的自私。你妈妈有什么做对的就是她没有告诉你谁是你父亲。她把耻辱一起带进了坟墓。”

“你知道这些因为……”在我还没咬到舌头之前我问他。我的好奇让他满足，这我是知道的。他没有笑，只是看起来更像是在测算。

“你难道从没惊讶过：一个在读书的单亲妈妈怎么有钱买得起赫尔辛基市中心的房子？”

“我有。”我承认着。

那是已经过了很久以后，我了解到一个平面设计师，能有自己的房子不是什么轻而易举的事情。尤其如果是单亲母亲，并且房子还位于这么好的地段就像是我们家的位置。我从来没有能够完整解释这个。总之它是一个没让我过多花心思的事情。

丹尼尔第一次把手从大衣口袋里拿出来。“你父亲给她钱，这样她就能带着你从他眼前消失。他不想再听到关于你母亲的任何消息，直到她把孩子生下来。你母亲乖乖地照办了。”

“这没有任何道理啊。”我说，“为什么我妈妈还会愿意死心塌地地跟着他，而他一点都不要想我妈妈？”

歪嘴的笑容从丹尼尔脸上出现，这让我想起米卡尔，除了丹尼尔的表情有着零下八十度的寒冷，极为冰冷。

“因为，你父亲有你的兄弟。”

第十七章

“什……什么？”

“你没听错。你有个兄弟——你们是双胞胎。你母亲放弃了他，只要了你和钱。”

“不是的。”我大脑现在能组成的唯一的词。

“是的。我知道，这不是很容易能理解的，但这是事实。”

“你怎么会知道这些？妈妈很早就离开了这里。”至少是我认为的，要不然整个故事会搞清楚。

“我有我的信息渠道。”丹尼尔平静的回答让人恼怒。

“我不相信。”

“是不相信我有信息渠道，还是不相信你母亲答应放弃自己的孩子？”

“为什么我爸爸只想要我们其中一个？”

“你父亲，就像也许你所想的那样，他来自另一个文化区域。他想要男孩延续他们家族的香火。我认为是两个小孩对他来说太多了，而且他觉得你没什么用处。”

“你没什么用处。”这简直像一首我人生的副歌，在幼儿园、在小学、在初中，甚至有时在美术班的课堂上，你没有什么用处，因为你和其他人不同，你很奇怪。更讽刺的是当我降生到这个世界，我的不同已经从我的妈妈和我爸爸那里遗传了过来。

“你应该发现，你妈妈是把事情变得更糟的人，她以为我会是那个把她的自由和主权夺走的、支配她愿望的人——她一直这么认为。虽然存在着更好的理由，但她觉得我是她的威胁，所以千方百计摆脱我。”

“而我认为她不是太喜欢你。”我低语。

“是吗？她在某段时间非常清楚地表达，她有多么喜欢我。然而你父亲用了魔法成功地得到了她。我到现在都不知道，是他哪一部分的魔法还是他出色的念力。”

“过去的就让它过去，反正妈妈最终还是没有留在这里。”我说，“我了解她，她生活得很开心，很幸福，她做了她想要的事情，就像我想要的那样。”

丹尼尔的表情和样子至少看上去依然很放松，一目了然，他一点都没有重视我。我开始对他的自控能力抱着一丝希望——也许他只是看上去可怕罢了。

“然而，她始终没有结婚，不是吗？她一直单身。她身边没有狼族也没有伴侣，她的狼人部分一定很痛苦。我不相信她是幸福的，基本上不是。”

他不应该说那些让我更加伤感的话，妈妈已经走了，她生前是我的全部。就像我是她的全部。他讲得太过分了，妈妈短暂的生命中和我生活在一起难道没有让她幸福过吗？我刚刚，刚刚才控制住的我眼眶里打转的泪水和平息了我呼吸的节奏。

“你是说，如果不住在这个镇里，狼人就不能在这个国家感到幸福？我应该留在这里，因为我是狼族的后代，我也需要你们？”

他笑得很欣慰。毫无所谓，因为我终于明白过来了。

“这就是我要说的。”

“你的念力很独特。”丹尼尔继续，“你完全有能力拥有比任何一个心灵感应者更强大的力量。甚至很有可能胜过大多数的巫师。对我的狼族来讲这当然是天大的喜讯。我们很快就不需要其他外界的超能力者来保护我们的秘密。我们将会比其他狼族在谈判立场上更有实力。只要等你再长大点，你就能为我们在超自然能力群体中带来更大的活动余地。”

我摇了摇头。“我不会这么做的。”

他笑了起来，真的是哈哈大笑了起来，笑得我浑身汗毛完全都竖了起来。

“你不会？”他终于笑完了。

我鼓足勇气向他说明事实。“我不会在这里待多久了，等我毕业后我就离开这里，我要去读大学。”

“这已经由不得你来决定了。”

“当然是我能决定的，你们不可以强迫我留在这里或者让我做其他事情。”

丹尼尔扬起眉毛。“我们不能吗？”

我恐惧的大脑中的怒火开始升起，我抬起下颚，紧盯他看。“你们不能！”

他假笑。“你和米卡尔不是爱着彼此吗？你们想在一起吗？”他说“爱着”两字的口气，就像他觉得那是很可笑的事情，“这就是我给你们的。我只希望不要让以前的错误再次发生。”

错误！他觉得我妈妈是个错误！

愤怒的烈火给了我力量迫使我说出了接下来的话：“你可以确信，我不会留在这里，你们不可以支配我的人生！”

我竭力不让自己屈服，这可不是容易办到的，因为我已经不敢再直视他的目光，他的眼睛发亮得像已经可以燃烧的火炬一样。

“我知道，你在这个镇以外没有其他亲人。”丹尼尔的声调已是那么的鲁莽，他浑然不知已原形毕露，“我们是你唯一的你一直梦想的家人，这里有一切你所需要的。有什么能让你离开我们的？”

“我想要画画。”我说。它已经迅速成为我唯一真实拥有的东西。唯一的，我可以抓得住的东西。

然而，丹尼尔感觉可笑。“天哪，你与你母亲许多方面怎么如此的相似，她也只想画画。甚至在某种程度上，直到她终于明白她已经和魔鬼混在一起——也就是你的父亲——她已经准备和魔鬼签订契约来替代她将面对自己的行为所带来的后果。”

丹尼尔已经很习惯他能得到一切，他所要的都是法规，谁都不能试图质疑它。我一点都无法理解，整个镇怎么会服从他，并且这么多年。他是那么的厚颜无耻，他的脑子里只有他自己。他以为他知道一切，什么都可以做到，控制我们的所有。

他是时候该睁开眼睛了。

“你知道吗？我爸爸也许是很可怕，但我很庆幸妈妈选择了他而不是你。我对这个镇感到惋惜，我对米卡尔和你的妻子感到惋惜，你的妻子真的不值得对你这么好，你不配，她那么的漂亮和聪明，而你对待她像对待一个女仆。你到底是用了什么方式把她留在你身边的？威胁？让她的狼人部分服从你的命令？”

他吼了一声，只有一声，但依然是吼了，这应该让我停止我的话，但是没有。实际上，我的脑海里出现了米卡尔的画面，而且我不能不去想，没有丹尼尔的话，我们可能已经在一起了。

“还有米卡尔……”我咽了一下口水，“大概你是知道的，当提到你的名字时，每次他有多么的悲伤。他很爱你，当然，他不得不爱你。但是他不想变成像你那样，因为那是他想象中最可怕的事情。”

在我讲话的同时他的眼睛开始变得更像狼的眼睛，虽然我不太相信这是真的。他的站姿开始僵硬，双手攥成了拳头，均匀的低吼从他的喉咙里发出，我已经完全处于激动状态无法控制我的情绪和堵住我的嘴巴。我害怕但不足以让我停下来。

“你或许是一只可恶的大野狼，但是你人的部分你什么都不是。”我讲话速度快得唾沫星子从口中飞出，“现在我非常明白，为什么妈妈会选择离开你。我不明白的是，为什么妈妈起初会喜欢上你，你有什么好的，你是我从没遇到过的可怜人，你认为你很强大，每时每刻你都想把它显示出来，事实上你没有一点勇气让狼山镇的镇民来决定自己的事情，因为你知道，那时他们不再会接受你是他们的首领。事实上你没做过多少好事，这里的人们都已经疲劳和不幸——他们中的很大部分已经放弃事情会往好的方向发展。如果你们灭绝的话那会更好。”

可怕的事情发生了：他“撕裂”了。他身上的衣服被撑裂开来，他的骨骼在变换位置，他的脸在变化——我隐隐约约意识到，他没有发出任何声音，这确定了我不信的地方，也证实了我所看到的。我虽然以前看到过狼，但我从没看到过变身的过程。变身的样子既不漂亮也不丑，没有神奇的光或浮华，甚至连暗淡的轮廓也没有。只是一个男人，把身躯缩成了一团然后形成了新的样子。几秒后他变成了狼——一只巨大的深灰色的狼。

正在向我龇牙咆哮。

我立马醒悟到，我离死亡已经非常非常近。

我的第一个想法当然是逃跑。我立刻从他身边跳开——丹尼尔正好在我和教室门的当中，意味着我丝毫没有机会超过他。

这时，丹尼尔向我扑了上来，我勉强避开了他扑到我的胸前的脚，但爪子抓到了我的手臂，我尖叫了一声。还好只是擦过，没有其他危险。

我用颤抖的腿往课桌方向跑，可是丹尼尔的速度比我快得多，他的牙齿咬到了我被爪子抓到过的手臂。我感到寒意直冲我的全身，片刻我几乎快要晕倒。我听到了丹尼尔兴奋的吼叫声。

惊慌失措征服了我。我拼命往其他地方跳跃。

眼睛开始模糊，但是它没有阻挡我的身躯控制局面。我用吃奶的力气狠狠踢向丹尼尔。他被踢飞了出去落到了教室的另一端。我知道，这应该是不可能的事情，要不然我不会站在原地发愣。接着我赶忙往最近的门那里奔跑，不用回头我也知道，丹尼尔会追上来。怒吼和爪子打击在地面上的声音告诉我，他已经爬起来了。

我冲向走廊。只走出了两步，他已经追上了我。他扑了过来，但是光滑的地面导致他没能使出全力。他伸出爪子想抓住我，但是抓了个空。高兴没有持续很久。接下来他用全身的力量向我扑过来，然后我倒在了地上。爪子一瞬间刀割似的刺入了我的皮肤，我喊出了从没有过的尖叫声。

我拼命向他大脑输入影像。顿时他相信他在攻击克里斯汀娜而不是我。他惊呆了，当他迟疑动摇时，我匆忙爬起，我从他的身下逃离了出去。我知道，我应该感到更加的疼痛才对，但是显然是肾上腺素起了作用，让我还没感觉到什么。我的想法只有一个——逃走。用任何方式都要逃。

用跑的方式看来已经不行了，我得想办法让他短时间内和我隔开。这是我唯一的机会。我也许不是百分之一百的人类，但是我的头痛告诉我，我已经没有太多力量了。

丹尼尔又扑了上来，我躲开了。他抓住了我的裤口，但是不知怎么的，我顺利地保持了我的平衡，扯开了裤子，把他甩掉。我自己还没反应过来之前，我转身踢向了他的颚骨。踢得没能像上一次那样厉害，但还是成功地让他趴下了。这时，我抓住了一扇门的把手，把门砰的一声甩开。丹尼尔没有防备到这一点，他头向前撞在了门上。撞击的巨响在整个空间回荡。我惊讶，门如何还能依然完好无损。接着我意识到，这扇坚固的门救了我的命。我立刻跳过门框把门关上。

这时我发现我逃进了洗手间。我把门咔嗒锁上，然后四处张望。被困住了。这是我第一个想法。洗手间内有两个隔离间，面积都不会超过三平方米。门的外面听到砰砰在响，毋庸置疑丹尼尔已经出来了。

现在脑子里除了想怎样遏制住狼人，没有其他的了。但是关于这个话题的课我没有上过。我只有想起，银子。我需要些银制的物体。一切我身上带的首饰都是金的，也毫无可能在洗手间里找到什么银子做的东西。慌忙中我急得团团转，简直恨不得把碗形的洗脸池拔下来，往丹尼尔的头上砸。这时我想起，最后的隔离间马桶上方应该有一个很小的封闭式磨砂玻璃窗户。我打开了隔离间的门，确认了我想到的东西。窗户真的很小，不是最佳逃脱的办法，可我已经被逼上梁山。我把卫生纸的架子从墙上拽了下来，然后跳到了马桶盖的上面。用架子的尖处直接对着窗户用力地敲了一下，我完全没有考虑玻璃的碎片会是怎样的。

重心不稳的缘故，经过第二次的重重敲击才把玻璃打碎。谢天谢地，今天脚上穿的是靴子而不是什么高跟鞋。我把窗户四周的碎片尽可能地敲掉，然后扶着直通天花板的水管往上爬。我不确定我能否从这个小窗户里爬出去，最坏的情形是我被卡住，丹尼尔把我抓住。如果结果是这样子的话，我甚至连逃跑都不用做。

我听到门的表面被撕破的咔嚓声——意味着，丹尼尔已经离我不远了。我赶忙双手抓住水管爬到了马桶水箱的上面。接着花了几秒的时间计划一下接下去将要做的动作。我最多只有一次机会。我双手抓住天花板挂着的水管，身躯吊在了空中，然后使劲把身躯晃动到窗户那里，一只脚先成功地跨了出去紧接着另一只脚也伸了出去。

屁股和腰部分擦到了窗框，但是我还是成功地把一半的身躯钻了出去。接着我放开了手，上身也跟着钻了出去。

我的双脚先落在地面上，不过由于膝盖没有什么力量，导致我用双手撑了一下地面。在我留在原地惊叹我是如何顺利地做了那些动作之前，我站了起来，扭头飞奔。

我不清楚锁上的门能够支撑多久，但是我肯定不会很久。我拼命地奔跑，几乎气都没怎么喘。我没注意到外面天很黑而且路上有积冰，双腿只是用快速的节奏踩着雪地，像是与大脑失去了联系。它们完全自主地在往前跑。直到它们把我带到亚斯卡房子的院子。

我得离开这里。现在。

我轻手轻脚地走了进去。踮着脚尖从楼梯爬到了自己的房间，然后胡乱地把一大把衣服和一些我手上能抓到的东西往我旅行包里塞，同时给尼克打了个电话。

他像往常一样在电话响了三声之后才接听。“你一个人吗？”他还没来得及说什么之前我问他。

“嗯，是的，怎么啦？”

我把妈妈的相框用衣服包起来塞进里面已经放了我的日记和护照的行李包内。

“我要离开这里。马上。”

那边没了声音。

“我来不及解释，但是我需要知道，你和我一起走吗？”

“也许你知道，如果我现在走的话，我今年毕不了业了。”

“我知道。”事实上这事一点都没进入我的思考中。我没有任何权利请求他这么做。我知道，即使我非常需要他，但是他应该留在这里。

我拿着手机往楼下跑，最后的一个台阶差点踩空。

“你也许知道如果丹尼尔抓到我们的话，他会杀了我们的。”

“我知道。”真希望他是不知道的。

“要命。嗯，好吧。”

我的心怦怦直跳。好吧？我不相信，我从没这么感谢过什么。

“你到我这里来，马上。”我急匆匆地继续，“把你想要带的东西带上。我们不会再回来了。”

我结束了通话。我不知道我还有多少时间，但是我怀疑应该没有多少了。丹尼尔可以很容易地跟踪到我。他是一个掠夺者，这是第一次他的猎物从他眼皮底下逃走了。不需要任何野兽专家我也清楚，他已经非常的愤怒。

感谢老天爷，让我反应过来，从康斯坦丁家离开时拿的钱包还在我借穿的卫衣口袋里面。我没有很多钱，但是它们足够给我接下来的生活开个头。

我在玄关的桌子上找到了亚斯卡的车钥匙。我还剩一件事情没做。

我折回后门，打开了仓库的门并摸到了放枪的柜子。亚斯卡有两个分体式的保险柜放猎枪的银子弹。我把一颗放进我的口袋，一颗装进了枪里。我用抖动的手指装上膛然后拿着枪走到了玄关。

这时我才发现我完全忘了一件事情。那就是，这时亚斯卡从楼梯走了下来，出现在了我的面前。

“莱依莎，你在——”

他看到我手中的枪呆住了。

“我走啦。”我简短地说。

“你在流血，你不能这个样子去哪里。”

“我可以的。”确认一下我的行李包在，然后大步往外走。我希望亚斯卡能聪明地留在里面。当然他不可能这么做。

接下来他说的话已经指出，他明白我要做的不是去尼克那里做客。“我不能让你走。丹尼尔不会允许的。”

我笑——我必须这么做。当然丹尼尔，他说过，亚斯卡把我接过来是他的命令。

“丹尼尔很快就要到这里了，我能肯定无论我们是否服从他都会把我们全部杀掉。”

“你究竟做了什么事情？”

“我吗？丹尼尔企图把我杀掉，而你问我干了什么？”

亚斯卡怀疑。“他……他没有理由这么做的。”

“天哪。难道你不明白，你们有多么奸诈吗？”

他决定换个策略。“你还是未成年。我是你法定的监护人。你可以确定，当你走出这个房子时，我会通知警察，告诉他们你离家出走。他们会把你抓回来。”

“再过两个星期我就满十八岁了，”我提醒他，“你不能把我怎样。”

“在这之前你还是得住在这里。”

该轮到我使诈了。“你喊警察的话，我就告诉他们，你一直在我住的期间骚扰我。我甚至可以告诉他们你企图强奸我。丹尼尔一定会很开心，如果警察为了你来这个镇。尤其是现在康斯坦丁已经走了。”

“康斯坦丁走了？”虽然他还没有收到新闻。

“是的。而且等我告诉他我发生了什么事情，他将永远不会回到这里来的。”

亚斯卡向我走近了一步。我举起手里的枪。

“你真的会向我开枪吗？”他眉头拧紧地问。

“你肯定想让我试试看吗？”

还好这时一辆车开到了院子里。我的目光没有离开亚斯卡，但是我听到尼克在我背后的声音。

“莱依莎，你到底在干什么？”

“我在确定，我们离开的时候没有谁跟着我们。”我说。

这时亚斯卡趁机恳求。“莱依莎，请你听我一句，不要这么鲁莽。”

“你会用枪吗？”尼克用好奇的语调问。

不知怎么的，这话几乎比亚斯卡的卑躬屈膝更加让我恼火。二话不说，我从兜里拿出手机往空中一抛，紧接着我朝它开了火。我不知道，我是如何这么确定我能击中，总之，手机打飞了。

“哦，好的，你继续吧。”尼克说完我转身举枪对着亚斯卡。

“这不是我的家！”我不满地喊着，“你就别装了，起初你没想过要我来这里，你只是担心你自己的皮给扒了。”

他变身了，第一次我看到他狼的样子，我真的好希望我从没有看到过他变身。他温柔地问我：“有区别吗，为什么起初我要接你来这里？”恶兽的温柔。“你在这里很幸福，你有了男朋友——”他意味深长地看着我，我醒悟到他知道我和米卡尔的事——“而且你有了其他的朋友。你这个年纪已经备受尊重，这对狼山镇的一个人类是极少数的案例。”

他那双发光的狼眼让我顿时想起丹尼尔。他告诉我的那些事情一下子都像洪水那般涌入我的脑海。妈妈。和爸爸。不，他不是，他从没关心过我的死活。

“你忘了，我不是人类。”如果有什么真相是我从丹尼尔那里死里逃生后记得的，就是这个。

“唉，这是我永远无法忘记的。”他说，“你妈妈已经让我不能忘记，而你，和她简直太相像了。”

“你对我什么都不了解。”

“我了解的是，你是她之后镇上第一个有机会用普通的方式组成家庭的女人。你是唯一的，未来的丈夫不需要背叛的妻子。希望这个镇上甚至能有一个完美的家庭有错吗？”

我知道，他是真心这么想的。他看到了，保存种族意味着什么，对镇里的百姓意味着什么。也许——这时我才第一次想去明白它——它也是他的想法。

但他没有认为这个镇或丹尼尔有错。狼山镇是他的一切，他一生都住在这个镇上，狼人的生活方式是他知道的唯一生活方式，他完全不能理解为什么我要抵抗我的命运，他不懂为什么我要得到自由。

我把亚斯卡的车钥匙丢给尼克。如果我们必须偷一辆车的话，选择很简单，我对安妮奶奶没有什么压制已久的冒犯的想法。

亚斯卡的目光转移到了尼克身上。“你应该很清楚，你已经破了规矩，但是你依然需要狼族，丹尼尔可以帮助你。如果你现在走的话，你和莱依莎都会受到惩罚的。希望你尽早配合，那样不会受到更严厉的惩罚。”

我立马感到生气、疲乏或是恐惧——或者同时有了三种感觉——还有发抖。“你最好不要跟着我们，要不然我会自己通知警察。”我对亚斯卡说。尼克有手机，我对自己提醒着，因为我的手机已经打破，真聪明啊，莱依莎。

随后，我感觉亚斯卡其余的情感已经从他身上退散，他变成了一匹寒冷——完全与丹尼尔一样寒冷的狼。“走啊，莱依莎。”他说，“走啊，你以后会发现的，最终你还是没有选择余地，谁都没有。”

我往车的方向倒退，尼克看懂了我的意思，他打开了车门毫不犹豫地坐在驾驶座上。我往后退直到碰到车的保险杠。我的目光丝毫没有离开过亚斯卡。

“你们不可以控制我。”我咬牙切齿地说，“你们不能拥有我，如果你们认为你们可以强迫我做你们想要做的事，你们完全错了。”

我打开副驾驶座位的门坐了进去。我打开车窗把手中的枪架在上面。尼克把车倒出了院子，我一直盯着倒车镜。我的想法的一部分几乎确定，丹尼尔甚至跑到天涯海角都会追踪我。我说不准这是妄想狂的心态还是直觉的判断力。

但我看到的只是站在院子里穿着居家服的亚斯卡，然后很快他的样子看不清了。十五——还是五十分钟？我终于放下了枪，但是我没把车窗关上，而是让雪花飘到里面来。我几乎能感觉到雪花落在我的手臂上——我不知道外面是不是一直下着雪，还是我刚刚才发现在下雪。一切都是那么奇怪地留在原地，不动了。每一秒可以是一个小时、一分钟或是一百年。我不再去想，不再去感觉，不再去看。什么都不要。

“我不会回狼山镇了，永远不会。”

我好想把这句话说出来；我不知道为什么，总之它让我回到了现实。冷酷的平静占据了我，就像是梦一般终于结束——我仿佛现在躺在床上，想起我看到过的，也知道同样的梦不可能再次重复。

我想起了米卡尔，他的黑棕色头发，他的能在室外空气中变强韧的皮肤——他的一双我从没见过的神奇的眸子，他的味道：森林、冬天、风、土壤和土壤中古老的岩石。我还想起，当我出现时，他怎样变换他严肃的表情。当谁都没在听他说话，他怎样挑逗人家。一切那些曾经做过的傻事，突然都变成了世界上最重要的。他脸上的滑雪镜留下的印痕。他，如何在我说错话时从眼角瞥着看我。当他脱掉帽子，粗硬的头发直直地竖着。

他喊我的名字的方式，语调比谁都温柔。

现在，结束了，我永远都看不到他了。

几分钟后我终于忍不住大哭了起来。开往卡亚尼市的火车站的路上我一直在哭。到达了目的地我依然在哭。我哭倒在尼克的肩膀上，他啰啰唆唆平庸的安慰话没能到达我的意识中。之后，我们在车上坐了几个小时并且看着周围的世界睡着了。没有任何的声音、动作，连雪也停了下来抛弃了我们。

凌晨四点，我们坐上了开往赫尔辛基的火车。我坐在空荡荡的车厢里，凝视着窗外越来越快地动了起来的风景，把我和一切那些曾经的我的生活、我的噩梦、我的爱情分了开来。

“再见了。”

而这时，我仿佛听到了狼悠长又悲痛欲绝的嗥声。

结　语

离开狼山镇几个星期以后，我收到了一封信。信在厨房间桌子上等待着从学校回家的我。我和尼克都没给过任何人我们家的地址，因此引起了我的疑惑。信上没有写日期也没有签名，但是我立刻知道这是谁寄给我的信。

莱依莎，你好：

我很抱歉我们之间发生的冲突。我承认，是我让你无缘无故使我丧失了充分验证过的自控能力——把你弄伤并非我原意。我更抱歉的是让你决定离开我们。我曾希望，至少在这种情况下你不会踏上你母亲的老路。

我相信，你我都知道你还会回来的。你把太多的你留在了狼山镇，以至于你可以把它们抛诸脑后。狼山镇是你的一部分，就像你是它的一部分。最终你不会有任何其他的选择，除了回来。

因为我不是那种会给谁留下任何机会的男人（如果我是，我就不是首领），我要马上告诉你几件无疑你会很感兴趣的事情。

第一件我要告诉你的是，我知道一切关于你和康斯坦丁·夫罗诺夫一起做的事情。我很高兴你能够为自己找到帮助——但我还是强烈反对你站在了不应该站的那边。按照你的能力的规划和发展本将是狼族的优势，而且我会尽我所能，为你找到合适的老师。当你下一次碰到关于你血统的问题时，请你记住这个。

就像我在你离开的那个晚上所说的那样，你妈妈离开了狼山镇我也一直在关注你妈妈的消息。但我没告诉你的是，我不只是仅仅关注她一个人。从你的家庭分成了两半趋向两条不同的道路，我也一直在努力关注你妈妈另一个孩子的消息。

你妈妈的另一个小孩后来究竟是怎么样了？你一定很想知道这个。我是唯一能把事情告诉你的人。当然了，你也可以自己试试寻找信息，但是我能肯定，你找不到什么的，你纯粹是在浪费时间。你最好和最终的唯一选择是回到我身边。如果你能够回来，我保证告诉你一切我知道的也包括你父亲在内的事情。

选择在于你自己。你可以试着将一切抛诸脑后，不管你的过去如何，你都往前走。或者你可以把一切弄清楚，并且跟随你的心。米卡尔在这里。他永远不会放弃这个镇的。如果你真的爱他，你知道应该怎么做。你可以有多么愤怒或是多么委屈，不过越是提早克服你的不成熟叛逆，你越会提早知道我是对的。

当发生这种情况时，你知道在哪里可以找到我。

梦想不会自动成真。我的处女作小说的诞生是被很多人直接或间接地影响的。

以下的他们是我需要感谢的：

我的高中老师 Eva Havo，她的引导促使我成为了一个作者。

作者联盟的朋友们

Jyväskylä 大学的作家培训老师 Marita Kärkkäinen

Eevaliina Rusanen 为我制作了精美的书封面

Katja Tuomenvirta，我的第一个读者，也是永远的支持者

Mark Piotrowski 绝对信任我和我的书（虽然他没有读过）

最后：

感谢 Tammi 集团的所有人，特别是出版编辑 Laura Andersson，不仅找到了我的《野性难驯》，而且对书的热情比我还要热烈。

感谢大家！

爱的成人式
[日] 乾胡桃 著
丁 楠 译
中国出版集团
现代出版社
爱的成人式
[日] 乾胡桃 著
丁 楠 译
イニシエーション·ラブ
Inui Kurumi
入选“第58届日本推理作家协会奖”
获得年度“这本推理小说真厉害！”与“本格推理Best 10”大力推荐
最后两行颠覆了一切！欺骗了175万人的恋爱推理故事！读完一定要再品读一次！
被誉为“最高杰作的推理小说”
同名电影由 松田翔太 前田敦子 主演
中国出版集团 现代出版社

幻霙
げんえい
[日] 斉木香津 著
黄悦生 译
霙，书面语，雨夹雪。
KAZU SAIKI
不要企图知道你爱的那个人的一切！ ——户田书店 锅仓人
夺得日本各大悬疑推理排行榜前列！
斉木香津继畅销小说《冻花》之后又一力作！
日式“物哀小说”代表作品！
中国出版集团 现代出版社

淘金杀手
颠覆硬派西部经典文学
不正经描述手足侠义的年度风云小说
淘金杀手
(加)派崔克·德威特 著
李娟 译
Patrick deWitt
The Sisters Brothers
荣获加拿大总督文学奖、加拿大罗杰斯作家基金会小说奖
入围英国布克奖决选、加拿大吉勒文学奖决选
亚马逊网络书店编辑年度十大文学选书之一
已出30国版本 电影盛大筹拍中
荒诞滑稽、既暴力又伤感；幽默颠覆，文字魅力无法挡！

月亮也厌弃的墓地
月亮
也厌弃的
墓地
Mathilda
Savitch
美国笔会文学奖得主洛达托震惊文坛的作品
一个少女，和她不该得知的秘密……
美国《书目》杂志 × 《基督教科学箴言报》
加拿大《环球邮报》年度最佳图书

版权登记号：01-2014-6383
图书在版编目（CIP）数据

野性难驯 /（芬）路易安依著；劳燕玲译 . —北京：现代出版社，2016.6
ISBN 978-7-5143-3277-3

Ⅰ. ①野… Ⅱ. ①路…②劳… Ⅲ. ①长篇小说—芬兰—现代
Ⅳ. ① I531.45

中国版本图书馆 CIP 数据核字（2015）第 322253 号

野性难驯 KESYTÖN（#1）
狼之溪 1

作　者	艾莉娜·路易安依（Elina Rouhiainen）著
译　者	劳燕玲 译
责任编辑	崔晓燕
出版发行	现代出版社
通讯地址	北京市安定门外安华里 504 号
邮政编码	100011
电　话	010-64267325　64245264（传真）
网　址	www.1980xd.com
电子邮箱	xiandai@vip.sina.com
印　刷	三河市南阳印刷有限公司
开　本	890mm × 1240mm　1/32
印　张	9
版　次	2016 年 6 月第 1 版　2016 年 6 月第 1 次印刷
书　号	ISBN 978-7-5143-3277-3
定　价	35.00 元
